PAOLO CASADIO

Der Junge, der an das Glück glaubte

Roman

Aus dem Italienischen
von Annette Kopetzki

Hoffmann und Campe

Die Originalausgabe erschien 2018 unter dem Titel
Il bambino del treno bei Edizioni Piemme, Mondadori Libri S.p.A., Mailand.

1. Auflage 2021

www.hoffmann-und-campe.de
Umschlaggestaltung: hißmann, heilmann, hamburg
Umschlagabbildung: © Anna Mutwil/Arcangel
Satz: Dörlemann Satz, Lemförde
Gesetzt aus Bembo MT
Druck und Bindung: GGP Media GmbH, Pößneck
Printed in Germany
ISBN 978-3-455-00886-9

HOFFMANN UND CAMPE

Ein Unternehmen der
GANSKE VERLAGSGRUPPE

Dieses Buch ist ein Werk der Phantasie. Die geschilderten Personen und Situationen entstammen der Einbildungskraft des Autors und sollen der Erzählung Wahrhaftigkeit verleihen. Jede Ähnlichkeit mit Ereignissen oder Orten, mit lebenden oder verstorbenen Personen ist rein zufällig.

Auf das Jenseits
nimmt die Welt nicht die geringste Rücksicht.
Darum kommt die Welt so weit
wie die Füße sie tragen.
V. van Gogh

Oder du bist nur unter den Lebenden,
weil ich an dich denke.
G. Pascoli

Für Barbara

PROLOG

Es war ein unschuldiges Tal, bewohnt von friedlichen, genügsamen Familien. Ein Tal, wo nichts dem Zufall überlassen war und jedes Geschehen, jeder Stein und jeder Mensch seine Bedeutung und seine Geschichte hatte. Auch seine Glücksmomente.

Im Glück gibt es ein Versprechen auf Leid, das verlässlich eingelöst wird. Es heißt Schicksal.

Als die Familie Tini im Juni 1935 an der Bahnstation aus rosa Sandstein ankam, empfand sie die Unschuld dieses Tals wie eine Garantie für ihre eigene Sicherheit, und so war es lange Zeit.

Unterdessen löste sich die alte Welt auf, die Regeln zerbrachen im Namen einer neuen, gefährlichen Ordnung, die die Menschen in zwei Kategorien einteilte: jene, die auf der richtigen, und jene, die auf der falschen Seite geboren waren.

Eines Winterabends kamen Menschen, die auf der falschen Seite geboren waren, in das unschuldige Tal. Sie kamen auf eine Weise dort an, die man für vergessen gehalten hatte.

»Wir stecken an einer Bahnstation im Gebirge fest, sie heißt Fornello«, versuchten sie mitzuteilen, aber das war zwecklos. Diese Menschen waren auf einer Reise ins Leere, ins Nichts, an Orte, deren wahre Ausmaße niemand begreifen konnte.

Wer dagegen zur richtigen Seite gehörte, lief keine Gefahr,

vorausgesetzt, er sah nichts, wusste nichts, lehnte sich nicht auf.

Doch die Gefühle lassen sich – wie die Geschehnisse – nicht kontrollieren, damit wird das Schicksal unvorhersehbar. Die Unschuld ist verloren, auch die der Kinder. Sie würden nie mehr zu ihrem Ausgangspunkt zurückkehren, weil es keine Abreise und keine Ankunft gibt. Es gibt nur die Reise und jemanden, der dich an der Hand hält.

Und jemanden, der an sie erinnern würde.

Als sie aus dem Schnee wieder hervorkamen, wusste Lucia, dass der Tag zur Nacht geworden war und die Zeit zu einer alten Wunde, und so sollte es bis zum Ende sein. Nichts und niemand würde die Bedeutung des Lebens erneuern können. Die Ärzte begegneten der plötzlichen Finsternis mit dem Dunkel der Medikamente.
Doch das Licht kehrte nicht zurück.
Lucia blieb so lange am Rand der Ewigkeit, wie die Ewigkeit selbst währte, und als sie deren Schwelle überschritt, wurde der Tag wieder Tag.
Und sie war nicht mehr allein.

ROMEO TINI

Romeo Tini kam am Morgen des 18. Juni 1935 an der Bahnstation Fornello an. Vor etwa sechs Monaten war er gezeugt worden. Wenn es nach dem Willen seines Vaters Giovanni, von allen Giovannino genannt, gegangen wäre, hätte er in Faenza zur Welt kommen müssen, im Haus seiner Familie, wo seit über hundert Jahren alle Tini geboren wurden und wo sie normalerweise weiterhin zur Welt kommen sollten.

Doch das Telegramm der Eisenbahngesellschaft ist ein Befehl und lässt keinen Spielraum: *»Unverzüglicher Dienstantritt.«* Das Adjektiv ist unterstrichen. Wenn er nicht Folge leistet, wird er auf die Stelle des Bahnhofsvorstehers verzichten und bis zur nächsten Stellenausschreibung weiterhin als Bahnwärter arbeiten müssen.

Der Gehaltsunterschied, überlegt Giovannino, ist zu groß und rechtfertigt ein solches Opfer. Also gehorcht er und reist ab mit schwangerer Frau, einem schweigsamen Hund unbestimmbarer Rasse namens Pipito, zwei Fahrrädern und dem Hausrat. Alle und alles in einem schmutzig grünen Gepäckwaggon, der von einer Rangierlok Modell 875 gezogen wird, einer plumpen schwarzen Raupe, deren Pleuelstangen unter einer verheerenden Arthritis leiden.

Giovannino Tini wusste noch nicht, dass sein Sohn Romeo heißen würde. Er hatte vor, die Familientradition seines

Vaters, seiner Großeltern und so weiter fortzusetzen: Giovannino hieß der Vater seines Vaters, und der Vater des Großvaters hieß Anselmo, also würde er diesem Erstgeborenen – denn ein Junge musste es sein – den Namen Anselmo geben. So hatte man es bisher gehalten, so würde man es immer halten, denn Traditionen stützen das Morgen.

Lucia Assirelli, die Gattin des zukünftigen Bahnhofsvorstehers, war sechs Jahre jünger als er – also einundzwanzig – und hatte das eigensinnige Naturell der Städterin. Sie besaß noch andere interessante Eigenschaften von jener Art, die einen Mann aus der Bahn werfen können. Mit ihren runden Formen, der weißen straffen Haut, den schmalen Fesseln einer Tänzerin und einem festen Busen erinnerte sie unweigerlich an die provokanten Damen des Zeichners Gino Boccasile auf den Titelseiten der Wochenillustrierten »Grandi Firme«, die die Phantasie der Italiener beflügelten. Und eine Tänzerin war sie wirklich, sie versäumte keines der Feste, wo Musik gespielt wurde, denn sie liebte es jung zu sein, sie liebte das Leben, sie ließ sich gerne umschmeicheln und begehren. Doch das Spiel – denn es war ein Spiel – sollte enden, und nichts für ungut: Denn Lucia war in ihren Giovannino verliebt, sie glaubte fest an diese Ehe zwischen einer jungen Frau aus dem Kleinbürgertum von Faenza und dem Sohn eines Eisenbahners und hatte eine genaue Vorstellung von der Gegenwart und der Zukunft. Wer sich eine Zukunft sichern will, muss sie manchmal dazu ermuntern, und in dieser Familie hatte sie die Hosen an.

Was Giovannino betraf, so arbeitete er. Er arbeitete und lernte für den Wettbewerb um diese Stelle, die ihm einen Karrieresprung ermöglichen würde, den Wechsel von einem abgelegenen Bahnwärterhäuschen im Süden der Emilia-

Romagna zu einer richtigen Bahnstation, deren Vorsteher er sein würde. Lucia wiederum, die ihren Mann und die Zukunft ermuntern wollte, hatte unzählige Male empfohlen: »Hol dir diese Wanze.«

Denn die Zeiten waren, wie sie waren, und sich verdient zu machen, tüchtig bei der Arbeit zu sein, sich als vertrauenswürdig und fachkundig zu erweisen, nützte wenig. Ein Vorankommen, das wussten alle, war den Mitgliedern des Partito Nazionale Fascista vorbehalten, denen, die dieses ovale Parteiabzeichen, das aussah wie eine Wanze, im Knopfloch der Eisenbahneruniform vorzeigen konnten.

So erfolgte der Eintritt in die Partei. Ein freilich nicht ganz überzeugter Eintritt, denn Giovannino Tini kam aus einer Familie von Sozialisten, die auch jetzt Sozialisten blieben: Keiner von ihnen dachte auch nur im Traum daran, die Farbe zu wechseln, um sich dem unbesiegbaren Duce anzupassen.

Und so erfolgte auch die Beförderung. Eine angesichts des verspäteten Parteieintritts ebenfalls nicht ganz überzeugte Beförderung, die überdies nach Verspottung aussah.

Fornello.

Die eingleisige Faenza-Linie oder auch der Streckenabschnitt Faenza-Florenz. Eine hundertundeinen Kilometer lange Strecke aus gewundenen Überführungen und Tunneln, Kurven und Gegenkurven, eine Strecke für Güterzüge mit entlegenen Stationen in den Schluchten und Falten dieses Gebirgszugs aus Kalksandstein, dem toskanisch-romagnolischen Apennin.

Fornello.

Dieser unbekannte Ortsname löste bei Lucia Assirelli eine leise Unruhe aus. Sie nahm das Erdkundebuch, mit dem sie für ihr Lehrerinnenexamen gelernt hatte, suchte die Landkarte der Emilia-Romagna und folgte mit dem Zeigefinger dem geschlängelten Lauf der Eisenbahnlinie. Lange kniff sie die blaugrünen Augen zusammen, Augen, in denen der zukünftige Bahnhofsvorsteher Tini sich wegen einer angeborenen Unsicherheit verloren hatte, überschritt dann die Grenze zur Toskana und entdeckte zwischen den Höhenlinien den unbekannten Namen. Sie fuhr sich ein paarmal durch die weizenblonden Haare, und ihre weibliche Intuition erkannte sofort, dass die Zukunft begonnen hatte, aber nicht ganz so, wie sie es sich wünschte.

Und bei diesem Gedanken gingen ihre Hände unwillkürlich zu der Rundung ihres Bauches, wo Romeo Tini ruhig schlief, und streichelten ihn.

Im Gepäckwaggon kann Giovannino vor Aufregung weder sitzen noch stillstehen.

Unaufhörlich bewegt sich seine kräftige, den landesweiten Durchschnitt deutlich überragende Gestalt von einem Ausguck zum anderen, um zwischen den Dampfwolken der Lokomotive auf das weite grünende Flusstal des Lamone hinauszublicken.

Seiner stattlichen körperlichen Erscheinung und den dunklen, entschlossenen Augen zum Trotz hatte Giovannino Tini das zögerliche Herz eines Krebses, schien ihm der Schritt zurück doch umsichtiger als der Gang nach vorn. Er selbst hatte in der nächtlichen Intimität des Ehebettes, nach der mit unbeschwerter Freude genossenen Lust, Lucia die Ängste und Befürchtungen seines jungen Lebens anvertraut. Einige davon waren die üblichen Ängste: die Gesundheit zu verlieren, zu erkranken, zu sterben, zu verarmen und verlassen zu werden, andere entsprangen der Rolle des Erstgeborenen, die das Schicksal ihm zugedacht hatte und die er als eine unbedingte Pflicht empfand, eine Schuld, die er – niemals ausreichend – bei den Eltern abtragen musste. Bei der Arbeit war er ein Mann, gründlich, ehrlich, gewissenhaft, in der Familie aber blieb er ein kleiner Junge und zögerte, sich die erforderliche Unabhängigkeit zu erwerben, unumgängliche Verantwortlichkeiten zu übernehmen, wahrscheinlich weil er davor zurückschreckte, eigene Positionen zu vertreten oder sich in irgendeiner Weise der väterlichen Autorität entgegenzustellen. Im Grunde freute Lucia sich über diese Geständnisse, denn sie zeugten vom Vertrauen ihres Mannes und zeigten, wie sehr er sich von den Männern der Romagna unterschied, allesamt einem Denken in starren Kategorien verhaftet, das die Welt in unabänderliche Zuständigkeitsbereiche unterteilte: Das macht die Frau, dies steht dem Mann zu, ein Denken, das psychologische Rücksichten jedweder Art nicht duldete.

Also überlegte die aufgeschlossenere junge Ehefrau, dass ein Mann, der bereit war, die eigenen Schwächen und Ängste zuzugeben, ein achtsamerer Mann war, der mehr dem Zweifel zuneigte und folglich auch befähigt war, erwachsen zu werden. Andererseits, dachte sie unter ihrem weizenblonden Schopf, liebte sie ihren Giovannino gerade darum, und solange es die Liebe gibt, erlauben Irrtümer, sich gegenseitig Gutes zu tun. Alles andere würde man sehen, wenn es da war, wie es so schön heißt.

Während dieses rastlosen Umherirrens von einem Ausguck zum anderen rät sein zögerliches Herz dem Bahnhofsvorsteher, Schweigen zu wahren und Lucias Blick zu meiden. Bei seinem Hin und Her folgte ihm der treue Hund Pipito, vier Flecken, schwarzer Kopf auf cremefarbenem Grund mit

Kurzhaarfell. Nie hatten sie ihn bellen hören, seine einzigen Ausdrucksformen bestanden aus Jaulen und Zähnefletschen. Das Jaulen verfügte über ein recht komplexes Tonspektrum und bedeutete ja oder nein, aber zwischen diesen beiden Willensbekundungen gab es viele Varianten. Das Zähnefletschen behielt er echten oder vermeintlichen Feinden jedweder Größe vor, und damit bewies er Mut, denn er selbst besaß keine Respekt einflößende Statur. Doch der eigentliche Grund, warum erst Giovannino und dann Lucia diesen Findling liebgewonnen hatten, lag in der Art, wie der Hund am Leben teilnahm: In seinem Körbchen zusammengerollt, warf er häufig resignierte Blicke in die Welt, um dann besorgte Seufzer auszustoßen.

Lucia, die auf dem Ruhesessel des Zugführers saß, verspürte keine Lust, aus dem Fenster zu sehen, obwohl sie diese kurvenreiche Eisenbahnstrecke kaum kannte. Sie war eine willensstarke Frau, und wie auch immer dieses Fornello aussehen würde, sie würde es in Besitz nehmen, und es würde ihr Zuhause werden. Sie erwartete eine kleine Ortschaft, wenige Häuser, im Schatten des Kirchturms zusammengedrängt, mit dem eleganten Faenza in puncto Lebensart gewiss nicht vergleichbar. Aber sie hatte lang genug gelebt, um zu wissen, dass Verzicht immer nur vorläufig ist und andere Erfahrungen mit sich bringen kann. Schließlich waren sie beide vereint, und dieses erwartete Kind – das beide sich als Jungen wünschten – würde die Wahrheit ihrer Verbindung beglaubigen.

Noch flogen vertraute Stationen und Orte vorüber: Brisighella, Strada Casale, San Martino in Gattara. Winzige Bahnhöfe – manchmal nur zwei Fenster, eine Tür, daneben ein Hühnerstall – in einer naiven, tröstlichen Farbe, ein Rosa, das an jedem anderen Ort unstimmig gewesen wäre. Doch in diesem Tal, wo man Häuser aus Stein in Ocker und Aschgrau sah und fast keines verputzt war, zeugte eine so fröhliche Farbe vom Vorüberziehen einer Andersartigkeit, der möglichen Ankunft von Fremden. Weiter vorn wurde das Tal enger, und die ersten kurzen Tunnel tauchten auf. Der graue Rauch wurde durch die Fenster eingesogen, und Giovannino schloss sie, trotz der schwülen Junihitze.

Am Bahnhof von Marradi hielt der kleine Zug, er musste einen entgegenkommenden Zug aus der Toskana abwarten, und die Fenster wurden wieder geöffnet. Neugierig geworden, blickte Lucia hinaus, und es tröstete sie, als sie ein Städtchen sah, klein, ja, aber mit schönen Häusern und gepflasterten Straßen, Kutschen und sogar einem vorüberfahrenden Auto.

»Wird Fornello auch so sein?«

Giovannino antwortete nicht, weil er nicht antworten wollte, er deutete ein Schulterzucken an.

Die Lokführer nutzten den Halt, um aus der keuchenden Raupe zu steigen und sich an der Wasserpumpe zu erfrischen. Als der ältere der beiden sich die Mütze abnahm, enthüllte er eine kreisrunde Kuppel aus weißen Haaren, die zu seinem rußgeschwärzten Kopf in seltsamem Kontrast stand. Entschlossen steckte er den Kopf unter den Wasserschwall, rieb sich mit den Händen Gesicht, Hals und Nacken und kam wie durch ein Wunder entfärbt wieder zum Vorschein.

Giovannino und Lucia beobachteten die Szene, und während sie ihm normal erschien, prägten sich der Ablauf des Rituals und die erzielte Wirkung seiner Frau tief ein. Im Moment selbst sahen es nur die blaugrünen Augen, doch diese Szene sollte ihr später, sehr viel später wieder einfallen.

Er rollt, der kurze Zug, er rollt mit seinem Federbusch aus Rauch, der sich flach ausbreitet, und es scheint mehr Tunnel zu geben als Abschnitte unter freiem Himmel. Er transportiert eine Familie, einen stummen Hund, zwei Fahrräder, einen Schrank, zwei Matratzen, eine Aussteuer, Kleider, eine Bahnhofsvorsteheruniform, Hoffnungen, Ängste.

Die Fahrräder waren das Ergebnis von Giovanninos mehrdeutigem Schweigen. Lucia hatte sie kurzerhand in das umzugsfähige Hab und Gut eingeschlossen, denn sie stellte sich ein zwar kleines Städtchen, aber immerhin ein Städtchen vor, also mit Straßen, einem Spazierweg, Feldern ringsum, und hielt es darum für möglich, die Räder mehr oder weniger wie in der Ebene zu benutzen. Eine romantische Vorstellung. Ihr Mann, der die Fahrräder bereitgestellt sah und schon wusste, was sie in Fornello erwartete, hatte sich keinen Einwand erlaubt, nicht mal eine verräterische Bemerkung war ihm entschlüpft.

Nach Marradi wurde die Eisenbahnstrecke kurvenreich, faszinierend, mit ihren Spiralen, durch die sie an Höhe gewann, mit ihren schlanken Viadukten aus Stein und dem ständigen Wechsel aus blendendem Licht und Dunkel.

Hinter dem Städtchen Crespino öffnete sich ein viel längerer Tunnel, der dem Ehepaar wie eine mit beißendem Rauch erfüllte Ewigkeit erschien. Am Ausgang kniffen sie die Augen zusammen, um nicht vom Sonnenlicht geblendet zu werden. Die Lokomotive wurde langsamer. Felswände und Stützmauern trugen hellgelbe Flecken aus Strauchkronwicken und prächtig blühenden Ginsterbüschen, als hätten sie den Auftrag, Lucia und Giovannino willkommen zu heißen.

Aus dem Fenster des Gepäckwaggons sah der neue Stationsvorsteher, wie der Horizont sich nach der Kurve weitete, die Berghänge ein wenig von ihrer erstickenden Schroffheit zurückwichen, ein Wasserturm mit Steigleiter und gleich darauf der rosafarbene Bahnhof erschienen. Die Lokomotive bremste, und Giovannino bemerkte zwei reglose Silhouetten auf dem Bahnsteig vor dem Eingang. Lucia trat zu ihm, er legte ihr beschützend eine Hand auf die Schulter und strich über ihre zum Pferdeschwanz gebundenen Haare. Sie drehte den Kopf, um zu ihm aufzublicken, und ihre Augen wurden größer und strahlender. Aber ihr Ausdruck war besorgt.

Der Zug hält mit dem üblichen Protestkreischen der Bremsklötze. Einige Sekunden lang ist da nur der ächzende, müde Atem des Kessels, dann öffnet sich die Tür des Gepäckwaggons, und die trockene Gebirgsluft empfängt Giovannino, Gattin und Hund.

Die beiden Silhouetten auf dem Bahnsteig bekamen Physiognomien, Merkmale und, als das Pflichtgefühl sich Mut machte, auch eine Stimme.

»Guten Tag! Seid Ihr der neue Bahnhofsvorsteher?«

Der Erste, der ausstieg, war nicht Giovannino, sondern Pipito. Er sprang die Stufen des Trittbretts hinunter und beschnüffelte die Hosen des Mannes, der gesprochen hatte, danach die des anderen, der, die Mütze in den Händen, stumm geblieben war. Ein gelassenes Schnüffeln, ohne Jaulen und Zähnefletschen, eine vertrauensvolle Kenntnisnahme der Neuigkeit, um dann zwischen den beiden Platz zu nehmen und schwanzwedelnd zu warten, als wollte er sagen: »Nun, worauf wartet ihr, kommt, ihr seid dran!«

Derjenige, der nicht gesprochen hatte, ein Mann ohne Alter, wenn nicht dem des Lebensabends, mager, sonnendunkle Haut, nahm eine Hand vom Mützenrand und schenkte Pipito ein Streicheln, die Freundschaft war geschlossen.

»Ich bin der neue Bahnhofsvorsteher.«

Giovanninos Antwort hat die Wirkung eines Startschusses.

»Ich heiße Cenci Rinaldo, ich bin der zweite Stationsvorsteher, und das ist Mori Sebastiano, der Briefträger … Wir müssen uns beeilen, bis zur nächsten Durchfahrt ist es nicht einmal mehr eine Stunde, öffnet die Schiebetür …«, und beide gehen zum Waggon, dessen Tür darauf wartet, geöffnet zu werden.

Lucia beobachtet alles, und ein Angstkloß verschließt ihr die Kehle. Dieser Ort vor dem Viadukt, dieses Dickicht aus Bäumen und Ginsterbüschen um den Bahnhof, dieser Abgrund hinter dem Gebäude, der eine Schlucht oder einen Sturzbach verbergen konnte, diese Mergelschichten, die sich zwischen der Macchia hervordrängten, vermittelten ihr das Bild eines Exils, das Gefühl einer unüberwindlichen Feindseligkeit. Da halfen auch nicht das Glühen der Farben, der Duft des Ginsters, die Klarheit der Luft und die Stille in der Ferne, deren Übermacht man ahnte. Für Augenblicke, lang wie eine heilige Messe, ließ ihr weiblicher Instinkt sie taumeln unter dem Gewicht einer Realität, die stärker war als sie.

Inzwischen hatte Giovannino energisch am Griff der Schiebetür gezogen und Rinaldo beim Einsteigen geholfen. Dieser zog rasch die Truhe mit der Aussteuer heraus und übergab sie Sebastiano, ergriff flugs die Koffer, die Matratzen und die Fahrräder – vom zweiten Bahnhofsvorsteher und dem Briefträger mit verwunderter Neugierde gemustert –, und schon war der wenige Hausrat ausgeladen, der den Umzug der Familie Tini bildete.

»Bei dem Schrank müsst Ihr mir helfen, Signor Capostazione!«, befahl Rinaldo mit fester Stimme, und Giovannino gehorchte gern, um sich vom Gedanken an seine Frau abzulenken, deren Beklemmung er gespürt hatte. Angesichts der frenetischen Aktivitäten wegen der erwarteten Durchfahrt eines Zuges kam Lucia wieder zu sich, und es war, als schüttelte sie ein Netz, ein Hindernis ab. Sie stieg aus dem Zug, den Saum ihres Rocks in der Hand, damit er sich nicht im Trittbrett verfing. So wie sie mit einer Hand den Rock hielt, die andere Hand am Geländer, übertrugen sich die Sinnlichkeit der wehenden Haare, die Anmut des ernsten Gesichts und der Stolz des Blicks auf die ganze Erscheinung ihres Hinabsteigens, und die beiden improvisierten Lastenträger blieben verzückt stehen, als sähen sie diese Frau zum ersten Mal.

Es ist ein kurzes Innehalten, unwillkürlich, respektvoll und bewundernd, und zeigt Giovannino, dass sie eine solche Frau in dieser Gegend wirklich noch nie gesehen haben.

Das Ausräumen des Gepäckwagens ging rasch vonstatten und ließ den Waggon leer zurück.

Der Lokführer und der Heizer, die die Szene vom Gehweg aus verfolgt und sich jeder Form von Mitarbeit enthalten hatten, außer viele Zigaretten der Marke Serraglio zu rauchen, nahmen mit einer gewissen Eilfertigkeit ihren Platz wieder ein, verabschiedeten sich von Giovannino und Gattin, begannen wie verrückt Kohle in den Kessel zu schaufeln, worauf der Zug sich mit üppigen grauen Rauchwolken wieder in Bewegung setzte.

»Nach Ronta! An der Kreuzung geht's nach Ronta! Viel Glück, Tini …«, schrie der Lokführer in väterlichem Ton, und der gute Wunsch verhallte im Rauch. Die Lokomotive entfloh in Richtung Monzagnano-Tunnel, und vor dem rosa Bahnhof blieben der Hausrat der Familie Tini, der Hund der Familie Tini, die gegenwärtige und zukünftige Familie Tini mit dem zweiten Stationsvorsteher Cenci Rinaldo und dem Gehilfen Mori Sebastiano, die Mütze wieder in der Hand, zurück.

Sie alle standen dort am 18. Juni 1935 um elf Uhr zwei Minuten mit dem Gefühl einer Frage, der sie keine einzige Antwort entgegenhalten konnten.

DAS BAHNHOFSGEBÄUDE

Das Bahnhofsgebäude bestand aus zwei Stockwerken plus Gemeinschaftskeller. Im Erdgeschoss befanden sich das Betriebsbüro, der Fahrkartenverkauf und ein Wartesaal mit polierten Nussbaumbänken um einen Kachelofen. Zwei Zimmer mit Küche bildeten die Wohnung des zweiten Stationsvorstehers.

Die Treppe mit schmiedeeisernem Handlauf führte in den ersten Stock, wo der gesamte Raum des darunterliegenden Stockwerks die Wohnung des Stationsvorstehers bildete. Und die Wohnung verfügte über einige in der Gegend unbekannte Annehmlichkeiten wie Toiletten, einen Becchi-Ofen und das kostbare Gut des elektrischen Stroms.

All das weiß Lucia noch nicht, Giovannino weiß mehr. Er hat diese Strecke nicht oft befahren, doch oft genug, um sich zu erinnern, und der Bahnhof ist ihm nicht unbekannt. Aber Fornello sollte auch für ihn eine Überraschung bereithalten. Nachdem sie den Hausrat auf dem Bahnsteig stehen gelassen haben, übernimmt es Rinaldo mit einem gewissen Stolz, die Familie Tini bei der Besichtigung der Wohnung, die von diesem Tag an ihr Heim sein wird, zu begleiten. Mit unvermuteter Galanterie öffnet der zweite Stationsvorsteher Lucia die Haustür, zeigt ihr die Treppe, reicht einen Arm, um ihr beim Aufstieg behilflich zu sein und präsentiert die Tür ihrer zukünftigen Wohnstatt.

Lucia zögerte. Räume haben besondere Maße, heimliche Tiefen, die man erst mit der Zeit oder eben nur in besonderen Momenten erfassen kann. Sie atmete langsam ein, sog die Luft auf, als wäre sie parfümiert und nicht der abgestandene Mief geschlossener Räume. Sie spürte die Nähe ihres Mannes und legte wieder unwillkürlich die Hand auf ihren runden Bauch, ein beschützender Reflex in der Ungewissheit. In diesem Moment war sie ein neues Tier in neuer Umgebung, einer Umgebung, die ihren Erwartungen nicht entsprach und deren Räume, Eigenart und gelebte Bedeutung sie bestimmen musste, um sie voll und ganz akzeptieren zu können. All das geschieht ohne meine Kontrolle, dachte sie, und ich muss es ertragen. Dieser Beginn erschien ihr nicht als der bestmögliche, aber sie hielt sich für stark genug, ihm standzuhalten.

Giovannino, dem es nicht an Sensibilität mangelte, verstand das Zögern seiner Frau, die ungewisse Welt, in der sie sich bewegte. Aber in dieser Krisenzeit zählte alles, was man bekommen konnte: Das bessere Gehalt als Bahnhofsvorsteher, der Karrierefortschritt und vor allem die Aussicht auf eine zukünftige Versetzung waren gute Gründe für ihre Anwesenheit in Fornello. Und so schritt er, von einem etwas forcierten Optimismus erfüllt, den die Ausstattung und Weite der Wohnung jedoch beflügelte, als Erster über die Schwelle ihres neuen Heims.

»Sieh mal, Lucia, es gibt sogar elektrischen Strom …«, und er drehte den Knopf aus Keramik, worauf die Deckenlampe aufleuchtete. Sebastiano beobachtete hingerissen, wie der Leuchtdraht glühend hell wurde, lächelte zufrieden über dieses durch Zauber erzeugte Licht, und endlich vernahm man seine Stimme: ruhig, gesittet, tief.

»Elektrischen Strom hat hier niemand.«

Das bedeutete, dass sie sich als Privilegierte betrachten sollten, und er sagte es nicht aus Neid. Fast schien er einen sozialen Abstand bestätigen zu wollen, ihre Zugehörigkeit zu einer Kaste, die der Zufall oder das Schicksal zur Überlegenen bestimmt hatte, und damit drückte er schon seine Anerkennung der Neuankömmlinge aus. Denn so ist es ja, Privilegien machen die Unterschiede aus, und Unterschiede bilden die Abstände zwischen den Menschen.

Die Wohnung war groß, gut gepflegt und komfortabel. Öffnete man die Fensterläden, ließ sie sich mit weichem Licht füllen, und Pipito erforschte sie bis in alle Ecken, jene Bestimmung der Räume vornehmend, die Lucia in ihrer Verwirrung nicht vermocht hatte. Und da Pipito sich als Hund mit bescheidenen Ansprüchen betrachtete, beendete er den schwierigen Vorgang mit dem ersten Jaulen, seit er aus dem Zug gestiegen war: ein zustimmendes Jaulen.

»Wohin führt diese Tür?«

Auf dem Absatz der Eingangstreppe gab es drei Türen. Zwei gehörten zur Wohnung, denn man konnte die Küche direkt vom Treppenhaus aus betreten, ohne durch das Esszimmer gehen zu müssen. Und die dritte?

»Die Schule«, erklärte der zweite Stationsvorsteher.

»Die Schule?«, fragte die Familie Tini im Chor zurück. Rinaldo drehte den Türknauf und zeigte ihnen ein Zimmer mit drei Zweierpulten und einer aufgebockten Tafel.

»Die Schule. Hierher kommen alle Kinder aus dem Tal. Bis nach Gattaia ist es zu weit.«

»In welcher Klasse sind sie denn?«, fragte Giovannino.

»In allen«, antwortete der zweite Stationsvorsteher seelenruhig. »Es sind fünf Kinder, und jedes ist in einer anderen Klasse. Aber es gibt nur einen Lehrer.«

Sofort ergriff Giovannino Tini die Gelegenheit: »Von heute an nicht nur einen. Meine Frau ist Lehrerin.«

Die unvermutete Aussicht, als Lehrerin zu arbeiten, erschien Lucia Assirelli wie ein schüchternes gutes Vorzeichen. Denn sie unterrichtete gern, und es war ein harter Verzicht gewesen, eine Entscheidung aus Liebe. Sie sagte nicht ja und nicht nein, weil sie an das Kind dachte, das sie erwartete, und an die daraus erwachsenden Pflichten. Sie sagte nicht ja und nicht nein, weil sie um ihren unbefriedigten Wunsch wusste und wie wenig Überredungskunst nötig sein würde, damit sie nachgab.

»Signora, Signor Capostazione ... Es ist Mittagszeit, wenn Ihr mit mir essen möchtet ... Ihr auch, Sebastiano, nur keine Umstände.«

»Wäre es nicht besser, erst unsere Sachen reinzubringen?«, wandte Giovannino Tini ein. Der zweite Stationsvorsteher verhehlte seine Verwunderung nicht. Man hatte ihm erzählt, dass die Leute im Flachland es immer eilig hatten, immerzu rannten, und da er mit ihnen arbeiten musste, schien es angebracht, sofort eine entsprechende Botschaft auszusenden, denn seit jeher passte sich an, wer hierherkam, nicht umgekehrt.

»Die stiehlt niemand, und außerdem wird es erst spät in der Nacht regnen.«

Jetzt war es Giovannino Tini, der sein Erstaunen nicht verbarg. Er ging zum Fenster, hob die Augen zum kristallklaren Himmel ohne das geringste Anzeichen von Wolken.

»Wie könnt Ihr sicher sein, dass es heute Nacht regnen wird?«

Rinaldo hatte Mühe, den bekundeten Zweifel, ja, den Sinn der Frage zu verstehen. Es war, als hätte man ihn gefragt, warum er atmete. Dann fiel ihm wieder ein, dass diese Leute aus dem Flachland kamen, aus den Städten, und schwerlich wissen konnten, was es bedeutete, dass die Luft zu still stand, ohne jeden Windhauch, dass die Eberwurz mit unmerklichen Bewegungen ihre faserigen Blütenblätter einzog, dass der Rauch der Lokomotive sich flach ausbreitete und nicht als Säule hochstieg, dass die Schwalben tiefer flogen. Der zweite Stationsvorsteher Cenci Rinaldo sagte sich, dass ein Anflug seiner Erfahrenheit hier nicht fehl am Platze war, und bot eine bewusst kindliche Antwort.

»Weil ich es weiß.«

Ein leises, gleichmäßiges Klingeln untermalte seine Worte und hörte nicht auf. Der zweite Stationsvorsteher schlug sich mit der typischen Geste der Erinnerung an etwas Wichtiges gegen die Stirn.

»Ich habe die Durchfahrt vergessen, Madonnina!«, und schickte sich an, eilig die Treppe hinunterzulaufen. Doch Giovannino hält ihn fest, überholt ihn.

»Halt! Ich bin der Stationsvorsteher …«, ruft er energisch und läuft selbst nach unten, geht auf den Bahnsteig, nimmt den alten Lederkoffer, öffnet ihn und holt eine schwarze Uniformjacke mit dem glänzenden Monogramm FS an den Kragenaufschlägen heraus, dann eine Fliege, einen roten Zylinderhut mit Zierkordel, dem geflügelten Rad und den goldenen Tressen, und innerhalb einer Minute ist Giovannino fertig angezogen – gerade noch rechtzeitig, denn das Tal erfüllt nun zunächst ein lautes Schnaufen, dann ein bisschen schwärzlicher Rauch, und der erste Zug hält kreischend vor der Signalscheibe des Bahnhofsvorstehers Tini.

Aus den drei Wagen dritter Klasse steigt nur eine Frau aus.

Gebeugt und schmal wie eine Sichel, das Gesicht hinter dem schwarzen Tuch unerkennbar, ein Weidenkorb mit Eiern und einer Stange toskanisches Brot, ihr Rock schleift fast über den Boden. Sie schenkt dem Stationsvorsteher, der stolz seine neue Uniform präsentiert, keinerlei Beachtung und zeigt sich nicht interessiert an dem aufgestapelten Hausrat, nicht einmal an den Fahrrädern, sondern schlägt den parallel zum Viadukt laufenden Pfad ein und verschwindet in der Vegetation. Giovannino, der wenigstens einen Gruß erwartet hatte und bereit war, ihn zu erwidern, bleibt enttäuscht zurück, blickt auf die Uhr, ohne die Abfahrtszeit zu kennen, schwenkt die Signalscheibe im regelmäßigen Rhythmus, den man ihn gelehrt hat, bläst in seine kleine Pfeife, und der Zug fährt weiter in Richtung Romagna, langsam, dampfend, erhitzt von der Bergauffahrt, und wird vom Eingang des Tunnels verschluckt.

»Das ist die Witwe Fanciullacci«, erklärt Rinaldo, der Giovanninos Enttäuschung bemerkt hat. »Jeden Dienstag bringt sie ihrem Mann in Ronta Blumen. Sie spricht mit niemandem. Wundert Euch darum nicht.«

Das Mittagessen stimmt Lucia wieder versöhnlich, sie fühlt sich schon etwas heimischer.

Der zweite Stationsvorsteher hatte unbekannte Gerichte mit ebenso unbekanntem Geschmack zubereitet. Tagliatelle mit Kastanienbrei zum Beispiel oder eine flache Torte aus Kastanienmehl, die Lucia »castagnaccio«, Cenci Rinaldo aber »pattona« nennt. Lucia Assirelli ist nicht wählerisch beim Essen, sie probiert neugierig, möchte wissen und informiert sich, wie dieses und jenes zubereitet wird, welche Zutaten in diesem und jenem sind. Auch Pipito, der bei ihnen in der Küche sein darf, riecht vorsichtig an diesen unbekannten Happen, blickt seine Besitzer fragend an, dann entschließt er sich, und es ist ein einziges Maullecken.

Giovannino isst mit Appetit, insgeheim erleichtert zu sehen, dass die Anspannung seiner Frau nachlässt, ihre Enttäuschung über diesen abgeschiedenen, einsam gelegenen Ort weicht. Mit der Zeit würde sie sich anpassen, überlegte er, das Kind würde neue Aufgaben mit sich bringen, und auch die Schule würde sie in Anspruch nehmen, denn er hatte bemerkt, wie anziehend der Gedanke für sie war, er kannte die Wünsche seiner Lucia: Für ihr Kind und für Kinder allgemein würde sie alles tun.

Daran, wie sie saßen, worauf sie saßen, erkannten sie das Junggesellenleben des zweiten Stationsvorstehers. Er hatte schon Mühe gehabt, vier Stühle zu finden, nun gut, dann passten sie eben nicht zueinander, und einen musste er sogar aus dem Wartesaal holen. Neben drei Tellern guten Geschirrs gab es einen vom häufigen Waschen angestoßenen Teller, während die Gläser miteinander um das sonderbarste Aussehen wetteiferten. Aber als Koch machte Rinaldo sich nicht schlecht, und der Wein floss angenehm durch die Kehle, ganz ohne Säure. Unangenehm waren allein die Fliegen, lästig und zahlreich, obwohl der Briefträger die Klatsche zückte und spiralförmiges Fliegenpapier von der Decke baumelte.

»Ihr habt ein Fliegennetz im Schlafzimmer. Das hat der vorherige Stationsvorsteher hinterlassen, Ihr werdet gut schlafen.«

»Wohin ist der alte Bahnhofsvorsteher gegangen?«, erkundigte sich Giovannino.

»Nach Florenz, an die Station Rifredi.«

»Dann hat er Karriere gemacht …«, und er warf seiner Frau einen Blick zu, als wollte er sagen: Siehst du? Ein kleines Opfer und dann … Lucia bemerkte den Blick nicht, ihre Hand lag wie üblich schützend auf dem Bauch, der Kopf war in Gedanken und leichter Müdigkeit versunken.

Sebastiano aß mit der Briefträgermütze im Nacken, aber

sicher nicht, weil er unerzogen war – in der kleinen Küche gab es keinen Platz, um sie abzulegen. Er aß recht still, das musste sein Charakter sein, ehrerbietig und wortkarg. Giovannino betrachtete ihn und konnte ihm kein Alter zuordnen, er mochte ein junger Mann sein, der alt geboren wurde, oder ein Alter, der sich in seiner Jugend nicht aufgezehrt hatte. Wie auch immer, Giovannino vermutete, dass er – am Geburtenregister gemessen – der jüngste der drei Männer am Tisch war, und sich in gewisser Weise als ihr Vorgesetzter zu wissen, weckte seine charakterliche Unsicherheit.

Lucia bemerkte, dass die Stille des Tals doch nicht so geräuschlos war. Sie hörte ein unbestimmtes, rhythmisches Brummen, das gedämpfte Rasseln von Eisen, Anzeichen eines unmerklichen Lebens, wie das Wimmeln von Ameisen, das man staunend entdeckt, wenn man sich das Erdreich von nahem ansieht.

»Was sind das für Geräusche?«

»Der Mähdrescher«, erklärte der Briefträger, ohne noch etwas hinzuzufügen. Lucia erhebt sich, um ans Fenster zu gehen, und ihr Blick ist ein Sprung, eine Brücke, die diesen tiefen Spalt, diesen geheimnisvollen Sturzbach neben dem Bahnhofsgebäude überquert. Weiter hinten erkennt sie endlich sauberes Unterholz, krumme Bäume von einer Art, die sie noch nie gesehen hat, Pfade, deren Spuren sich zwischen den unterschiedlichen Höhen verlieren, kleine, abschüssige Parzellen von einer Farbe wie ihre Haare, und weiter oben auf dem freien Bergkamm reglose weiße Flecken, die weiden. Sie schärft die Augen, dreht leicht den Kopf, da werden die Umrisse zur Linken, die sie für eine Felswand gehalten hatte, zu einem Gehöft, und was aussah wie ein verlassener Steinhaufen, belebt sich, es sind Rinder, und dieser einsame

Steinblock stößt Rauch aus, es ist ein Mähdrescher bei der Arbeit, es gibt sogar winzige menschliche Gestalten.

Der Briefträger erklärte ihr, der Padrone der Brancobalardi – das waren die Häuser, die man oben auf dem Kamm der Giogana kaum erkannte – sei ein Hauptmann der Forstmiliz. Den Mähdrescher habe er Stück für Stück, Schraube für Schraube zerlegt und mit Maultieren und der Kraft von hundertneunundsiebzig Männern bis hierher bringen lassen, wirklich hundertneunundsiebzig, denn weil die Maschine nirgendwohin fahren durfte, hatte sie keine Räder: ein funktionstüchtiges Mahnmal.

Die Erzählung regt Lucias Phantasie an, erinnert sie an die fünfzehn Schiffe von Cortés, die auf dieselbe Weise durch das Reich der Azteken transportiert wurden, und diese verrückte Geschichte scheint ihr kennzeichnend für das ganze Tal. Staunend entdeckt sie seine pulsierende, unveränderliche Wirklichkeit, ihr ist, als vernähme sie sogar den fernen Duft gedroschenen Korns.

Am Abend überfiel die Familie Tini große Müdigkeit.

Der letzte Zug fuhr um 20 Uhr. Nicht, dass es viel Verkehr gab: Während Lucia am Nachmittag ihre Aussteuer und die Unterwäsche in der Truhe hinter dem Bett verstaute, zählte sie vier Züge, und niemand stieg aus oder ein. Giovannino half ihr, Ordnung zu schaffen, er machte sich mit dem Haus vertraut, doch wenn er das mittlerweile vertraute Klingeln hörte, zog er sich blitzschnell um und übernahm das Kommando auf dem Bahnhof. Obwohl er genau wusste, aus welcher Richtung die Züge kamen, ob aus Mugello oder aus der Romagna, blickte er gleichgültig mal zu dem einen, mal zum anderen Tunnel hin, ohne sein Wissen beobachtet von

Rinaldo, der halb versteckt am Fenster stand. Und Rinaldo schüttelte den Kopf, ihn amüsierte dieser baumlange Stadtbürger, der sich schon für einen Bahnhofsvorsteher hielt, nur weil er den Wettbewerb um diese Stelle gewonnen hatte. Diese Wettbewerbe, das wusste Rinaldo, gewannen die Parteimitglieder, nicht die Befähigten. Und der hier war ein Parteimitglied, einer, den man empfohlen hatte, so lief das. Aber dieser Giovannino Tini missfiel ihm nicht, und er dachte, dass er es weitaus schlechter hätte treffen können.

Am Abend waren sie also sehr müde. Nach dem letzten Zug, in den Sebastiano einstieg – er wohnte in Ronta und kam nur zweimal in der Woche nach Fornello –, ließen sie sich vom zweiten Stationsvorsteher die Reste vom Mittagessen servieren, und nach dem Essen genehmigte sich Giovannino ein zusätzliches Gläschen. Er schloss das Büro ab, in dem Pipito schlief – er hatte ihm einen Schlafplatz aus zwei zusammengerollten Decken bereitet –, schloss den Bahnhof ab, löschte das Licht im Wartesaal und nahm die Treppe, um auch den Tag abzuschließen.

Lucia ist im Bad, sie steht vor der Waschschüssel aus Keramik. Ihre blonden Haare hat sie gelöst und bürstet sie jetzt sorgfältig, dabei beobachtet sie sich im runden Spiegel. Sie trägt ein Nachthemd aus weißem Leinen, es reicht ihr bis zu den Knien, und darunter ahnt man das Unterkleid. Nach beendeter Abendtoilette bleibt sie unschlüssig in der Tür zum Schlafzimmer stehen. Giovannino zieht sich gerade aus, hängt die Uniformjacke ordentlich auf einen Bügel, legt den Zylinder in die Truhe und schiebt die Schuhe unter den Nachttisch. Dann stellt er den Wecker auf sechs Uhr, eine Stunde vor der ersten Durchfahrt. Er sieht Lucia in der Tür stehen, ihr Busen ist durch die Schwangerschaft voller geworden, ihr Bauch hat diese neue weiche Mondrundung, und er bekommt große Lust, sie zu liebkosen, mit ihr zu schlafen. Dann hält ihn der Gedanke an den zweiten Stationsvorsteher direkt unter ihnen zurück. Er würde alles hören, und Giovannino schämt sich.

Im Tal haben alle Tätigkeiten aufgehört, die dunkle Nacht bricht an, von den schwachen Petroleumlichtern in den Häusern kaum gestört. Der Himmel ist sternenübersät, wie sie ihn noch nie gesehen haben, die Luft so reglos wie Eis, und in der vollkommenen Stille setzt der im tiefen Spalt verborgene Gebirgsbach neben dem Bahnhof seinen endlosen Weg in Richtung Flachland fort.

Als sie zusammen, einander nahe waren und Giovannino die Wärme von Lucias Körper spüren konnte, gab es mehr Stille als Worte, mehr Seufzer als Stöhnen. Was sie während des Tages gedacht hatten, machte der ersehnten Zärtlichkeit Platz, ineinander verschlungenen Händen, in heimlicher Lust sich biegenden Rücken. Alles schien sich in wenigen Augenblicken aufzulösen, um sie erschöpft und befriedigt zurückzulassen. Sie schliefen in enger Umarmung ein.

Keiner der beiden sah ein paar Stunden später den jähen hellen Schein im nächtlichen Dunkel, einen über dem Bergkamm aufzuckenden Blitz. Das dumpfe Grollen, das auf den Lichtschein antwortete, drang fremd in Romeos Träume, und vielleicht hatte das Kind darum niemals Angst vor dem Donner.

Aus dem Schlaf geweckt, schüttelten die Blätter der Kastanienbäume sich unter einem peitschenden Windstoß. Lucia erwachte aus Giovanninos Umarmung – vielleicht war es auch Romeo, der sie weckte, vom Donnergrollen neugierig gemacht –, stellte sich ans Fenster und öffnete die Läden. Der

Himmel war nicht mehr sternenbedeckt, das Dunkel kompakt, einförmig, bedrohlich. Über der Bergkette sah sie von den Wolken getrübte Blitze, die sich auf einer weiten Fläche verteilten, gefolgt von undeutlichem Grollen.

Da nahm Lucia ein Spiel aus ihren Kindertagen auf: Sobald sie das Flackern des Blitzes sah, fing sie an, die Sekunden bis zum Rollen des Donners zu zählen. So konnte sie die Entfernung zwischen dem Gewitter und ihrem Standort annähernd bestimmen.

Zwanzig Kilometer. Achtzehn. Zwölf.

Das Gewitter kam rasch näher. Das verzweigte Aufflackern der elektrischen Entladungen wurde zu einem faszinierenden Schauspiel. Der nachfolgende Donner war stärker geworden, entfaltete sich in einem hin und her schaukelnden Rollen mit zunehmender Lautstärke. Die Windstöße wurden heftiger, schon bogen sich die zarten Zweige der Kirschbäume hinter dem Bahnhof. Und endlich hörte Lucia mit kindlicher Freude, wie die ersten Tropfen mit einem dumpfen Echo auf die Dachziegel fielen, erst vereinzelt und schwer, dann als flüssige Masse, die ihr sogar die Sicht nahm. Bald gurgelte das Wasser in den Dachtraufen, den Regenrinnen, und aus dem Tal stieg der starke Duft nach Feuchtigkeit auf, jene charakteristische Mischung aus Wald, Erde und weichem Holz.

Was sie in diesem Moment verspürte, war unendlich wertvoll für Lucia Assirelli. Sie merkte, wie gierig sie den Geruch des Gewitters einatmete, in der Hoffnung, dass auch das Kind, das sie behütete und wachsen ließ, ihn atmen konnte. Sie erlebte diesen unerwarteten Regen als Willkommensgruß des Tals und dachte, dass sie auf dem Flachland niemals ein solches Schauspiel hätte genießen können.

DER WECKER KLINGELTE

Der Wecker klingelte, und sein Läuten drang in den Schlaf der Familie Tini.

Nur langsam begriff Giovannino, wo er war. Beim Erwachen begleitete ihn die übliche morgendliche Angst. Dies war für ihn der schwierigste Moment des Tages: aufstehen, den Tag mit verantwortungsbewusstem Verhalten füllen, die Arbeit gewissenhaft tun, ihre unvorhergesehenen Zwischenfälle meistern, den Tagesablauf überstehen, um zurück ins nie genug zu preisende Bett zu kommen.

So sah seine tägliche Qual aus.

Vielleicht war das der Grund, und Giovannino sah darin keine Feigheit, warum die Aussicht auf die Versetzung nach Fornello ihn insgeheim begeistert hatte. Denn für ihn bedeutete diese Abgeschiedenheit – er hatte sich sofort über den Ort informiert – eine Lebensstrategie. Er mochte einsame Orte, es genügte ihm, Lucia an seiner Seite zu haben, die Frau, mit der er einen heimlichen Pakt fürs Leben geschlossen hatte. *»Du wirst mich begraben«*, hatten sie sich gegenseitig versprochen, und das genügte. Nein, er war kein Schürzenjäger, kein Kneipenbesucher. Er liebte Lucia, er liebte ihren vollkommenen Körper, den guten Charakter, die tröstende Kraft dieser blaugrünen Augen, und dann würde Anselmo kommen, und er würde diesem Kind beibringen, die Tiere, die Natur, die Größe der Schöpfung zu entdecken, und dafür schien Fornello genau der richtige Platz zu sein.

Es gab noch andere Gründe, ebenso heimliche, um mit dieser Station nicht unzufrieden zu sein. Wie vielen Italienern, obgleich eine Minderheit, war ihm die politische Situation, die sich in Europa zusammenbraute, nicht geheuer. Noch komplizierter wurde sie durch die jüngste Nachricht von der deutschen Wiederbewaffnung, diesen Kanonen, die den Frieden garantieren sollten, aber Kanonen blieben, und in seinem Krebsherzen entdeckte er jeden Tag eine neue Sorge, ein unheimliches Vorgefühl, eine Furcht. Darum, so Giovannino Tinis schlicht pragmatische Schlussfolgerung, war es besser, an einem Ort zu leben, der weniger von Gott als vielmehr von den Menschen vergessen war.

Lucia begann den neuen Tag mit anderen Aussichten. Das nächtliche Gewitter, dessen klar gegliederter Ablauf im Flachland undenkbar war, hatte sie nicht nur als Zeichen des Willkommens erlebt, sondern, und das war sehr wichtig, als die Preisgabe einer unbewussten Neutralität. Bis jetzt war es ihr so vorgekommen, als führte sie ein Leben im Wartezustand, sie hatte darauf gewartet, dass das Leben begann, sie hatte darauf gewartet, etwas tun zu dürfen, und auf eine unbekannte, aber nicht fremde Heimat. Einfach ein Warten. Und jetzt dachte sie darüber nach: Sie wartete auf das Leben, weil sie es leben wollte und Geschenke vom Leben haben wollte – schöne oder hässliche –, die ihm einen unwiederholbaren, ganz eigenen Sinn geben würden. Diese abgeschiedene Bahnstation mit ihrem naiven Rosa zwischen den Ginsterbüschen stellte eine Herausforderung, eine Provokation dar, und in ihrem Inneren spürte sie, zusammen mit diesem Kind, die nötige Energie, um die angebotene Chance wahrzunehmen. Jeder

Tag würde eine neue Eroberung sein, eine Erfahrung, die zum Gepäck der Seele hinzukam. Entschlossen bestätigte sie, dass sie dazu bereit war.

So war sie die Erste, die aus dem Bett stieg, auf das Tal hinausblickte und sich an den kräftigen Farben des frühen Morgens erfreute. Wohlgemerkt, sie war die Erste, die in diesem Haus auf den Beinen war, denn auf den feuchten Berghängen und in den Wäldern sah sie Menschen Heu mähen und Tiere grasen.

Am Vorabend hatte Rinaldo ihnen eine Flasche Milch dagelassen.

»Das ist gute Milch, Ihr werdet es schmecken. Man bringt sie mir frisch von den Häuschen dort drüben«, und er hatte nach oben gezeigt, nach Norden, zum Bergkamm hin.

Lucia machte den Petroleumofen an und stellte die Kanne aus Aluminium darauf, nachdem sie zwei Tassen der pastösen Milch hineingegossen hatte, die dickflüssig war wie Sahne. Dann schnitt sie vier Scheiben vom Brot aus Kastanienmehl ab, auch dies ein Geschenk von Rinaldo: »Wenn Ihr wollt, begleite ich Euch morgen zum Einkaufen nach Gattaia runter. Wir stellen zwei Bütten auf das Fahrrad, dann dient es wenigstens als Lastesel …«

Lucia hatte zugestimmt.

Der erste Zug fährt um sieben Uhr durch, er kommt aus der Romagna, sein Ziel ist Florenz. Es ist keine Dampflok, sondern eine neue Maschine, Littorina genannt. Die Schnauze des Triebwagens ist kielförmig, als flöhe sie gebückt vor dem großen Radiator in Form eines griechischen Tempels. Mit ihren zwei Motoren ist die Littorina schneller als Dampflokomotiven, und die Waggons sind gut ausgestattet, mit bequemen, breiten Samtsitzen. Giovannino hat einige dieser Züge bei Testfahrten gesehen. Nur schade, denkt er, dass dieser dunkle, beißende Dieselrauch unangenehm ist und zu lange in der Kehle bleibt.

Der neue Bahnhofsvorsteher ist pünktlich an seinem Platz, der Zylinder und die Uniform tadellos in Ordnung. Lucia hat alles kontrolliert und ist ihm mit einem Vorschlag gekommen: »Weißt du, dass dir ein Schnurrbart gut stehen würde?« Giovannino hat sich im Spiegel über dem Waschtisch betrachtet und versucht, sich mit Bart vorzustellen.

»Mag sein«, gibt er zu. »Ich denk drüber nach.«

Verärgert bemerkt der Stationsvorsteher, dass die Littorina verspätet ist.

Als er die Treppe herunterging, hat er im Wartesaal eine in feierliches Schwarz gekleidete Alte mit elfenbeinfarbener Schürze gesehen, auf dem Boden vor sich zwei Taschen, prallvoll mit frischem Gemüse. Die Alte ist aufgestanden und zum Fahrkartenschalter gegangen.

»Einmal dritte Klasse nach Ronta, Hin- und Rückfahrt, mit Ermäßigung.«

Nein, so sagt sie das nicht. Das Fehlen der Zähne zerquetscht die Aussprache, vermischt die Worte. Giovannino bringt es nicht über sich, sie nach einem Ausweis zu fragen, um zu überprüfen, ob sie ein Anrecht auf Ermäßigung hat. Er ahnt das arbeitsreiche Leben dieser Großmutter, und die Frage erscheint ihm unredlich, denn die Frau hat den Preisnachlass auf jeden Fall verdient. Schweigend reicht er ihr die Fahrkarte, das Geld ist abgezählt, Zeichen einer eingeübten Praxis. Pipito, der aus dem Büro gelaufen ist, als sein Herrchen herunterkam, stellt sich vor die schwarze Gestalt und beobachtet sie freundlich mit seinen wachen, intelligenten

Augen. Denn dieser Hund verliebte sich in die Verlierer, und das hatte niemand je verstanden.

Noch bevor er sie sieht, hört Giovannino die Littorina ankommen, und als der Zug vor seiner Signalscheibe hält, zählt er gut fünf Minuten Verspätung. Dem Zugführer, der die Tür des Triebwagens öffnet, verbirgt er seine Missbilligung nicht, schaut ostentativ auf seine Uhr und spricht ernst seinen Tadel aus: »Dem Land dient man auch mit Pünktlichkeit.«

Der Zugführer kassiert den Vorwurf, denkt vielleicht, dass er es mit einem dieser Hundertprozentigen zu tun hat, einem, der von Anfang an dabei war, und erwidert nichts. Giovannino reicht der Großmutter seinen Arm, um ihr beim Einsteigen zu helfen, und Pipito begleitet sie bis zur ersten Stufe. Der Rock hebt sich und enthüllt die schwieligen Füße ohne Schuhe. Der Zugführer will die Fahrkarten lochen und sieht, dass es ein Billett dritter Klasse ist. Die moderne Littorina hat sechsundfünfzig Plätze, aber keine dritte Klasse mehr. Giovannino bemerkt die Verwunderung des Eisenbahners, und ihn ergreift ein ungewohntes Gefühl, ähnlich wie Scham – aber es ist keine Scham. Er hört sich sagen: »Die Signora steigt in Ronta aus«, und seine Stimme ist entschlossen, duldet keine Erwiderung, gewährt keinen Rabatt. Dann gibt er das Signal zur Abfahrt. Mehr muss nicht gesagt werden, vor Pipitos feuchtem, fragendem Blick wird die Tür geschlossen.

Rinaldo hatte schon alles vorbereitet.

Mit einem Strick hatte er zwei Weidenkörbe am Sattel befestigt und so den Drahtesel in einen Lastesel verwandelt. Mehr konnte man von dem Fahrrad nicht verlangen, denn an diesem Ort hätte man es nie benutzen können, auch nicht bergabwärts, und Lucia sollte das bald verstehen.

Als Giovannino sie aufbrechen sah, hatte er besorgt gebeten: »Sei vorsichtig, pass gut auf dich auf …«, und die Augen verrieten die Angst um seine Frau.

Auf dem Saumpfad brauchte man bergabwärts bis Gattaia etwa eine Stunde, etwas länger für den Rückweg bergauf. Mit einer Breite von knapp zwei Metern, manchmal viel weniger, folgte er wie alle Saumpfade den natürlichen Windungen des Berges. Er war aus den grauen Kalksandsteinen der Gegend errichtet, einer dicht hinter den anderen gezwängt und an den Rändern durch größere Blöcke befestigt. Sie bildeten einen stabilen Pfad mit unregelmäßiger Oberfläche, gut für Maultiere, sehr viel weniger geeignet für die Schuhe von Städterinnen.

Der zweite Stationsvorsteher hatte sie sofort gesehen. Schöne Stadtschuhe mit weicher Sohle, elegant, ebenes Straßenpflaster gewohnt. Er hatte überlegt, ob er etwas sagen sollte, und sich dann entschlossen, nichts zu sagen. Die Frau des Bahnhofsvorstehers musste ihre eigenen Erfahrungen mit diesem Ort machen, dachte er, und Warnungen oder Ratschläge hätten nichts genützt. Es war ihm gleich verschroben vorgekommen, Fahrräder ins Gebirge mitzunehmen, ein Fahrrad hatte hier niemand, man dachte nicht im Traum daran, Fahrrad zu fahren. Er würde aufpassen, dass sie sich nicht wehtat, das ja, denn in ihrer Situation war ein Sturz gefährlich, leicht konnte sie das Kind verlieren. Mehr als einmal hatte er gesehen, wie sie ihren Bauch streichelte, dann entspannte sich ihr Gesicht, ihre Züge wurden sanfter bei dieser Geste, die die Zukunft schützte.

Als sie aufbrachen, Rinaldo schob das Fahrrad, gesellte Pipito sich zu ihnen. Er sah sein Frauchen losgehen und hörte sofort auf, den Bürgersteig überall zu beschnüffeln, sich bei der Jagd nach Bienen um sich selbst zu drehen und lustige Sprünge zu machen, im vergeblichen Versuch, nach Schmetterlingen zu schnappen. Jetzt lief er den beiden gut zehn Meter voraus, denn er hatte die Aufgabe übernommen, die unbekannte Strecke zu erforschen. Dann kehrte er zu seinem Frauchen und Rinaldo zurück, stand auf seinen krummen Beinchen vor ihnen, der Schwanz fegte durch die Luft, die länglichen Ohren hingen herab, als wollte er sagen: »Alles friedlich, ihr könnt weitergehen.«

Lucia, die mit Gebirgspfaden gänzlich unvertraut war, erkannte sofort, dass sie sich verrechnet hatte. Das nächtliche Gewitter hatte die Steine rutschig gemacht, hinzu kam ihre unterschiedliche Höhe. Bei der Suche nach sicherem Stand geriet jeder Schritt nachdenklich, die Wadenmuskeln verhärteten sich, wenn der Weg abschüssiger wurde. Rinaldo hielt das Fahrrad, ständig schlug die Kette mit einem metallischen Geräusch gegen das Schutzblech.

»Seid vorsichtig dort drüben …«, mahnte er vorausblickend, während Pipito ganz auf sein erkundendes Vor und Zurück konzentriert war. Da Rinaldo sah, dass Lucia sich immer schwerer tat, blieb er vor dem Strunk eines schönen Nussbaums stehen, entdeckte einen gerade gewachsenen Schössling, holte ein Messer aus der Tasche, in wenigen Minuten war der Gehstock fertig und wurde überreicht. »Hier, stützt Euch darauf.«

Trotz des unsicheren Abstiegs, den das fortwährende Hin und Her des Hundes noch schwieriger machte, entging Lucia Assirelli die wilde Schönheit des Tals nicht. Nachdem sie die imposanten Eisenbahnüberführungen zu ihrer Rechten hinter sich gelassen hatten, waren sie in üppigeres, frisches Grün gekommen, wo sich zwischen den Bäumen die regelmäßigen Kastanienhaine und das gepflegte Unterholz auf der anderen Seite abhoben. Die reine Luft ließ sich gut atmen, sie war leicht und zart, nicht schwül wie die Luft im Flachland, außerdem gab es zum Glück keine Mücken, die besonderes nachts lästig wurden. Lucia versuchte, so viele gute Seiten wie möglich zu erkennen, wusste sie doch nur zu gut, dass sie weit mehr als eine Jahreszeit an diesem Ort verbringen würde, und dass eine Versetzung ihres Mannes wegen des späten Parteieintritts auf sich warten lassen würde. Wichtig ist auf jeden Fall, sich gut einzuleben, dachte sie, die Gegend kennenzulernen, mit den Menschen vertraut zu werden, das Haus so gemütlich wie möglich einzurichten und, warum nicht, ein bisschen Geld für die Zukunft beiseitezulegen, vielleicht sogar ein Radio auf Raten zu kaufen. Außerdem fuhr hier der Zug nach Florenz vorbei, eine Gelegenheit, die Stadt zu besuchen, sie war noch nie in Florenz gewesen.

Darüber dachte Lucia Assirelli nach, während sie achtgab, auf diesem steilen, steinigen Weg nicht zur stürzen. Sie dachte an das Morgen, wie es sich gehört für eine junge Frau, die bald Mutter wird.

Pipito lief immer noch vor und zurück, die Zunge hing ihm wegen der Hitze aus dem Maul, als sie auf einem hohen Brückchen aus roten Backsteinen zwei Frauen gemessenen Schritts aufsteigen sahen. Sie kamen näher, und Lucia sah den vollgefüllten Korb, den jede auf dem Rücken trug, die Trageriemen aus Stricken, die ihnen in die Schultern schnitten, und als die Frauen dicht vor ihnen waren, konnte sie den Geruch nach Schweiß und ungewaschener Kleidung nicht ignorieren. Sie verbarg ihren Eindruck, denn die beiden blieben stehen, um Rinaldo zu begrüßen, in Wirklichkeit aber wollten sie die Fremde sehen.

»Signor Cenci, da habt Ihr aber eine wirklich schöne Begleiterin …«, sagte die Ältere mit lauter Stimme, und nichts verriet ihre Anstrengung. Lucia musterte die beiden, ohne dass sie ihnen ein Alter zuordnen konnte. Die Haut ihrer Gesichter und Hände war sonnenverbrannt, rissig vom Wind und schwielig von der Arbeit. Statt die Frau des Stationsvorstehers zu begutachten, warfen die beiden nun neugierige Blicke auf das Fahrrad mit den Bütten.

»Und das, was ist das für eine Erfindung?«, fragten sie lachend.

»Das Fahrrad der Signora Lucia, der Frau des neuen Bahnhofsvorstehers.« Ein schüchternes Anwesenheitsjaulen lenkte die Aufmerksamkeit auf Pipito.

»Und der da, was ist das für ein Hund?«

»Das ist unser Hund. Er heißt Pipito«, erklärte Lucia.

»Ich meine … ist das ein Jagdhund? Ein Hirtenhund?«

»Ein Gesellschaftshund.«

Die Frauen sahen sich verwundert an. Hunde hielt man nur aus wirtschaftlichen Gründen, nie war es vorgekommen, dass Hunde aus Gefühlsgründen angeschafft wurden. Zur Gesellschaft? Reichte nicht eine acht- bis zehnköpfige Familie als Gesellschaft?

»Ein Gesellschaftshund?«, wiederholten sie als Antwort und legten die größtmögliche Ungläubigkeit in das Wort. Lucia fühlte sich geprüft und bewertet, beginnend bei ihren Stadtschuhen, sie suchte mit Blicken nach den Schuhen der beiden und sah unter den schmutzigen Säumen der langen Röcke nackte Füße hervorschauen. Unwillkürlich zog sie ihre Füße unter den Rock zurück und schämte sich, für sie ein ungewohntes Gefühl.

»Wohin wollt Ihr?« Mit der Frage versuchte sie das Thema

zu wechseln. Rinaldo, der den gutgemeinten Versuch wahrscheinlich verstand, übernahm die Antwort.

»Sie gehen nach Piandolci. Das liegt vor Fornello, aber höher.«

Nun wurde Lucia ihrerseits neugierig, sie sah die beiden forschend an und wollte wissen, was sie in diesen vollen, schweren Körben trugen und wie sie miteinander verwandt waren, denn sie ähnelten einander und mochten Schwestern sein, obgleich man den Altersunterschied bei näherer Betrachtung deutlicher sah.

»Wie geht's dem Papa?«, fuhr der zweite Stationsvorsteher fort.

»Besser, wegen der Salze aus Montecatini ...«

»Dann grüßt ihn schön von mir und sagt, ich komme bald den Käse holen ... Einen guten Tag noch!«

Sie nahmen ihren langsamen Abstieg nach Gattaia wieder auf. Rinaldo räusperte sich verlegen und schüttelte den Kopf.

»Ich muss Euch etwas sagen, Signora, aber nur, wenn Ihr's mir nicht übel nehmt.«

Lucia hörte den Tonfall, und wieder überfiel sie ein ungewohntes Gefühl, sie fühlte sich schuldig.

»Ihr dürft die Frauen nicht so anschauen.«

»Wie anschauen?«

»Als wären sie anders als Ihr. Sie merken das.«

Getroffen von der Bemerkung sagte sie kein Wort mehr bis zum Ende des Wegs, als die ersten der wenigen Häuser von Gattaia auftauchten: die Kirche mit dem Pfarrhaus, der Friedhof, vier große Steinhäuser an der Straße neben dem Gebirgsbach, der hier zum Fluss wurde.

Sie hatte mehr erwartet und konnte kaum glauben, dass zu

diesem Klümpchen Häuser sogar ein Laden gehörte. Natürlich gab es ihn, aber anders als die Geschäfte in der Stadt mit ihren geschmückten, bunten Schaufenstern. Eine schlichte Tür ohne irgendein Reklameschild und ein großer Raum, niedrig, dunkel, es roch nach Tabak, Korn, Öl und Wachs. Hinter dem hölzernen Ladentisch mit Brandflecken von Zigarren stand neben der roten Waage ein bärtiges Subjekt in schwarzer Latzhose, buschige Augenbrauen, dicht behaart bis zur Nase, einer kolossalen Nase.

»Faschistischer Gruß«, und er hob die rechte Hand wie ein Pinguin den Stummelflügel, nämlich bloß mit einer trägen Drehung des Handgelenks.

»Faschistischer Gruß«, erwiderte Rinaldo gleichmütig, als hätte er gesagt: »Gutes Wetter heute.«

Als sie den kurzen Austausch von Floskeln hörte, beschlich Lucia das dritte ungewohnte Gefühl an diesem Tag, das Befremden über faschistische Grüße. Sie begriff, dass sich zwischen dem Tag des Umzugs und diesem heutigen Tag schon ein Graben, eine Andersartigkeit aufgetan hatte. Im Tal von Fornello – so nannte sie es, weil sie noch nicht wusste, dass es das Tal des Muccione war – hatte sie nicht das geringste Anzeichen des Regimes, keine Inschriften, keine Uniformen gesehen. Erst jetzt wurde ihr die Abwesenheit der Politik in diesem Tal bewusst, und obwohl dieser Aspekt im Leben von Lucia Assirelli zweitrangig war, konnte sie sich eine leise Sympathie für die Eroberungen des Regimes gewiss nicht verhehlen. Sie dachte und sagte es auch, dass es Gutes und weniger Gutes gab, wie bei allem in dieser Welt, außerdem gingen bedauerliche Ereignisse wie die Ermordung des Abgeordneten Matteotti oder des Pfarrers von Argenta auf die frühen Zwanzigerjahre zurück, als sie ein kleines Mädchen war. Einmal an der Macht, hatten die Faschisten sich gehäutet, hatten die ungezügelten Elemente nach Ostafrika exiliert, die Hitzköpfe unschädlich gemacht. Aber warum fühlte sie sich dann so befremdet? Vielleicht war es weniger die Frage, die sie ärgerte, als die Tatsache, dass sie keine Antwort fand.

Sie lenkte sich ab, indem sie ihren Blick durch den Laden schweifen ließ. Alles war da: von der Pasta aus Nola bis zum Cerasella-Likör, vom Efti-Mokka bis zum Negri-Sirup und sogar dem Waschmittel Lysoform. All das sah sie aufgestapelt in den Regalen, in Schachteln, auf Stühle gelegt, am Boden aufgetürmt. Aber sie sah nicht alles.

»Habt Ihr Käse?«

»Nao.«

Genau das sagte der Ladenbesitzer, die Oberlippe verziehend: Nao.

»Eier?«

»Nao.«

»Kartoffeln?«

»Nao.«

Was war das für ein Laden ohne Käse, Eier, Kartoffeln? Im Lebensmittelladen in Faenza fand Lucia alles und weit mehr als Käse, Eier und Grünzeug, sie fand tagesfrisches Gemüse, soeben gekochten Ricotta, Squacquerone, den typischen Frischkäse der Romagna, Cassatelle, duftiges Gebäck, das die Luft mit Wohlgeruch erfüllte, und weiche, pikante Schafskäse aus Castelraniero! In was für einen schäbigen, heruntergekommenen Laden hatte der zweite Stationsvorsteher sie da gebracht?

»Signora«, erklärte Rinaldo, als könnte er ihre Gedanken lesen. »Ihr dürft ihn nicht nach Dingen fragen, die die Bauern selbst haben, denn die verkauft er nicht. Ihr müsst das verlangen, was die Bauern nicht selbst erzeugen: Kaffee, Zucker, Streichhölzer, solche Sachen …«, und dann, an den Ladenbesitzer gewandt: »Das ist die Frau des neuen Bahnhofsvorstehers, wisst Ihr …«

»Und wo finde ich Kartoffeln, Käse, Eier? Ihr glaubt doch nicht etwa, dass ich die selbst erzeuge?« Lucias Antwort mischte sich mit seiner Erklärung.

»Gute Frau«, fuhr der Ladenbesitzer brüsk dazwischen, »die findet Ihr bei den Bauern, zu Eurem Nutzen und Gefallen.«

Zu ihrem Nutzen und Gefallen kaufte Lucia Assirelli diverse Vorräte für mehrere Wochen. Getrocknete Hülsenfrüchte, Dosenerbsen, Salz zum Konservieren, Reis, Tomatenkonzentrat, sogar die berühmten Fischfilets der Marke Florio, das war ein Schwangerschaftsgelüst. Als es ans Bezahlen ging, fischte sie, während Rinaldo alles ordentlich in den Bütten verstaute, Geldscheine aus ihrer Börse, wurde aber vom Ladenbesitzer mit weit ausholenden Handbewegungen zurückgehalten.

»Was tut Ihr da? Immer mit der Ruhe, hier schreibt man an, Ihr zahlt am Monatsende, wie alle …«, und er schlug ein blaues Heft mit welligen Rändern auf. »Hier: Bahnhofsvorsteher von Fornello. Wir streichen den alten Namen durch und schreiben den neuen. Was schreibe ich?«

»Tini, Giovannino.«

»Tini … Giovannino. Fertig, das wär's. Faschistischer Gruß, Signora Tini.«

DER RÜCKWEG

Der Rückweg, das sieht sie sofort, wird zu einem langen, mühseligen Aufstieg. Vorsichtig klettert sie auf den ungefügen Steinen des Saumpfads in die Höhe und ist ganz Nachdenken: die Strapazen, das Kind, die Lebensmittel, die sie nicht hat kaufen können, dieses Tal, das ihr mal feindlich, mal freundlich erscheint, die Zeit, die sie hier verbringen muss. Und in das Klettern schleicht sich das enttäuschende Gefühl, beim Einkaufen versagt zu haben, wieder ein Schuldgefühl, in dem sich ihr Unbehagen bei der Begegnung mit dieser neuen Realität widerspiegelt. Sie ist nicht mehr im komfortablen Faenza, sondern plagt sich auf einem Maultierpfad über die Berge.

Rinaldo, der das unpassende Flachlandfahrrad schiebt, dessen Kette bei jedem Stoß laut im Schutzblech rasselt, bemerkt Lucias fragenden Ausdruck und möchte ihn richtig deuten: »Dies hier war die Straße der Romei …«

»Wie bitte?«, fragt die Frau des Bahnhofsvorstehers Tini geistesabwesend.

»Ich sagte, dies war die Straße der Romei«, abermals sieht er Verständnislosigkeit, Lucias gerunzelte Stirn, und möchte sich so klar wie möglich ausdrücken: »Die Romei waren die Pilger damals, die Leute, die nach Rom gingen. Darum heißen sie so.«

Die Romei waren die Pilger damals, Lucia kaut den Satz wieder und weiß nicht recht, warum. Ein Tritt im Bauch entlockt ihr einen Ausdruck der Überraschung, ihre Hand fährt zur halbmondförmigen Rundung, das besorgte Streicheln. Romeo hat endlich seinen Namen gehört und geantwortet, aber das – auch das – sollte erst später verstanden werden.

»Wo kauft man den Käse? Und die Milch?«

»Kuhmilch?«

»Natürlich, Kuhmilch.«

Der zweite Stationsvorsteher blieb stehen und nutzte die Gelegenheit, um sich den Schweiß vom Fahrradschieben abzuwischen.

»Von den Checchi in Piandolci.«

»Dann gehen wir nach Piandolci.«

Rinaldo blieb nicht viel hinzuzufügen. Die Maultierpfade, wo man heute keine Pilger mehr sah, hießen eben deswegen so, weil Maultiere über sie wanderten, und diese schöne Frau erschien ihm eigensinnig wie jene Tiere. Mit einer eigensinnigen Frau zu diskutieren, nein, das kam nicht infrage, erst recht nicht, wenn es die Frau seines Vorgesetzten war, um Himmels willen, nein. Sie würde schon verstehen, was es bedeutete, bis nach Piandolci zu gehen. Alles, außer einem angenehmen Spaziergang.

Unterhalb des Viadukts bog Rinaldo nach links in einen Seitenweg ab, schmaler und von niedrigen, regelmäßigen Trockenmauern gestützt. Erst folgte der Weg dem Bächlein in der Talsohle, dann begann er in engen Serpentinen anzusteigen. Die Vegetation auf dem grasbewachsenen Berghang wurde spärlicher, im gleichen Maße nahmen die Hitze und mit der Hitze die Fliegenschwärme und der umherziehende

Gestank der Kuhfladen zu. Die beiden gingen langsam, gemessenen Schritts voran, begleitet vom Schlagen der Kette und Pipitos verspieltem Vor und Zurück, und als sie aus dem Wald kamen, fanden sie sich mitten auf einer ziemlich belebten Weide wieder.

Wenn das Fahrrad für die Kühe eine Neuheit darstellte, zeigten sie es nicht. Kühe, Tiere mit einer stoischen Philosophie, bringt man nicht so leicht zum Staunen, ungerührt rupften sie weiter Gras, verscheuchten Trauben von Fliegen mit Schwanzschlägen und Ohrenzucken, und die beiden Gestalten, der Hund und das Fahrrad wurden mit friedlicher Nachgiebigkeit ignoriert.

Pipito, der noch nie eine Kuh gesehen hatte, ließ der instinktiven Regung, sich ihnen zu nähern, ein umsichtiges Abwägen ihrer Größe vorausgehen und entschied dann, sich in der Nähe seines Frauchens wachsam, aber still zu verhalten.

Die Häuser von Piandolci lagen sonnenbeschienen am oberen Rand der Weiden, zwei Gebäude aus dem Stein, der im Sommer vom Südwestwind und im Winter vom Schnee angenagt wird. Das Bellen des Hundes machte die Bewohner auf die Ankömmlinge aufmerksam, und sofort kamen die beiden Frauen heraus, die man schon unten im Tal gesehen hatte, dazu ein Mann mit gelblichem Strohhut.

Der gesellige Pipito lief los, den Bruder zu begrüßen, und das Aufeinandertreffen wurde sofort zu einem befriedigenden, gegenseitigen Beschnüffeln der Genitalien. Nachdem ihre Hunde sich in dieser Form ausgewiesen hatten, gingen die Menschen aufeinander zu und begannen zu sprechen.

»Ihr seid die Signora von heute …«, hob die Frau an, die in Lucias Augen die Tochter sein musste.

»Schwanger!«, bemerkte die andere, vermutlich die Mutter.

»Ihr dürft Euch nicht so abplagen … Los, rein ins Haus und setzt Euch hin!«

Der Ton war gebieterisch und wissend, Lucia, erhitzt vom Aufstieg, weigerte sich nicht. Der Mann mit dem Hut sagte kein Wort, die Daumen in die Taschen seiner abgewetzten Weste geklemmt, und alle gingen in das größere der beiden Häuser. Hier wurden sie von einer trockenen Luft aus Kühle und Schatten empfangen, einem großen Raum mit rußgeschwärztem Kamin, einem langen Tisch mit gedrechselten Beinen und neben dem Wandregal, wo der Wasserkrug stand, einem von der Decke baumelnden Fliegenpapier.

»Das ist die Frau des neuen Stationsvorstehers …«, sagte die Tochter zum Mann, und erst jetzt sah Lucia seine Augen aus trübem Weiß. Sie erschrak, noch nie in ihrem Leben hatte sie einen Blinden gesehen, und ihr erster Gedanke, logisch in seiner Widersinnigkeit, ging zu dem, was ihre Mutter ihr oft geraten hatte: »Vermeide Gelüste und Schrecken, wenn du willst, dass das Kind gesund geboren wird.«

Denn es hieß, und man glaubte daran, dass furchtsames Zusammenschrecken und die natürliche Lust aufs Essen den Fötus verändern konnte, und erklärte sich so Krankheiten wie die Hasenscharte, den Blutschwamm und anderes. Lucia überfiel die irrationale Vorstellung, ein blindes Kind zur Welt zu bringen, ihr Herz klopfte schneller, ein starker Schwindel erfasste sie, und sie sank noch erschöpfter auf einen Stuhl.

»Was hab ich Euch gesagt …«, bemerkte die Frau leise. »Sie sind's nicht gewohnt …«, womit sie den noch unbekannten Stationsvorsteher in ihr Urteil einschloss. Doch Gerüchte verbreiten sich schnell, und tatsächlich war die Nachricht von den Neuankömmlingen schon in dieses Labyrinth aus Tälern vorgedrungen.

Lucia blickte sich um und gewahrte bitterste Armut. Sie zeigte sich im spärlichen Mobiliar, in den gekalkten, schwarz angelaufenen Wänden, in dem verloren wirkenden Bild eines Hochzeitspaars, in der Petroleumlampe, die über dem Tisch hing. Sie fasste sich ein Herz, nahm ein Glas Wasser von Rinaldo an und begann, in bemüht unbefangenem Ton zu sprechen.

»Ich habe mir gedacht, ob Ihr vielleicht Käse zu verkaufen habt, außerdem Eier und auch Milch.«

Die Familie Checchi hatte Käse zu verkaufen, außerdem Eier und auch Milch.

Der blinde Mann, der sich bewegte, als sähe er besser als die anderen, holte einen Laib Käse, der nach Kräutern duftete, aus dem Käsekeller, dazu ein übrig gebliebenes Viertel. Davon schnitt er mit geübten Bewegungen eine dünne Scheibe ab, ließ sie auf das hölzerne Hackbrett fallen und sprach sein erstes Wort:

»Kostet.«

Weich, saftig, pikant. Da konnten nicht einmal die Schafskäse aus Castelraniero mithalten.

»Mit der Milch könnte man es so machen …«, fuhr der Mann in freundlichem Ton fort. »Man bringt Euch jeden Abend eine Flasche, frisch gemolken. Und wenn ihr entbunden habt, bringt man Euch so viel Milch, wie gebraucht wird. Butter würde Euch guttun, die gibt Kraft …«

Die Überraschungen wurden immer zahlreicher für Lucia Assirelli: der sehende Blinde, der Kräutergeschmack des Käses, das Angebot, ins Haus zu liefern, sogar Butter. Ihre Frage kam spontan, es konnte keine andere sein: »Wie viel verlangt Ihr denn?«

Da machte die Tochter, bis jetzt stumme Zuhörerin, einen

Schritt, dann noch einen auf den Alten zu und flüsterte ihm etwas ins Ohr. Er nickte, zeigte ein schüchternes, betrübtes Lächeln, schüttelte den Kopf.

»Eure Schuhe genügen, wenn Ihr einverstanden seid.«

So kehrten sie mit einem gewissen Überfluss in den Bütten und einem Paar genagelter Holzschuhe anstelle der Stadtschühchen zurück.

Lucia würde nie vergessen, was für ein Gesicht die mutmaßliche Tochter gemacht hatte, als sie mit ihren schwieligen, harten Füßen die weichen Stadtschuhe anprobierte. Doch sie passten genau, und die Freude, eine kindliche, spontane Freude, hatte sich im Blick ihrer braunen Augen konzentriert. Nein, Lucia würde die Frau nicht vergessen, denn sie hatte sich das Kopftuch abgenommen und den Zopf dunkler Haare gezeigt, Haare einer Heranwachsenden, die mit der verbrannten Haut einer alten Frau kontrastierten, und während des Abstiegs dachte Lucia an diesen Widerspruch.

Nicht nur daran. Die Armut der Familie Checchi hatte sie getroffen, sie hatte sich – auch wegen der Schuhe – als reiche, privilegierte Frau gefühlt. Dabei lebten sie und Giovannino nur von seinem Gehalt, jetzt das eines Stationsvorstehers, dessen Amt ihnen zum Glück auch Anrecht auf ein Haus gab, sonst hätten sie ihre Eltern um Hilfe bitten müssen. Lucia erschien es unglaublich, dass man im Jahr 1935 so arme Menschen sah.

Unterdessen hatte Giovannino mehrere Züge aus Ronta und einen Güterwagentransport aus Crespino abgefertigt. Da es wenig Verkehr und keine Passagiere gab, er sich aber mit seiner Arbeitsstätte vertraut machen wollte, hatte seine Beschäftigung aus einsamen Erkundungsgängen auf dem

Gelände um den Bahnhof bestanden, und er war sich vorgekommen wie Pipito. Er hatte den achteckigen Wasserturm besichtigt und war hinter einem kurzen Tunnel auf das Rangiergleis gestoßen. Weiter am Hauptgleis entlang voranschreitend, entdeckte er wenig später auf halber Höhe des Hangs ein Haus, das auf einer Seite in großen Ziffern die Zahl Fünfzigvierhundertfünfzehn trug – das Bahnwärterhaus mit der Kilometrierung des nach den Waldkäuzen benannten Allocchi-Tunnels, fast vier Kilometer in den mergeligen Eingeweiden des Gebirgszugs der Giogana.

Sein einsames Umherwandern führte Giovannino in die friedliche Stille dieser Gegend und vor das Panorama des Tals, wo er in der Ferne, jenseits des Sturzbachs, Gestalten erblickte, die ein Kornfeld mähten. Deutlich erkannte er den einsamen Mähdrescher vom Vortag und überlegte, welch große Anstrengung nötig gewesen war, ihn bis hier hinauf zu bringen, wo man nicht die Spur einer richtigen Straße sah. Obwohl fortwährend ein leichter Wind wehte, übertrieb die Hitze, Giovannino fühlte, wie Schweißtropfen seinen Rücken hinabrannen und in der Unterhose endeten. Er hatte nicht einmal seine Mütze abgenommen, darum sah er aus wie ein Offizier, der seine Truppen inspiziert – obwohl es hier an Truppen nur ihn gab, in kerzengerader Haltung, und der Rest war Stille.

Aber Stille war dem Bahnhofsvorsteher nicht unlieb, und er hatte sich vielleicht auch dank ihres Schweigens in Lucia verliebt. In diesem Tal erschien ihm die Stille freilich schwer zu ertragen, denn sie war ein Schweigen von Vergessenen, von nicht existierenden Menschen. Mit Erstaunen registrierte er, dass er sich in diesem Ort schon alteingesessen fühlte, dabei waren seit ihrer Ankunft nicht einmal vierundzwanzig Stunden vergangen. Darum beschloss er, sich dem Bahnwärter vorzustellen, ein Arbeitsbesuch, um mit seinen Untergebenen vertraut zu werden.

Als das Haus am Hang etwa dreißig Meter entfernt vor ihm liegt, erblickt er eine Frau. Auf dem Absatz der Eingangstreppe stehend, spricht sie mit jemandem, den er nicht sieht, ihre Worte kommen tonlos und ununterscheidbar bei ihm an. Kurz darauf erkennt er, dass es sich um die Witwe Fanciullacci handelt, die Frau, die am Vortag aus dem Zug gestiegen ist, die mit dem Eierkorb, immer noch gekrümmt wie eine Sichel, und sie stößt sinnlose Worte aus. Giovannino zögert, macht ungleiche Schritte schräg gegen den Hang, bleibt stehen. Er könnte alles Mögliche machen, sogar einen Salto mortale, aber ihm wird bewusst, dass sie ihn nicht bemerken würde, und stumm kehrt er zum Tunnel zurück.

Am Bahnhof trafen sie aufeinander.

Rinaldo, Lucia und Pipito in Begleitung des beladenen Fahrrads, Giovannino mit dem roten Zylinder auf dem Kopf. Sie trafen am Bahnhof aufeinander, als hätten sie sich verabredet, und Giovanninos Blick fiel auf die Füße seiner Frau, die genagelten Holzschuhe, mit denen Lucia anders ging, mehr wie eine Frau aus dem Volk.

Noch bevor sie den Mund aufmachten, bevor sie Worte wechselten, erfassten beide schon die kleinen Veränderungen des anderen, und das war das Wunder ihrer Beziehung: sich aus dem Bauch heraus verstehen, intuitiv die Stimmung des anderen erfassen. Giovannino, der Offizier ohne Truppen, Lucia, die Städterin mit Holzpantinen, und noch fehlten zweiundneunzig Tage bis zur Geburt von Romeo Tini. Zweiundneunzig Sommertage, und noch konnte viel geschehen.

Der zweite Stationsvorsteher erbot sich, den Einkauf in die Wohnung zu bringen, und begann die Bütten des Fahrrads auszuräumen, das sich dem mehrfachen Befremden zum Trotz als durchaus nützlich erwiesen hatte. Lucia ließ ihn gewähren, es verlangte sie danach, sich aufs Bett zu legen, um den Bauch und das Kind ein paar Minuten lang ausruhen zu lassen, und Giovannino sah zu, wie die Einkäufe aus diesen Zauberhüten hervorkamen. Da er sich nutzlos fühlte, griff auch er nach etwas, und als die Operation abgeschlossen war und Rinaldo sich ordnungsgemäß zurückgezogen hatte, ging er zu Lucia.

Die Familie Tini hatte ihre eigenen Matratzen mitgebracht, zwei Matratzen wie sich's gehört, eine Seite mit Wolle gefüllt, die andere, für den Sommer, mit Rosshaar. Das Bett aber hatten sie im Haus vorgefunden, wie fast das gesamte Mobiliar. Ein hohes Bett aus Gusseisen, ein bequemes Bett, das auch in delikaten Momenten nur ein leises Knarren von sich gab. Lucia hörte die Bewegungen ihres Mannes, murmelte mit geschlossenen Augen: »Komm her, ich muss dir etwas sagen«, und sprach.

Erzählen konnte sie gut. In allen Einzelheiten zeichnete sie den Abstieg auf dem Maultierpfad nach, beschrieb die Begegnung mit den Checchi, den Laden, der nur das verkaufte, was hier nicht erzeugt wurde, den Aufstieg nach Piandolci, die Armut des Hauses, den blinden Mann und ihr plötzliches Zusammenschrecken, die junge Alte, den Tausch der Schuhe. Dann schwieg sie, und Giovannino fühlte sich ermächtigt, von seinen einsamen Territorien zu sprechen, den fernen Gestalten, die das Korn mit der Sichel mähten, der Witwe Fanciullacci und ihrem Reden in den Wind.

»Wo kommt unser Sohn zur Welt?«

Es war nicht klar, wer diese geflüsterte Frage gestellt hatte, Giovannino oder seine Frau. Sie wurde nicht beantwortet, denn sie gehörte zu den Fragen, auf die man keine Antwort erwartet. In Wahrheit empfanden sie dieses Kind in der Tiefe ihrer Seele als das Abenteuer, das sie vom heimlichen, uneingestandenen Eindruck einer Nutzlosigkeit des Lebens befreien würde, ja, sie empfanden das Kind als Grund für ihr eigenes Leben, und da zählten die Probleme, die unvermeidlich kommen würden, wenig. Es war ihrer beider Geschenk an die Welt, dachte Lucia, und dafür würden sie jede Art Schwierigkeit auf sich nehmen.

Lucias Hand glitt leicht über die Steppdecke, berührte die ihres Mannes, drückte sie und wurde gedrückt. In diesem Kontakt spürten sie eine wachsende Kraft, die sie tröstete und keine Worte brauchte. Sie waren nicht allein und wussten, dass sie ein Versprechen, eine Wirklichkeit füreinander waren. In diesem gegenseitigen Händedruck spürte sie das Kinderherz ihres Mannes und er die treue Gefährtin, die er brauchte. Nein, Worte waren nicht nötig, und eine unbestimmbare Zeit lang verharrten sie in der Leichtigkeit ihres Traums.

ZWEIUNDNEUNZIG TAGE SPÄTER

Zweiundneunzig Tage später, also im September und ebenfalls an einem 18., zählte das Flusstal des Muccione zwei richtige neue Bewohner – mithin keine Fremden mehr – und einen dritten auf der Zielgeraden.

Am Ende der Schwangerschaft angelangt, war Lucias Verwandlung offensichtlich und nicht nur am spitz zulaufenden Bauch, ein Detail, das in ihrer heimatlichen Romagna eindeutig einen Jungen ankündigte. Die Maultierpfade, die sie bis zuletzt hartnäckig hinauf- und hinabgelaufen war, mal zu den Häusern im Westen, wo die Kühe weideten, mal zu den Häusern im Osten, wo es viele Schafe und Ziegen gab, hatten auch ihre Beine kräftiger gemacht, und ihre Haut war von der klaren Luft und der Sonne abgehärtet.

Giovannino für seinen Teil hatte die Kunst des Geschichtenerzählers gelernt, da die Bahnstation das gesellschaftliche Zentrum des Tals bildete. Ob man nun Briefe abschickte oder empfing, Lotto spielte, zum Markt nach Ronta fuhr oder Verwandte in Crespino besuchte – alle Einwohner kamen hier vorbei, und nach einer anfänglichen, vorsichtigen Einschätzung der neuen Familie, die im Grunde eine Prüfung war, hatten die Menschen Vertrauen gefasst und verweilten gerne, um über die neuesten Ereignisse zu plaudern oder ein Glas Rotwein zu trinken, an dem es nie fehlte. Manchmal blieben sie länger, standen verlegen da, den Hut in der Hand, um *Die Stunde des Landwirts* im Radio zu hören, Modell Superla, zu dessen Kauf auf Raten die Tini sich entschlossen hatten, obwohl es viele Raten waren. Am frühen Sonntagmorgen kamen die Frauen vorbei, auf dem Weg zur Sieben-Uhr-Messe in Gattaia, in Holzpantinen und im guten Kleid, einem der zwei Kleider, die sie besaßen. Und alle erkundigten sich, wie es um die Schwangere und den kleinen Anselmo stand, von dem niemand wusste, dass er Romeo heißen würde.

Und es kamen andere, die selten aus dem Zug stiegen, häufiger von den Bergen der Giogana herunterkamen, die fliegenden Händler mit irdenen Backformen, sogar aus Visignano bei Firenzuola kamen sie über Maultierpfade, die Wasserscheiden bildeten. Weiter gab es den wandernden Schneider, den Schuster, den Kesselschmied – sie alle trugen ihre Werkzeuge auf dem Rücken, und der Halt beim Bahnhofsvorsteher war Pflicht.

Kurzum, Lucia und Giovannino fühlten sich jetzt zugehörig zu dieser vergessenen Gemeinschaft und hatten die Charakterzüge dieser Menschen schätzen gelernt: das Schweigen, die Zurückhaltung, die würdevoll ertragene Armut. Sie waren Landbewohner – fast alle Halbpächter und großherzig –, die aus der Plackerei den Motor ihres Lebens gemacht hatten. Die Allerärmsten waren die Köhler, Saisonarbeiter, die von Mai bis September mit ihren Familien in improvisierten Hütten aus Baumstümpfen und Zweigen lebten und die Schlagholzwälder des Bergkamms mit ihren Rauchfahnen belebten.

Und da es hier keine Autoritätspersonen gab – nicht einmal religiöse, denn der nächste Pfarrer lebte in Gattaia, und die Vertreter der Partei sah man nur hinter den Fenstern der Triebwagenzüge –, wurde Giovannino Tini von allen ein bisschen als Carabinieri-Hauptmann gesehen, und manchmal musste er auch den Schreiber machen, denn wenige Einwohner konnten lesen und schreiben. Andererseits ließ ihm seine Arbeit als Bahnhofsvorsteher große Freiräume für beschauliche Momente, hatte er doch nur eine Eisenbahnlinie, zwei Makaken und ein kurzes Rangiergleis zu überwachen.

Auf die Sache mit dem Makak war er als frischgebackener Bahnangestellter prompt hereingefallen. »Leg den Makak um«, hatten ihm die alten Hasen unter den Eisenbahnern gesagt. Er blickt sich verwirrt um, auf der natürlich vergeblichen Suche nach dem Affen, und schon brechen die Kollegen in lautes Gelächter aus. Das ovale Gegengewicht der Weiche, das war der Makak, weiß der Himmel, warum das so hieß.

Die Tini kannten jetzt alle Häuser bis zur Giogana, und jedes Haus oder jede Ansammlung von Häusern hatte einen Namen, eine Familie oder mehrere. Von Piandolci wussten sie fast sofort alles, wegen der Käselaibe und der Milch. Oberhalb von Piandolci lief der Maultierpfad an der Berghütte Galeotti vorbei, einer Alm, die der gleichnamigen Familie gehörte – Schäfer seit Generationen –, führte dann zur einsam gelegenen Sennerei Campo Nardone und weiter, als schmaler, unwegsamer Pfad, zu den Casette, einer Häusergruppe, die man besser von Fornello aus erreichte, wenn man bis zur Quelle des Muccione hinaufstieg. Im Osten, im breiteren Tal des Acerello, einem Zufluss des Muccione, lagen in Richtung Giogana die großen Äcker der Häuser Brancobalardi mit dem Mähdrescherdenkmal, und ging man dann bergabwärts, erschienen die Häuser Ca' Saltomare und Ca' Pian Bertozzi mitten in dichten Kastanienwäldern, oberhalb des Bahnhofs, und das schwache Licht, das Lucia in der ersten, der Gewitternacht in Fornello gesehen hatte, gehörte zu Pian Bertozzi.

In Campo Nardone lebten die Necci, Halbpächter, eine robuste, neunköpfige Familie, die Schafzucht auch im Auftrag anderer betrieb – im Sommer brachten sie die Schafherden aus der Ebene auf die Bergweiden, und die Transhumanz zog blökend direkt durch Fornello. Die Necci hätten zehn Köpfe gezählt, wenn Dante, der älteste Sohn, sich nicht als Freiwilliger für die Division Gavinana nach Ostafrika gemeldet hätte – zum Missvergnügen von Papa Eraldo, der sich um zwei starke Arme gebracht sah und eine Sorge zu den vielen anderen hinzufügen musste.

In den Casette lebten zwei Familien, die Cheli und die Cecchini, insgesamt fünfzehn Personen. Die Häusergruppe war dank des günstigen Klimas von Maulbeerbäumen umgeben, alle auf gleicher Höhe beschnitten, und von diesen plumpen, kräftigen Stämmen nährten sich Tausende milchiger, gieriger Seidenraupen, die um ihres kostbaren Kokons willen alle zum Opfertod bestimmt waren. Zu den Casette, ein Ort, an den nur Ziegen bequem gelangten, brachte man sogar Werg, aus dem dann Hanfgewebe gesponnen wurde, und Giovannino, an die Geschichte von dem Mähdrescher erinnert, hatte sich gefragt, wie sie den schweren Webstuhl bis hierher transportiert hatten. Die beiden Familien stritten oft um Kleinigkeiten, die das Überleben bedeuteten, dann schlossen sie schnell wieder Frieden und halfen sich in der Not, denn, so ihre Redensart, »von der Not haben wir reichlich«.

Case Brancobalardi, entlang seiner hügeligen, fruchtbaren Ländereien gelegen, war wohl das älteste Anwesen mit den größten Erträgen. Die Tantulli – vierzehn Personen mitsamt den Urgroßeltern – erzeugten die besten Käse und eine sehr feine Butter, täglich wanderten die Kinder der Familie mit

Maultieren, die schwer an Käselaiben trugen, zu den verschiedenen Märkten in Vicchio und Casaglia hinunter. In Ca' Saltomare, ein widersinniger Ortsname für diese Gegend, lebte die Familie Angeli, einst arme, umherziehende Köhler, aus denen sesshafte Arbeiter geworden waren, die Landwirtschaft betrieben, Gemüse und Medizinkräuter anbauten, Schafe züchteten und Kastanien verarbeiteten. Ausschließlich von Kastanien lebten die Malevolti in Pian Bertozzi, die »marroni«, ihr Spitzname und Name der Früchte, die sie auf ihrem alten Dörrboden zu ausgezeichneter Qualität heranreifen ließen. Malvina, die Frau von Melchiorre Malevolti, eine magere, energische Person, war eine geschickte Hebamme, ein göttliches Zeichen, hatte Lucia gedacht, denn ihr Haus lag nur einen Steinwurf entfernt, sie musste nur den Sturzbach überqueren, um am Bahnhof anzukommen.

Zweiundneunzig Tage nach dem 18. Juni 1935 beschloss Romeo Tini zur Welt zu kommen und bekräftigte seine Absicht gegen vier Uhr nachmittags mit einem unerwarteten und nur zeitweilig aussetzenden Schluckauf.

Lucia ordnete gerade die Windeln und Baumwolltücher. Vor zwei Wochen war Anselmos Wiege mit der Bahn angekommen und schaukelte jetzt vielversprechend neben dem Bett der Eltern. Da der Moment kurz bevorstand und alles gut zu verlaufen schien – so die Diagnose von Doktor Vigorita, dem Amtsarzt von Ronta –, hatte Carlotta, Lucias Mama, es für ihre Pflicht erachtet, der Tochter zur Seite zu stehen und war zufällig just aus dem Zug gestiegen, der die Wiege brachte.

Überrascht vom anhaltenden Schluckauf, ein Phänomen, das ihr fremd ist, schwankt Lucia zwischen Belustigung und

Sorge, und auch die Mutter weiß nicht genau, was sie dazu sagen soll. Dann kommt die erste Wehe oberhalb des Schambeins, und das ist nur ein erstes Anzeichen, doch nach einer Viertelstunde folgt die zweite, stärkere, die sich über die Hüften ausbreitet. Lucia versteht. Sie bleibt stehen. Sie ist ruhig.

»Es ist so weit. Ruf Rinaldo, dass er Malvina Bescheid sagt. Ich bereite mich vor.«

Und weil sowohl mit der Hebamme als auch mit der Mutter viel darüber gesprochen wurde, legt sie sich hin, behält den Wecker im Auge, um die Zeiten der Wehen zu kontrollieren und wartet auf das Platzen der Fruchtblase. Sie kontrolliert und versucht, an etwas anderes zu denken, denn die Vorstellung eines möglichen bösen Ausgangs der Geburt schleicht sich schädlich in den Kopf. Sie denkt zum Beispiel daran, wie oft sie schon mit diesem Kind gesprochen hat, da kommt die nächste Kontraktion, die sie auffahren lässt, und ihr scheint, als kämen die Krämpfe in kürzeren Abständen. Sie fragt sich, wie sein Gesicht aussehen wird, das hat sie sich unzählige Male gefragt, und sie bereut all ihr Hinauf und Hinab über die Maultierpfade, aber sie hatte entdeckt, wie gerne sie in den Bergen spazieren geht, wie sehr es sie beruhigt, und eine beruhigte Schwangerschaft erzeugt vielleicht ein ruhiges Kind.

Kein Platzen der Fruchtblase, wo doch alle ihr gesagt haben, das sei das erste Zeichen. Ihr kommen Zweifel, ob etwas nicht stimmt. Sie spürt, wie er sich bewegt, noch immer spürt sie den schwachen Schluckauf. Vielleicht möchte er nicht geboren werden. Die Krämpfe werden regelmäßig, scheinen jetzt länger zu dauern und schmerzhafter zu sein. Lucia ist schweißgebadet, ihr Atem geht schneller, die Finger umklammern das Laken, doch die Zeit scheint nicht zu vergehen.

Giovannino ist an ihrer Seite und streicht ihr über die Stirn: »Die Malvina kommt, bleib ganz ruhig …«, und man sieht, er ist es nicht, er ist ganz und gar nicht ruhig. Ihre Mutter hat viele Unterlagen im Bett angehäuft, jetzt packt sie den Bahnhofsvorsteher am Hemdsärmel und befiehlt barsch: »Das ist kein Ort für Männer. Ab in die Küche, heißes Wasser vorbereiten!«

Widerstrebend verlässt er seine Frau, auf der Treppe sieht er Malvina Malevolti mit dem Täschchen für ihre Instrumente heraufkommen. Sie ist früher da, als Giovannino erwartet hatte. Lächelnd – das ist ihr Naturell, und sie hat schon viele Geburten erlebt – tröstet sie den zukünftigen Vater: »Nur Mut, bald ist alles vorbei! Ach, die Männer, so was können die nicht verstehen …«, und verschwindet im Schlafzimmer. Von diesem Moment an scheint alles glattzugehen. Giovannino kocht Wasser auf dem Petroleumofen, Rinaldo hat sich mit dem roten Zylinder zum stellvertretenden Stationsvorsteher befördert und überwacht das Gleis, weil zwei Militärtransporte durchfahren, die Wehen werden stärker und länger, Lucia hätte nicht gedacht, dass sie so große Schmerzen leiden muss, Malvina Malevolti behält mit ihrer Erfahrung und Autorität alles im Griff, Carlotta Assirelli assistiert ihr ebenso erfahren, endlich das ersehnte Platzen der Fruchtblase, und knapp fünfunddreißig Minuten später wird Romeo Tini – der noch nicht weiß, dass er Romeo Tini heißen wird – mit einem letzten Schluckauf und verzweifeltem Weinen ausgestoßen, auf das unten im Haus ein ungewohntes Bellen von Pipito antwortet.

»Ein Junge!«, rufen Großmutter und Hebamme im Chor, die Nabelschnur wird durchtrennt, die Plazenta, die ihn umgibt und hier »Mantel der Madonna« genannt wird, wird entfernt, und schon liegt er im warmen Badewasser, in das auf ausdrücklichen Befehl von Malvina einige Kastanienblätter gegeben wurden – »so wird er stärker«, behauptet sie.

Es ist sieben Uhr neunundfünfzig. Das Tal des Muccione hat einen neuen Einwohner.

In jenen Tagen gab es zwei Neuigkeiten für den Bahnhof von Fornello.

Die erste war ein ungewohntes Kommen und Gehen von Eisenbahnpassagieren. Um sich das Neugeborene anzusehen, begannen die Verwandten des Ehepaars mit einem regelmäßigen Pendelverkehr aus Faenza. Tanten und Onkel, Vettern, Eltern, Brüder und Schwestern in zufälliger Reihenfolge, alle ausgestattet, als müssten sie eine wer weiß wie lange Reise in fremde, unwirtliche Gegenden unternehmen. Um die Wahrheit zu sagen, gab es keinen in der gesamten Verwandtschaft, der nicht, auf dem kleinen Bahnsteig angekommen, das Gesicht mindestens zu einem Ausdruck des Entsetzens verzog. Alle dachten daran, welch ein Opfer es bedeuten musste, an einem so abgelegenen, einsamen Ort zu leben, und während sie erstaunt den gebirgigen Horizont musterten, stellten alle dieselbe Frage: Wo ist denn das nächste Städtchen?

Die zweite waren die phantastischsten Behauptungen über die physischen Ähnlichkeiten des Neugeborenen.

»Ah, die Nase, seht euch die Nase an – ganz der Vater.«

»Die Augen hat er aber von Lucia.«

»Diese Art, wie er die Lippen zusammenkneift, und die Grübchen, das kommt von Giovannino.«

»Ach, halt den Mund, du hast doch von Familienähnlichkeit keinen blassen Schimmer.«

Die Eltern hörten sich alles glücklich an, denn Anselmo,

der in zwei Tagen Romeo werden sollte, war wirklich ein schönes Kind. Eine Schwester von Giovannino, eine sauertöpfische alte Jungfer mit kurzen, welligen Haaren, erlaubte sich die Bemerkung: »Schön als Kind, hässlich als Erwachsener.«

Ein breites Lächeln im strahlenden Gesicht, erwiderte Giovannino lakonisch: »Du warst als Kind wunderschön.«

Romeo beobachtete alles und alle mit ernsthaftem Interesse, und das war schon einer seiner künftigen Charakterzüge. Er versuchte die Luft mit seinen winzigen Händchen einzufangen und strampelte in der Korbwiege aus Florenz, die ringsum mit hübschen Motiven verziert war: Gänschen, Zicklein, Blumen und Vögel, in helleren Weidenruten in den Korb eingeflochten.

Der rosa Bahnhof von Fornello aber, 1893 eingeweiht und seither ein schweigender Zuhörer, hätte gerne gesprochen. Da es seine Aufgabe war, die Vergangenheit zu bezeugen, würde er die Tini überleben, und er wusste bereits um eine furchtbare Gemeinsamkeit zwischen dem Vater und dem Kleinen. Denn die Mauern wissen, dürfen aber niemals sprechen, sondern sich in ihrer stummen Unbeweglichkeit nur sehr schwere Bürden aufladen.

In das Durcheinander dieser Stunden und der ersten Tage fallen die bürokratischen Pflichten, und die religiösen kommen hinzu. Für den Eintrag ins Einwohnermeldeamt muss man nach Vicchio, und um die Taufe mit Don Clerido zu vereinbaren, nach Gattaia. Nonna Carlotta quartiert sich mit der typischen Aufdringlichkeit von Schwiegermüttern in der Wohnung ein und übernimmt die Organisation von Lucias Tagesablauf, folglich auch Romeos. Rinaldo kümmert sich um den Einkauf mit dem Fahrrad und den zwei Bütten (der

Drahtesel ist inzwischen im ganzen Tal bekannt), und sogar der Briefträger Sebastiano bietet zwei Tage in der Woche seine Dienste an. Die Besuche der Verwandten überschneiden sich mit denen der Nachbarn, worunter alle Bewohner des Tals fallen, also kommen die Necci, die Angeli, die Tantulli und die Malevolti abwechselnd, die einen in Arbeitskluft, die anderen im Festtagsanzug, verlegen treten sie über die Schwelle, nehmen den Hut ab, betrachten das Kind in seinem Bötchen aus Weide, und jeder sagt etwas: verhaltene Anerkennung, knappe Glückwünsche, aber die Tini haben viel Verständnis für diese nüchterne Wesensart.

Dann sind die Eisenbahner an der Reihe, und das Tränken der Lokomotiven unter dem sogenannten »Wasserpferd«, dem riesigen, schwenkbaren Hahn über dem Wasserturm, zieht sich länger hin. Bei den Eisenbahnern gibt es alle möglichen Typen, und einer, von dem man sich erzählt, er habe am Abend des 29. Oktober 1922 den berühmten Zug Nummer 17 von Mailand nach Rom gefahren – ein entscheidender Zug für das Schicksal des Landes –, bringt als Geschenk eine Uniform der faschistischen Jugendorganisation, komplett mit Fez, kurzen graugrünen Hosen und weißen Hosenträgern, die von einem großen »M« aus poliertem Metall zusammengehalten werden. Stolz auf das faschistische Geschenk, wirft der Lokführer einen zufriedenen Blick auf Romeo und erklärt: »Den da, also, aus dem machen wir einen Sohn der römischen Wölfin«, dann hebt er zu einer Rede aus nachgeplapperten Banalitäten über die jungen Völker an und dass ihnen die Zukunft gehöre, über die Notwendigkeit, die Geburtenrate des Landes zu erhöhen – eine wirre, aggressive Philippika, die Giovannino und Lucia als Aufforderung deuten, den nächsten Sohn zu zeugen.

Romeo reißt vor dem Mann in Uniform die glänzenden Augen auf und lässt ein energisches Protestgeschrei hören, in das ungewohnte Jaultöne von Pipito einstimmen.

Am Abend vor der Reise nach Vicchio wegen des Eintrags ins Einwohnermelderegister liegen die frischgebackenen Eltern im Bett unter der schützenden Wärme der Decken. Der Sommer ist früh zu Ende gegangen, die Temperatur jäh gefallen. Sie reden über alles, schmieden Pläne, tauschen Gedanken aus, gewähren einander zarte Küsse, und so muss die Traulichkeit eines Paares sein. Friedlich schläft Romeo in der Wiege neben ihnen, er ist von Anfang an ein Kind, das den Schlaf der anderen respektiert.

»Du fährst also morgen hin«, sagt Lucia.

»Ja«, bestätigt Giovannino. Dank der stummen Kommunikation, die sich mit der Zeit zwischen Eheleuten entwickelt, erfasst er die implizite Frage.

»Ich dachte mir«, spricht sie weiter, es ist ein abgeschlossener Satz.

»Was dachtest du dir?«

»Anselmo.«

Tja, die glückliche Jugendzeit, denkt Giovannino. Schon wird der Sohn zur Quelle von Sorgen, Plänen und Ängsten, und das Grübeln beginnt, man stellt sich alles Mögliche vor …

»Weißt du, ich würde ihn gerne Romeo nennen.«

»Romeo? Warum das denn? Es gibt keinen einzigen Romeo in unserer Familie.«

»Weil …«, und Lucia erklärt, was es bedeutet, dass dieses in Faenza gezeugte Kind in der Toskana zur Welt kam, und wie oft sie ihn auf den Maultierpfaden mit sich herumgetragen hat. Wer weiß, vielleicht wird er über diesen Wanderungen ein Weltenbummler, ein Pilger, wie die alten Romei es waren. Und plötzlich erinnert sie sich an den Tritt von Romeo, als er Rinaldo von den Pilgern und den Romei sprechen hörte. Giovannino hört zu und überlegt unterdessen, was sein Vater sagen wird, wenn er diese Neuigkeit erfährt. Aber er kennt sich, er weiß, dass er seiner Lucia niemals widersprechen kann, die ihm gerade erklärt, wer die Romei waren, und er weiß, dass er schon jetzt kapituliert unter den Hammerschlägen dieser blaugrünen Augen. Er sagt es sich heimlich auf: Romeo Tini, Romeo Tini, und leider klingt das schön und rund.

Am nächsten Morgen, das Tal ist noch ins ungewisse Licht des Morgengrauens getaucht, überlässt Giovannino Tini den Bahnhof Rinaldo und steigt in den ersten Zug nach Florenz. In Vicchio fragt er den Kollegen am Bahnhof, wo sich das Gemeindeamt befindet, stellt sich dort dem Beamten des Einwohnermeldeamts vor und meldet den Neugeborenen. Als der schicksalhafte Augenblick des Namens kommt, zögert er, überlegt, überlegt noch einmal, der Beamte wiederholt die Frage, und der vollständige Name des Sohnes wird zu einem Meisterwerk familiärer Diplomatie, denn er stellt sowohl die Ehefrau als auch den Vater und sogar die Hebamme zufrieden, die beim Anblick des heiligen Mantels inständig darum gebeten hatte, dieses Kind der Madonna zu weihen: »Romeo Anselmo Maria Tini.«

DIE TAUFE WAR TURBULENTER

Die Taufe war turbulenter.

Pünktlich auf die Minute brachte der Zug um zehn Uhr sechs einen Großteil der Familien Tini und Assirelli nach Fornello, und dieses Defilee von Festgewändern nahm sich auf dem verlassenen Bahnsteig unangemessen aus. Tatsächlich überfiel die Festgäste, kaum dass sie dem Zug entstiegen waren, der eine mit dem eingepackten Taufkleid in der Hand, der andere mit dem Weidenkorb für den Transport des Täuflings, eine nicht geringe Verwirrung. Manch einer war schon hier gewesen, doch wer den Ort noch nicht gesehen hatte, machte sich so seine Gedanken, klugerweise ohne sie auszusprechen. Nachdem Giovannino dem Zug das Signal zur Weiterfahrt gegeben hatte, legte er seine amtliche Förmlichkeit ab und hieß die Besucher herzlich willkommen. Er öffnete die Bahnhofstür, begleitete die Verwandten hinauf in die Wohnung, und es gab Hallos, Küsse und Umarmungen, einige aufrichtig, andere weniger. Vollkommen aufrichtig war die Anteilnahme von Malvina Malevolti, der die drei Töchter der Familie Angeli, Palmira, Pacifica und Candida, beipflichteten, ebenso Italica und Isolina Checchi. Letztere zeigte stolz die weichen Schuhe vor, die sie von Lucia bekommen hatte. Die Männer des Muccione-Tals hatten den Tini ausrichten lassen, sie möchten es bitte nicht übel nehmen, aber man musste schnell viel Holz schlagen, weil sich ein langer, schneereicher Winter ankündigte.

Man brach auf, Romeo geschützt im Weidenkorb, den Giovannino trug, eine langsame, vorsichtige Prozession auf dem Maultierpfad, denn keiner der Stadtbewohner hatte Erfahrung mit solchen Wegen, und wegen der zierlichen Schuhe der Frauen, die mit dem Keilabsatz, groß in Mode, riskierte man tödliche Stürze. Pipito im Bahnhof zurückzulassen hatte sich als unmöglich erwiesen, zwar verdreifachte er mit seinem ungestümen Hin und Her die Strecke, aber er konnte nicht anders, seine Natur als Spürhund zwang ihn, alles zu beschnüffeln, ob leblos oder nicht, um die Bedeutung eines jeden Dinges für sein Leben zu erkunden. Mitten auf der Strecke vernahmen die Wanderer ein unbekanntes Getöse, einen wirren Lärm, der anschwoll und alsbald zu einem Strom aus Schafen auf dem Weg in die Ebene wurde, worauf alle Festgäste sich in Erwartung der vorüberziehenden Herde erschrocken an die felsige Wand pressten.

Kurz, es war eine abenteuerliche Wanderung, zumindest für die Besucher aus Faenza. Weniger für Romeo, den der Papa mit größter Behutsamkeit im Weidenkorb trug, an dem eine große hellblaue Schleife flatterte, und so schlief er, in das lange weiße Kleidchen gehüllt, friedlich bis zur Kirche.

Vor der Pfarrkirche erwartete sie Don Clerido, eine magere Gestalt, schon im Messgewand, und er rauchte eine Macedonia, um die Zeit totzuschlagen. Apropos Zeit, dachte er, in diesem Jahr wechselten die Blätter schon ihre Farbe, und vielleicht hatten die alten Leute recht, wenn sie sagten, dass der Winter härter denn je werden würde.

In der kleinen Kirche, die der heiligen Felicitas geweiht war, teilte sich die Menge unbewusst nach Stand und Herkunft, wobei die Verwandten die Bänke zur Rechten und die Talbewohner jene linker Hand besetzten. Ohnehin schienen sie schon durch ihre Bekleidung zwei Welten anzugehören: leicht und unpassend die der Gruppe aus Faenza, schwer und mit einem säuerlichen Geruch die der Ortsansässigen. Im Halbdunkel hob sich auch die Haut der beiden Gemeinschaften voneinander ab, die Frauen des Ortes erschienen älter als die anderen.

Der Pate, ein Bruder von Lucia, ging mit Schritten voran, die feierlich sein sollten, wegen eines Bandscheibenvorfalls aber schief und hinkend gerieten, auf dem rechten Arm Romeo im weißen Taufkleid, und sorgsam darauf bedacht, sich nicht umzudrehen, sonst würde das Kind furchtsam heranwachsen. Das gelang ihm gut, denn Romeo sollte in seinem kurzen Leben viele unterschiedliche Gefühle haben außer der Angst – doch wenn er Angst gehabt hätte, wäre sein Leben nicht so kurz gewesen.

Don Clerido war als Pfarrer kurz angebunden, kein Mann großer Worte. Die Zeremonie war schnell beendet, und vielleicht fehlte jene Aura der Transzendenz, die manch einer erwartet hatte, aber man musste sich halt abfinden. Auch darin zeigte das Gebirge seine Eigenart, hier wurde bei vielen Dingen wirklich mehr auf den Inhalt als auf die Form geachtet.

Als der Pate das Kind wieder in Lucias Arme legte, sagte sie nur: »Ich gab ihn dir als Heide und nehme ihn als Christ zurück«, denn so war es Brauch, und es gab keinen Grund, das Brauchtum nicht zu pflegen. Pipito stimmte mit Schwanzwedeln und kurzem Jaulen zu. Nach einem raschen Segen Urbi et Orbi nahm die Gesellschaft wieder den Maultierpfad nach Fornello, den Himmel hatte ein unterdrückter Wunsch nach Wasser verdüstert.

»Taufe im Regen bringt Segen!«, riefen sie aus vollem Halse, doch wegen des mühsamen Aufsteigens klang der Glückwunsch verstimmt. Sie versuchten sich mit dem jähen Wetterwechsel abzufinden, den schweren Tropfen, die große Kreise auf den trockenen Steinen hinterließen. Romeo wurde mit einer Decke geschützt, aber die Hütchen der Städterinnen, die Dauerwellen und Schuhsohlen aus Kork verschonte der tückische Regen nicht. Die wettererprobten Frauen des Tals gingen mit sicherem Schritt voran, die nassen Haare klebten anmutig und verlockend an ihren Gesichtern. Aus Sorge, ihre kostbaren Schuhe könnten leiden, hatte Isolina sie ausgezogen und kletterte seelenruhig mit bloßen Füßen hinauf.

Im Wartesaal hatten Rinaldo und Sebastiano ein kleines Büfett vorbereitet, und die meteorologischen Widrigkeiten waren mit Hilfe der Süßspeisen aus Kastanien und Pfannkuchen in Likör rasch vergessen. Giovannino nahm die hellblaue Schleife vom Weidenkorb und hängte sie an die Eingangstür des Bahnhofs, damit die Reisenden vom großen Glück der Familie erfuhren.

In den folgenden Tagen ordnete sich das Leben langsam in neuen Rhythmen. Die Stillzeiten mussten eingehalten werden, es gab die Arbeit des Bahnhofsvorstehers, Tücher, Windeln und Bettunterlagen mussten gewaschen werden. Nonna Carlotta blieb ein paar Wochen lang, denn ihr Charakter eines gemächlichen Huftiers entsprach dem Ort, und die unglaubliche Abgeschiedenheit von Fornello war ihr schließlich sogar angenehm. Sie entwickelte eine ausgeprägte Neigung zur Organisation, und die jungen Eltern ließen ihr freie Hand, ohne ihr zu widersprechen – das heißt, sie widersprachen schon, aber nachgiebig –, und vor allem hatte sie sich als gute Großmutter in dieses ruhige, nachdenkliche Kind verliebt. Zwar war Romeo nicht ihr erster Enkel, aber manchmal entstehen ja zufällige Vorlieben, und da hat es wenig Sinn, zu behaupten, alle Enkel seien gleich, man mache keine Unterschiede. Im Gegenteil: Gerade die Unterschiede lassen besondere Beziehungen entstehen. Nonna Carlotta bildete keine Ausnahme von dieser Regel, sie hätschelte, verwöhnte und liebkoste Romeo Anselmo usw. mehr als seine Mutter, und die verschwenderisch ausgeteilte Liebe wurde vom Enkel mit zufriedenem Lächeln aufgenommen.

Am Abend jedoch kehrte Romeo in die Hände von Lucia und Giovannino zurück. Im ehelichen Schlafzimmer betrachtete der Vater dieses Meisterwerk in Miniatur und dachte über das Geheimnis des Lebens nach, über die geheimnisvolle Fähigkeit, ein menschliches Wesen zu erzeugen, das heranwachsen und ihn in aller Regel begraben würde. Darüber wunderte er sich nicht, doch dieses perfekte Ineinanderpassen der Versatzstücke und Mosaiksteine des Spiels brachte ihn auf Gedanken, die größer waren als er, Gedanken für Philosophen oder Priester, und er fühlte sich ungeeignet. Giovannino fühlte sich oft ungeeignet, so als gäbe es für ihn keine Rolle – oder besser keine Funktion – in der Gesellschaft, in der er lebte, und als hätte er sich letztlich mit diesem Fehlen abgefunden. Aus diesem heimlichen Grund, aber es war nicht der einzige, erschien ihm Fornello als der richtige Ort, um sich zu verstecken.

Lucia dachte beim Betrachten ihres Sohns, dass er das

Wichtigste war, was sie seit ihrer Geburt geschaffen hatte. Darauf war sie stolz und nicht nur wegen der Schönheit des Kindes. Wenn Romeo zufrieden saugte und mit ihrer Brustwarze zwischen den Lippen einschlief, fragte sich Lucia, wie das Leben ihres Kindes aussehen würde, was er tun, welche Fehler er begehen würde, aber keine dieser Fragen erhielt eine Antwort, die mehr gewesen wäre als bloße, innige Hoffnung. Dieselbe Hoffnung, die das Leben aller Menschen erfüllt und dazu dient, die beunruhigenden Vorahnungen einer ungewissen Zukunft zu mildern.

Romeo konnte nicht wissen, dass all diese Liebe zur Herausbildung und Prägung seines Charakters beitragen sollte, denn das Bewusstsein vom eigenen Ich entsteht erst in fortgeschrittenem Alter, und für ihn hatte das Schicksal schon anders entschieden. Trotzdem würde man Wirkungen und Nutzen der Zuneigung bei ihm sehen, und er sollte den Eltern große Freude machen.

Und groß würde der Schmerz sein.

Etelredo Capirossi erschien zwei Tage vor Schulbeginn an der Bahnhofstür, er war eine vornehme Erscheinung und ein ebenso ungewöhnlicher Lehrer wie sein Name und das Öl, das er benutzte, um seine Haare zu glätten.

Er holte Pfeife und Streichhölzer aus seiner Tasche, nahm lange Züge und setzte sich friedlich in den Wartesaal, wo er seinen spitzen Schnurrbart sorgfältig und systematisch zwirbelte. Versonnen betrachtete er die kalkverputzten Wände und den Fahrplan, sprach kein Wort bis zur Abfertigung des Zuges, klopfte sodann seine Pfeife am Schuhabsatz aus und stellte sich Giovannino vor, der ihn scheel und misstrauisch ansah: »Etelredo Capirossi, der Grundschullehrer …«

»Giovannino Tini, Bahnhofsvorsteher.« In der Antwort lag keinerlei Ironie.

»… der Grundschullehrer von Fornello«, ergänzte der andere.

Giovannino erfuhr, dass Capirossi sich die Wohnung mit dem zweiten Stationsvorsteher zu teilen pflegte, hingegen die Toilette, die zur Schule gehörte, für seine endlosen, peniblen Rasuren nutzte, eine Zeremonie, die Romeo faszinieren sollte, sobald er laufen konnte. Giovannino bemerkte, dass Lucia den Lehrer trotz seines aufgeputzten und melancholischen Äußeren sofort sympathisch fand, zumal er sich aus reiner Höflichkeit und Respekt vor den Damen in galanten Handküssen, gedrechselten Sätzen und lateinischen Zitaten erging. Und am zweiten Abend nach seiner Ankunft, die Tini hatten ihn zum Abendessen eingeladen, machte diese Sympathie Lucia Mut, ihn zu fragen, ob er zufällig eine Unterrichtshilfe gebrauchen könne, sie sei ausgebildete Lehrerin und habe Zeit. Der Vorschlag wurde mit höflicher Freundlichkeit aufgenommen, denn aus allem an dieser Person sprach eine Distanz zu den Dingen der Welt. Mit der Zeit verstanden sie sein einsames Naturell, es war eine nostalgische Einsamkeit wie zum Beispiel ein Witwerdasein, das der Erinnerung an die Ehefrau treu bleibt, und sie lernten seine Gewohnheiten kennen, nächtliche Spaziergänge gegen die Schlaflosigkeit und dass er es liebte, mit geschlossenen Augen Puccini-Opern im Radio zu hören und dabei ein imaginäres Orchester zu dirigieren.

Die lebhaften Farben eines frühen Herbsteinbruchs machten die Fenster im Hause Tini zu regelrechten Gemälden.

Von den Herden verlassen, lagen die Weiden still da, und der bewaldete Bergkamm schmückte sich mit Federbüschen aus dem langsam aufsteigenden Rauch der Kohlenmeiler. Einmal waren Lucia und Giovannino aus reiner Neugierde zu ihnen hinaufgestiegen – Lucia trug das Kind eng am Körper, nach Art der Bergbewohnerinnen –, und das komplizierte Aufschichten dieser Haufen hatte sie beeindruckt. Die Köhler konnten aus dem Nichts regelmäßige Meiler bauen, und jedes einzelne Holzscheit, jeder Raum zwischen den Scheiten hatte eine präzise Funktion.

Aus dem Tal kamen die Eseltreiber auf den Maultierpfaden und Wegen hinauf zu den Köhlern, luden die Säcke mit Holzkohle auf den Saumsattel der Maultiere und gingen wieder talwärts. Früher, als es noch keine Eisenbahn gab, waren sie sogar bis nach Florenz gewandert, hatten sie den Tini erzählt. Jetzt sah Giovannino sie in aller Herrgottsfrühe am Bahnhof stehen, die Säcke waren schon auf dem Bahnsteig abgestellt, die Esel fraßen Wilddisteln, Menschen und Tiere warteten auf den Güterzug nach Rifredi. Die Männer hatten ihm von der wunderbaren neuen Bahnstation Santa Maria Novella erzählt, diesem Meisterwerk faschistischer Baukunst aus Marmor und scharfen Kanten, das nur noch auf seine Einweihung wartete. Giovannino hörte aus diesen Erzählungen der Maultiertreiber die Bewunderung für die schöpferische Kraft des Regimes heraus, und dagegen konnte man nichts einwenden.

In diese milden, ruhigen Herbstmonate fielen die Sanktionen, die der Völkerbund wegen Italiens Angriff auf Äthiopien gegen das Land verhängt hatte. Natürlich sprach oder schrieb niemand von einem Angriffskrieg, in der Berichterstattung wurden die Rollen einfach umgekehrt. Und ebenso wenig spürte man diese Sanktionen im Tal des Muccione, die Gegend war ein geschlossener Wirtschaftskreislauf, der alles Notwendige für die bescheidenen Bedürfnisse der Bewohner selbst produzierte.

Niemand hätte etwas von den politischen Veränderungen bemerkt, wenn es nicht drei Ereignisse gegeben hätte. An einem nebligen Morgen entlud eine spezielle Littorina elf Männer auf den Bahnsteig, darunter Offiziere der Miliz, den Bürgermeister von Vicchio, den Federale der Provinz und den Parteisekretär. Pipito, der die Gewohnheit angenommen hatte, den Eingang zum Bahnhof zu überwachen, empfing die Männer mit neugieriger Anteilnahme, schlängelte sich zwischen den glänzenden Stiefeln der Militärs hindurch und schnüffelte so ausgiebig am Oberleder, als wollte er sagen: Ah, endlich, ich warte schon lange auf euch!

Das schwarze Grüppchen wendet sich Giovannino zu, die zum römischen Gruß erhobenen Arme beben, die Quasten an den Fezen schwingen heftig. Giovannino überlegt, ob es sich um eine unerwartete Inspektion handelt, doch der Federale, der der Anführer zu sein scheint, befreit ihn sofort von diesem Zweifel.

»Wir sind wegen der Versammlung hier.«

Auf dem Gesicht des Stationsvorstehers zeichnet sich das ehrlichste Erstaunen ab, der Schnurrbart scheint ratlos herabzuhängen.

»Welche Versammlung?«

»Die Volksversammlung wegen der Sanktionen. Wo ist das Volk?«

Das Erstaunen weicht nun größter Verlegenheit, und Giovannino fängt fast an zu stottern. Der Podestà, der Bürgermeister von Vicchio, den man zwar als Opportunisten kennt, aber nicht als Dummkopf, führt hinter dem Rücken des Federale eine Pantomime für den Stationsvorsteher auf, Giovannino versteht und versteht nicht, unter der Uniformjacke bricht ihm der Schweiß aus. Doch da folgt ein perfekter Zug im Mannschaftsspiel, hinter sich hört er die Stimme von Rinaldo, der die soeben eingetroffenen Exzellenzen beruhigt, das Volk sei rechtzeitig von der Versammlung informiert worden, habe es aber für richtig gehalten, auf die Sanktionen mit gesteigertem Arbeitseifer zu antworten und dem gesamten örtlichen Personal des Eisenbahn-, Post- und Unterrichtswesens, einschließlich Familien, die Ehre übertragen, es zu vertreten. Und wenn die Herrschaften bitte geruhen wollten, im Wartesaal bei einem erquickenden Glas Rotwein zu warten, werde sich die Vertretung in fünf Minuten versammeln.

»Die Versammlung wird überraschend einberufen! Mit ununterbrochenem Sturmläuten der Glocken, Sirenengeheul und Trommelwirbeln! Davon muss das Volk unterrichtet werden!«, platzt der Federale verärgert los, um sich gleich darauf mit leiser Stimme zu erkundigen: »Roter Novello?«

»Frisch aus dem Keller.«

Zwischen Rinaldo und dem Podestà herrscht vollkommene Übereinstimmung. Während seiner gastronomischen Frage liegen die Blicke der Parteigranden auf dem Federale, dieser stimmt zu, und damit alle ab in den Wartesaal.

»Bringt die Signora herunter und Romeo auch, und steckt euch die Wanze an, hört auf mich …«, flüstert Rinaldo eindringlich. Giovannino gehorcht, denn er hat begriffen, dass sein Stellvertreter ein alter Hase ist und im Meer des Unsinns nicht untergeht, kann er doch sogar eine Art Aufschub für den Tag der überraschend einberufenen Volksversammlung aushandeln.

Die Volksversammlung findet zehn Minuten später als exklusive nationale Uraufführung statt, die Redner überwiegen die Zuhörer, und Romeo nimmt mit seinem schönen Abzeichen der faschistischen Jugend teil, das auf dem weißen Hemdchen hervorblitzt. Das Volk – Rinaldo, Sebastiano, die Familie Tini mit dem Hund Pipito, der Lehrer Capirossi und ein tauber Eseltreiber, der zufällig am Bahnhof vorbeikam – lauscht den tönenden Reden und verheißungsvollen Zukunftsvisionen, deren martialischer Ton vom tückischen Novello nur leicht beeinträchtigt wird. Das Ritual schließt mit Hackenschlagen und römischen Grüßen, dann bekommt Romeo seinen Ruhmesmoment.

»Unsere gesunde, stolze, kühne Jugend!«, ruft der Federale aus.

»Kriegerische Jugend, Vorbote des Sieges«, ergänzt der Bürgermeister von Vicchio.

»Der Sieg gehört den jungen Völkern«, setzt der Hauptmann der Miliz noch einen drauf, seine weißen Haare machen ihn zum Ältesten der Anwesenden.

Ein Wink an den Lokführer genügt, die Türen der Littorina öffnen sich, und das schwarze Grüppchen besteigt den Zug, ein Dröhnen der Motoren hebt an, dieselölige Schwaden entweichen, und der Triebwagen fährt los, Richtung Allocchi-Tunnel, zu weiteren Volksversammlungen.

Doch nach wenigen Metern bleibt er stehen, umgeben vom Gestank heißer Bremsklötze, überlegt ein paar Sekunden und kehrt langsam dorthin zurück, wo er losgefahren ist. Die Anwesenden fragen sich, was passiert sein mag, und mehr als einem kommen die schlimmsten Befürchtungen. Die

Wagentür öffnet sich abermals, der Parteisekretär steigt aus, dreht sich um und entnimmt den Händen des Federale eine große Schachtel.

»Das Landradio!«, ruft er donnernd aus, und die ganze Gruppe begibt sich wieder auf den Bahnsteig, denn die Rede ist obligatorisch.

»Dieses Landradio wird der bäuerlichen Bevölkerung zur Verfügung gestellt, damit es aus der Klangwelle, aus der Radioaktivität …«, der Federale schiebt die Kinnlade vor, um Mussolini ähnlicher zu sehen, »… aus der Radioaktivität nicht nur unterhaltsame Mitteilungen, sondern auch solche empfängt, die das Gehirn, den Geist pflegen und die politischen Kenntnisse des Volkes vermehren. Alles durch die Radioaktivität! Es lebe die Radioaktivität!«

Die Riesenschachtel wird Giovannino unter dem abermaligen Austausch faschistischer Losungen und Grüße an den Duce überreicht, wieder besteigt man die Littorina, wieder trübt das dieselölige Schnauben die Luft, und diesmal verschwinden sie wirklich.

Die zweite Begebenheit lief diskreter ab, war aber gefährlicher: eine telegraphische Depesche aus dem Kriegsministerium an die Familie Necci, unterzeichnet von General Maravigna, Oberbefehlshaber der Division Gavinana.

Giovannino erfuhr als Erster davon, denn das Postamt befand sich zwar im Betriebsbüro, aber die Fernmeldeschreiben kamen bei ihm an, nicht bei Sebastiano. Als er es las, wusste er nicht, wie er es Papa Necci sagen sollte, dachte lange darüber nach und erkannte, dass das afrikanische Abenteuer eine ernste Sache geworden war, kein munterer Spaziergang, der die Zivilisation brachte.

Dante Necci hatte »in Erfüllung seiner Pflicht das höchste heroische Opfer gebracht«. Er war in einer unbekannten und unaussprechlichen Ortschaft in Äthiopien gefallen.

Lucia übernahm die Aufgabe, es der Familie mitzuteilen, weil sie eine Frau, eine Mutter war, und weil sie mit Regina, Dantes Mama, Freundschaft geschlossen hatte. Regina webte nämlich daheim Hanffasern, darin war sie sehr geschickt, und Giovannino genoss die rauen Bettlaken, die immer frisch rochen, ja, die Tini hatten sich damit fast schon eine zweite Aussteuer zugelegt, ohne einen Centesimo zu bezahlen und ohne Schulden zu machen.

Was steckte dahinter? Wenige Tage nach Ankunft der Tini hatte der Parteisekretär – der mit der Volksversammlung und dem Landradio, außerdem in der Provinz Präsident der Opera Nazionale Dopolavoro, der nationalen Freizeitorganisation – den Wettbewerb »Das schöne Haus inmitten fruchtbarer Felder« ausgeschrieben. Die Nachricht hatte sich blitzschnell verbreitet, da nicht nur Grundbesitzer und Gutsverwalter, sondern auch Pächter und Halbpächter sich an dem Wettbewerb um den ersten Preis beteiligen durften. Das einzige Hindernis, die listige Hürde, bestand darin, dass man sich schriftlich um die Teilnahme bewerben musste, und diese Bewerbung musste laut Ausschreibung zwingend bis zum zwanzigsten August eingereicht werden. Nun waren die Bewohner des Tals, wie die Tini sofort entdeckt hatten, mit Papier und Feder durchaus nicht vertraut, ja, fast alle waren Analphabeten. Von Juni bis August strömten die Familienoberhäupter des Tals in den Bahnhof, aber nicht, um eine Fahrkarte zu kaufen, nein, Giovannino sah sich überhäuft von den »vorgeschriebenen Formularen«, die ausgefüllt werden mussten. Konnte er nein sagen? Nein. Die Dankbarkeit dieser

Menschen hatte einen langen, ehrlichen Atem, so lang, wie es brauchte, um Kopfkissen und Bettlaken zu weben, Kiepen mit Kohle zu füllen oder Käselaibe reifen zu lassen.

Lucia übernahm also die Aufgabe. Sie band sich Romeo an die Brust und nahm den Saumpfad bis nach Campo Nardone, und als Regina sie alleine kommen sah, das Kind an den Leib gebunden, die Depesche in der Hand, flüsterte der Mutterinstinkt ihr unerwünschte Worte zu, und ihr Herz begann schneller zu schlagen. Vielleicht war es nicht nur der Mutterinstinkt, sondern auch die geschärfte Sinneswahrnehmung, unvermeidlich an so abgeschiedenen Orten und das Ergebnis eines langen Erfahrungsprozesses, in dem die Sinne sich auf die geheimen Botschaften der Natur einstellen, darum wusste man hier, ob es regnen würde oder nicht, ob der Winter Schnee bringen würde, ob die Geburt des Kälbchens leicht oder schwierig werden würde.

Zeit war nötig, Respekt und Schweigen, um zu verstehen, und Regina war inmitten dieses Respekts, dieses Schweigens geboren und aufgewachsen. Auch der Tod war ein Teil des nötigen Feingefühls, vielleicht der Teil, der am meisten Gespür erforderte, und als Regina sah, dass Lucias Blick ernst war, zu ernst, dass Romeo an ihre Brust gebunden war, genau so, wie Regina ihren Dante getragen hatte, wurde das Feingefühl eins mit dem Instinkt. Sie ließ den Jutesack in den Schlamm fallen, legte sich die Handflächen auf die Augen und begann, vor Lucia Assirelli trocken zu weinen. Und vielleicht fanden auch diese zurückgehaltenen Tränen einen Platz in Romeos Charakter.

DANTE NECCI KEHRTE ZURÜCK

Dante Necci kehrte zurück, zwei Wochen nach der Ankunft des Telegramms.

Sehen konnte man ihn nicht, denn der Sarg war versiegelt, und der Kompaniefeldwebel, der ihn begleitete, sagte, das sei ein Glück, wenn nicht gar göttliche Fügung, denn ein unglücklicher Zufall sei schuld an dem Gemetzel. Während eines Manövers war eine defekte Handgranate, statt mit Verzögerung zu explodieren, sofort nach der Entsicherung detoniert.

Er wurde auf dem Friedhof von Gattaia mit militärischen Ehren bestattet, und auf das Grab stellte man ein Holzkreuz, das sein Vater aus zwei Buchenbrettern gezimmert hatte. Die Begräbnisfeier zog sehr viel mehr Menschen an als die Volksversammlung gegen die Sanktionen, denn Dante war weit über das Tal hinaus wegen seines Kraushaars und für sein Ungestüm bekannt, aber im Grunde hatte man ihn überall gern. Und was viele sehr erstaunte, sie zog sogar die einsame Gestalt der Witwe Fanciullacci an, die in ihren gewohnten Kleidern kam, mürrisch wie immer und wie gewohnt sinnlose Worte murmelnd.

Dennoch erkannte Giovannino nun, dass die Witwe nicht in ihrem Irrsinn eingesperrt war, sonst wäre sie nicht gekommen, und zum ersten Mal in seinem Leben dachte er darüber nach, wie man im Schmerz der Einsamkeit überleben konnte: Die Fanciullacci hatte immer an der Seite ihres Mannes gelebt, Kinder gab es nicht, der Ehegatte hatte ihr genügt, und jetzt waren ihr nur die Dinge geblieben, die sprachen, indem sie nicht sprachen, sondern weinten.

Auch an dieser Zeremonie nahm Romeo teil, bei der Salve aus den Karabinern durchfuhr ihn vor Schreck ein Ruck, und er bekam einen Schluckauf wie bei seiner Geburt.

Die dritte Begebenheit nötigte Lucia und Giovannino, Fornello für einen Treuebeweis zu verlassen.

Am 18. Dezember 1935 wurde der »Tag des Traurings« ausgerufen. Genau einen Monat nach Verhängung der Sanktionen durch den Völkerbund wurden alle verheirateten Italiener gebeten, dem Vaterland ihre goldenen Trauringe zu spenden, um den Sanktionen entgegenzuwirken und dem Land Goldreserven zu sichern. Die beiden nahmen also den Zug nach Vicchio, wo die Sammlung der Ringe stattfand, und für Romeo war es die erste Zugfahrt seines Lebens.

Der Morgen zeigte sich fahl und grau, ein Vorzeichen für kalten Regen. An den wenigen Bahnstationen füllten sich die drei Waggons dritter Klasse, und die Passagiere sahen sofort, dass sie alle aus demselben Grund da waren. Lucia hielt das Kind fest an sich gedrückt, während sie eine Menge Komplimente von den Paaren in ihrer Nähe empfing, und viele fragten, wann das nächste Kind kommen sollte. Lucia und Giovannino antworteten mit verlegenem Lächeln und Gemeinplätzen, obwohl sie untereinander schon darüber gesprochen hatten. Der Plan war, ein Jahr vergehen zu lassen, das erschien beiden als ein ausreichender Altersunterschied, und sie hofften auf ein Mädchen.

In Vicchio wurde den Ehepaaren der Weg zum Rathaus gewiesen, wo sie den Podestà – den der »kriegerischen Jugend« – und eine stattliche Anzahl Komparsen antrafen, alle um eine Art Altar mit italienischer Nationalflagge versammelt, auf dem ein zum Gefäß umgedrehter Helm aus dem Ersten Weltkrieg thronte.

Eine lange Warteschlange bildete sich, denn die Leute hatten der Aufforderung in großer Zahl Folge geleistet. Doch während des Wartens enttäuschte Romeo seine Eltern nicht. Er blieb brav, ruhig, ganz mit der Beobachtung der neuen Umgebung, der vielen Gesichter beschäftigt. Als sie an der Reihe waren, zogen Giovannino und Lucia sich die Trauringe vom Finger, ließen sie in den Helm fallen und erhielten dafür vom Bürgermeister zwei Ringe aus Stahl, dem Edelmetall Italiens.

Tatsächlich sagte er: »Italiens Edelmetall ist nicht das Gold, sondern der Stahl.« Sodann überreichte er ihnen eine Urkunde über ihr Opfer und beugte sich zufrieden mit baumelnder Quaste am Fez zu Lucia vor.

»Schöner Junge, sehr schön. Männliche Jugend, das siegreiche Schicksal des kriegerischen Volkes!«

Nein, Romeos Schicksal würde nicht siegreich sein. Und es schien, als wüsste er das, denn auf die hüpfende schwarze Troddel und das hündische Grinsen des Bürgermeisters reagierte er mit einem herzzerreißenden Weinen, das nicht einmal Lucias Zärtlichkeiten beruhigen konnten.

Abgesehen von diesen Ereignissen nahm das Leben seinen gewohnten Verlauf, und das Tal des Muccione ließ sich weder von den undeutlichen Echos des Krieges in Äthiopien noch von der großen Volksversammlung am zweiten Oktober 1935 berühren, als ein Sturmgeläut unzähliger Glocken, Sirenengeheul und Trommelgewitter zwanzig Millionen Menschen auf die Plätze brachten. In Fornello, wo die Menschen sich wegen der berühmten Uraufführung von Volksversammlungen entbunden fühlten, ging niemand auf die Straße.

Am ersten Oktober hatte ordnungsgemäß das Schuljahr für die fünf Schüler des Tals begonnen. Den weitesten Weg hatte der Junge aus Brancobalardi, den kürzesten der aus Ca' Saltomare. Fünf, wie die Klassen, in die sie eigentlich gehörten. Kein Mädchen. Es gab viele Mädchen im Tal, aber die Eltern zeigten wenig Verständnis, was die Notwendigkeit schulischer Bildung für Mädchen betraf, da genügten die Jungen, und Capirossi konnte nichts ausrichten, selbst wenn er mit Anzeigen drohte. Gebirgler, sagte er, sind und bleiben Dickköpfe, aber vielleicht wusste er nicht, dass die Grundbesitzer darüber entschieden, wer zur Schule gehen durfte. Denn wer die Schulbank drückt, arbeitet nicht.

Jedes Kind brachte sein Mittagsmahl und ein Scheit für den Ofen mit. Drei besaßen Holzpantinen, zwei trugen eigentümliche benagelte Stiefelchen, und alle hatten einen Gang wie die Ziegen. Ihr Proviant bestand aus dem üblichen Stück Käse, Kastanienbrot und einer Ecke Polenta, auch die aus Kastanienmehl.

Auf dem Kopf trugen sie einen schäbigen, glockenförmigen Hut, der sie älter und dunkler machte als sie waren, das Hemd und die Weste – oft die abgelegte eines älteren Bruders – verbesserten den Eindruck nicht. Im Sommer folgte ihnen ein anhänglicher Fliegenschwarm, den der Schafskäsegeruch anzog. In der kalten Jahreszeit umhüllten die Eltern sie mit Decken, dass sie aussahen wie Klopse mit Beinen. Niemand begleitete sie auf den Maultierpfaden, mit Regen und Schnee mussten sie selbst zurechtkommen.

In dem Zimmer, das als Schule fungierte, hörte man nichts anderes als die Baritonstimme von Capirossi. Die Kinder sprachen nur, wenn sie gefragt wurden, mitunter nicht einmal dann. Sie waren in der heiligen Furcht vor Erwachsenen erzogen, und oft trugen sie Spuren ihrer Bestrafung mit der Rute. Es gab eine festgelegte Rangordnung, die respektiert werden musste, und dieser Niederschlag familiärer Erziehung hielt unangefochten etwa bis zum achtzehnten Lebensjahr, ein Alter, das mit den ersten erlaubten Ausflügen aus dem Dorf zusammenfiel, und trotzte der vom Regime sanktionierten paramilitärischen Erfassung der Jugend. Dennoch führte der erste Kontakt mit einer etwas offeneren Gesellschaft zu veränderten Ansprüchen, und manch einer – wie Dante Necci – traf schicksalhafte Entscheidungen.

In den ersten Monaten stellte Lucia das Weidenkörbchen ins Schulzimmer, und Romeo hörte willentlich oder unwillentlich dem Unterrichtsgeschehen zu. Fing er an zu weinen, unterbrach die zweite Lehrerin die Schulstunde und ging mit dem Körbchen hinaus, denn der Kleine wollte gestillt werden. Ein weiterer Störfaktor für die Lehrtätigkeit war die Faszination, die die Ankunft der Lokomotiven und der Vorgang des Tränkens dieser keuchenden Öfen auf die Schüler ausübten, dann war es unmöglich, sie von dem einzigen Fenster fernzuhalten. Ein Zug bildete die greifbare Verbindung mit einer anderen Welt, den Beweis ihrer Existenz, und so war es kein Wunder, dass fünf von fünf Schülern Lokführer werden wollten.

Rinaldo sorgte für das Nachfüllen der Tintenfässer, man sah ihn die Treppe hinaufsteigen, ein Ölfläschchen mit s-förmiger Tülle in der Hand, das jede Stufe mit blauen Flecken besprenkelte. Auch der Ofen gehörte zu den Obliegenheiten des zweiten Stationsvorstehers, und man muss zugeben, dass er regelmäßig mit Brennmaterial versorgt wurde und stets gut zog.

An der wildschweinhaft knurrigen Autorität von Capirossi gab es keinen Zweifel. Abgesehen von ihrer Begeisterung für Lokomotiven war die Aufmerksamkeit der fünf Schüler mustergültig, und dieser Eifer entschädigte den Lehrer für die armselige Arbeitsstätte. Die im Grunde gar nicht so armselig war, da Capirossis innerstes Bedürfnis eben doch ein abgeschiedener Ort war, wo gewisse existenzielle Kümmernisse Vergessenheit fanden.

Lucia machte das Unterrichten Freude, es hatte sie einiges gekostet, im Flachland darauf zu verzichten. Sie war so gerne Lehrerin, dass sie sich nicht daran störte, nur eine freiwillige Hilfskraft zu sein. Es gab ihr einen Stich im Herzen, wenn sie die kleinen geschorenen Köpfe sah und sich die Zukunft dieser Kinder vorstellte, für die es keine Hoffnung gab. Sie würden ein hartes Leben haben wie ihre Eltern und wie deren Eltern, etwas Neues oder anderes für sie ließ sich kaum vorstellen. Mussolini müsste ein Wunder bewirken, dachte sie ohne rechte Überzeugung. Doch die Phantasie der Kinder musste genährt werden, damit auch sie träumen konnten, und darin lag die größte Befriedigung für die zweite Lehrerin. Lucia war es nicht bewusst, aber über ihre klassische Unterrichtsmethode hatte sich eine Fröbelsche Freiheit gelegt, eine Ermutigung zur Spontaneität, die vielleicht auch von der Schlichtheit ihrer neuen Umgebung angeregt war.

Die Kommission für »Das schöne Haus inmitten fruchtbarer Felder« kam Ende November 1935, einem regnerischen, pilzreichen Monat in Fornello an. Sie kam mit dem komfortablen

Dieseltriebwagen in makellosen Uniformen und eingefetteten, blank polierten Stiefeln. Und alle Gesichter nahmen den gleichen suchenden Ausdruck an, den gleichen forschenden, fragenden und verwirrten Blick: »Wo ist die Ortschaft?«

Giovannino wunderte das längst nicht mehr. Doch diese Herren hier fragten nicht nach dem Ort, sondern nach den Häusern, die am Wettbewerb teilgenommen hatten. Die wirre Unterarmgymnastik, die Giovannino und Rinaldo vor ihnen aufführten, überraschte sie sehr, und die Zeigefingersprünge von einem Berggipfel zum anderen erschreckten sie.

»Gibt es an der Piazza eine Motordroschke?«

»Es gibt keine Piazza, folglich erst recht keine Droschke«, klärte Giovannino sie auf.

»Wie gelangt man dann zu den Häusern?«

»Zu Fuß«, antwortete der zweite Stationsvorsteher. Er hätte ihnen von dem Mähdrescher erzählen wollen, der zerlegt und Stück für Stück hinaufgetragen worden war, weil es keine Straßen gab, denn dieser Mähdrescher markierte für den, der es wusste, den Aufstieg zum Bergkamm, oben bei den Häusern der Brancobalardi, aber Rinaldo sagte nichts.

Als sie am späten Nachmittag zum Bahnhof zurückkehrten, wo die Littorina auf dem Rangiergleis wartete, glichen die Mitglieder der Kommission »Das schöne Haus inmitten fruchtbarer Felder« Lakritzstangen in Meringen.

Schlammspritzer malten Schnörkel auf die mit Schneckenschleim beschmierten Uniformen. Die vom Sprühregen durchnässten Hüte waren aufgeweicht in sich zusammengefallen, um ein Relief der Nackenwülste nachzuzeichnen, und mehr als eine Hose trug die unmissverständlichen Spuren von Stürzen. Pipito führte ein fröhliches Ballett um die Rückkehrer auf, beschnüffelte sie gründlich mit gebührender Begeisterung, als wären sie lang erwartete, alte Freunde. Er war eben ein Hund, der die Besiegten mochte.

Giovannino packte das Mitleid, er stellte den Waschraum des Bahnhofs für eine erste Säuberung zur Verfügung, dann bat er seine Frau, warme Milch und Kaffee zuzubereiten. Lucia empfing die Gruppe mit dem schlafenden Romeo im Arm und begegnete ihnen mit höflicher Freundlichkeit, um schließlich neugierig zu fragen, was sie gesehen hatten.

»Räuberhöhlen, Signora, Räuberhöhlen. Das sind wirklich Wilde.«

Lucia schwieg enttäuscht, sie versuchte nicht einmal zu erklären, wie viel Mühe und Eifer ihre Leute aufgebracht hatten, und als sie merkte, dass sie dieses Possessivpronomen spontan benutzt hatte, überraschte sie das mehr als die verbohrten Vorurteile der Kommissionsmitglieder.

Zwei Monate später erfuhr man es: Keine der Familien im Muccione-Tal hatte gewonnen.

Das Jahr 1935 ging mit dem »Tag der Mutter und des Kindes« zu Ende. Giovannino und Lucia legten Romeo ins gewohnte Körbchen, nahmen den gewohnten Zug mit den Waggons dritter Klasse und begaben sich im Schneeregen zum Rathaus von Vicchio. Von den Brancobalardi stiegen auch Gaudenzio Tantulli und seine Frau Zeffira in ihren besten Kleidern ein, und ein starker Mottenpulvergeruch erfüllte den Waggon. Man plauderte ein wenig, aber das war mühsam, denn die Menschen im Gebirge sind wortkarg, und die Tantulli geizten schon fast mit Worten, also sprach man nur über den Regen, die Kälte und den Schnee, der wegen der Vorzeichen, da waren sich alle einig, Mitte Dezember reichlich fallen würde.

Im Rathaus von Vicchio empfing sie eine Menschenmenge und die Stadtkapelle, die als Welturaufführung die neue Hymne auf den Duce spielte, ein Werk des Maestro Sallustio. Dann war der Podestà an der Reihe – immer noch der mit der Volksversammlung –, in seiner Rede zwischen martialischen Visionen des kriegerischen Italiens und dem unermüdlichen Jubel des Volkes hin und her zu manövrieren, und er navigierte gut, wahrte noch in der Übertreibung Maß und Anstand, ja, er schien sich fast in Deckung bringen zu wollen. Wie auch immer, die Familie Tini erhielt vierhundert Lire für Romeo, und die kamen im Moment sehr gelegen. Gaudenzio Tantulli dagegen wurde für seine zehn lebenden Kinder nur eine Verdiensturkunde überreicht, und das kränkte ihn, denn er hatte auf Geld gehofft.

»Die rahmt Ihr ein!«, antwortet der Bürgermeister auf die Frage »Was mache ich damit?«. »Ihr hängt sie ins Wohnzimmer!«, und Gaudenzio Tantulli verzieht erstaunt das Gesicht, denn er verwechselt das Wohnzimmer mit der offiziellen Formulierung für die Verbannung, der Strafe für die Gegner an der Heimatfront: »obligatorischer Wohnort«.

Zu Weihnachten kamen die Großeltern. Sämtliche Großeltern. Sie hatten sich nicht abgesprochen und trafen im grünen Waggon der dritten Klasse überraschend aufeinander. In ihren Weidenkörben verbargen sich Mützchen, Hefekringel, Flaschen jenes süßen Rotweins, der *cagnina* genannt wird, und sogar ein Püppchen aus Filz, das ein Schlaflied spielte, wenn man es aufzog. Zu behaupten, dass die Alten miteinander auskamen, wäre übertrieben – als guten Bürgern der Romagna lag ihnen die Politik im Blut, und das Gespräch zwischen den beiden Familienoberhäuptern wurde bald hitzig.

Omero Assirelli wählte den soeben eingeweihten Bahnhof Santa Maria Novella mit seiner geometrischen Imposanz als Gesprächsthema, was die Atmosphäre auf der Fahrt erheblich belastete. In Fornello angekommen gewann jedoch eine familiäre Stimmung die Oberhand, und die streitbaren Großväter sahen sich einig in der Bewunderung des schönen Enkels. Sie stichelten noch gegeneinander, aber nur um festzulegen, wer ihn tragen durfte, und Romeo verteilte sein Lächeln unparteiisch an alle, denn Kinder wissen nichts von Politik.

Lucia und Giovannino erlebten diesen Tag mit großer Freude, die vereinte Familie gab ihrem Leben Sicherheit. Das Gefühl der Einsamkeit, das sie manchmal im Tal des Muccione überfiel, vertrauten sie einander nie an, denn beiden erschien es als ein Eingeständnis, dass sie hier nicht auf die richtige Weise lebten und es keine andere gab.

1936 BEGANN MIT REGEN

1936 begann mit Regen, einem grauen, trostlosen Regen. Fransige Wolkenschichten stiegen die Giogana hinauf und verbargen sie.

Am Nachmittag des sechsten Januars fuhren die Tini bis nach Borgo San Lorenzo, wo das für die Freizeitgestaltung der Eisenbahner vom Verkehrsminister organisierte »Dreikönigsfest für die Kinder der Eisenbahnangestellten« stattfand. Lucia hatte sich die Haare schneiden und eine Dauerwelle machen lassen, nach dem Vorbild der Filmdiven, die sie in der Sonntagsbeilage der Zeitung sah. Giovannino sagte nichts, aber er trauerte der Schönheit ihrer weizenblonden Haare nach.

Auf dem Fest trafen sie bekannte Gesichter, Lokführer, Maschinisten und Heizer. Romeo erhielt maßlose Komplimente und ein Paket mit Lebensmitteln, außerdem ein Vögelchen aus Holz, das fröhlich pfiff, wenn man den Vogelkörper einmal drehte.

Auf der Rückfahrt im knarrenden Eisenbahnwagen betrachtet Lucia die tiefe Dunkelheit, die sich über die Hügel gesenkt hat. Romeo schläft friedlich, auch Giovannino ist auf dem blanken Holzsitz eingeschlummert. Es sind wenige Leute im Zug, und das gelbliche Licht der Lämpchen spiegelt sich in den Fenstern.

Lucia denkt darüber nach, wie sehr ihr eigenes, ihrer beider Leben sich in kaum sechs Monaten verändert hat. Das unwirkliche Gefühl des Daseins in der Welt ergreift sie, sie fühlt sich schwach und machtlos, nur eine Beobachterin der Ereignisse. Auch ihr Körper scheint das zu spüren, sie empfindet ihn als unvollständig, vielleicht sogar leer. Allmählich gewöhnt sie sich an diese Anfälle, die sie früher nicht kannte, aber sie spricht mit niemandem darüber, nicht einmal mit ihrem Mann. Sie beugt den Kopf über Romeo, eine unsagbare Zärtlichkeit löst sich in ihrer Seele, und einen Augenblick lang – nur einen Augenblick – ist ihr, als wäre sie kurz davor, den vagen Sinn des Lebens zu begreifen. Aber sie empfindet keine Freude dabei.

Am 28. Januar zog Sebastiano Mori seine Bergschuhe an und überbrachte die amtliche Postkarte der Einberufung des Jahrgangs 1915 für Firmato Cheli und Scipione Galeotti. Am nächsten Tag reisten die beiden Rekruten mit dem stummen Abschiedsgruß der Verwandten in Fornello ab. Die jungen Männer verhielten sich unterschiedlich: Scipione stolz und keck, seinem großspurigen Wesen entsprechend, Firmato fast weinend. Zwar fand der Krieg siegreich und in weiter Ferne, in den Berberländern statt, aber er hatte seinen Preis, und manch einer wurde zur Erde für die Kastanien, wie man im Tal des Muccione sagte. Und Firmato, der den Namen trug, den man General Diaz zuschrieb, empfand seinen schicksalhaften Pessimismus wie etwas, das ihm auf den Leib geschneidert war.

Mitte Februar erhob sich etwa um Mitternacht ein unglaublicher Schneesturm, und die bis dahin milden Temperaturen wurden eisig. Die Alten des Tals hatten mit dem präzisen Geheimnis ihrer Voraussagen ins Schwarze getroffen.

So viel Schnee war neu für die Familie Tini, am nächsten Morgen verbrachten sie eine Zeit kindlichen Staunens am Fenster, bestürzt und begeistert von der wirbelnden Überfülle. Direkt gegenüber von Fornello bäumte sich der Berg mit einer Stützmauer aus Sandstein auf, doch jetzt löschte dieser weiße Zuckerguss die Mauer aus und brachte die Welt durcheinander. Hauben aus Eis und futuristische Kanten veränderten das Panorama völlig, man sah kein Wegzeichen, keinen Orientierungspunkt, keine Spur eines Pfades mehr. Die ganze Silhouette der Giogana ging auf wie ein Kuchen im Herd, und mittendrin versank das Rohr des Mähdrescherdenkmals. Der gewaltige Wasserkran für das Tränken der Loks, das Wasserpferd, nahm das bedrohliche Aussehen eines prähistorischen Ungeheuers an.

Den ganzen Tag lang gab es keinen Eisenbahnverkehr, und erst am nächsten Morgen konnte eine aus Florenz heraufgefahrene Lok mit Schneeräumer das Gleis mühsam, unter fortwährenden Rückstößen, freischaufeln. Die Lok hielt am Bahnhof, die Maschinisten stiegen rußgeschwärzt, verschwitzt und hungrig aus. Giovannino empfing sie im Betriebsbüro, dann begleitete er sie nach oben, denn Lucia hatte eine Erbsensuppe gekocht. Die beiden Männer nahmen ihre Mützen ab, und Lucia Assirelli zuckte zusammen, als sie die weißen runden Köpfe sah. Ihre Erinnerung ging zurück zum Tag des Umzugs, und sie fühlte sich, als lebte sie schon seit vielen Jahren hier. So lang und schwer erschienen ihr die wenigen Monate, dass etwas von ihrem Gefühl nach außen drang, und Giovannino fragte, ob ihr unwohl sei.

»Es ist nichts. Ich bin so viel Schnee nicht gewohnt …«

Von so viel Schnee ließ Romeo sich unwissentlich bezaubern, und das war der Fehler.

Den Ausgang des Allocchi-Tunnels konnte die Lokomotive nicht durchstoßen. Die beiden Maschinisten fuhren noch einmal vorbei, um Meldung zu erstatten, dann verschwanden sie langsam in Richtung Ronta. So blieb die Familie Tini noch zwei Tage lang von der Welt isoliert, und auch in diesen beiden Tagen schneite es, allerdings weniger heftig. Es war reines Glück des Vorausschauens, dass sie über Lebensmittelvorräte und Holz verfügten, und die Öfen arbeiteten mit voller Kraft.

Der Lehrer Capirossi nutzte die Gelegenheit, um seinem Schlafmangel die Rechnung aufzumachen, und sie sahen ihn selten: nur zu den Mahlzeiten und den Radionachrichten, in einen Morgenrock gehüllt, das schwarze Haarnetz auf dem Kopf, zwischen den Zähnen das Mundstück der Pfeife.

Sebastiano blieb in Ronta, und der zweite Stationsvorsteher Rinaldo Cenci widmete sich den Kaninchen, der Neuheit am Bahnhof von Fornello. Um den jüngsten Verordnungen in Sachen Selbstversorgung oder auch der befohlenen »Weiterentwicklung des ländlichen Hühnerhofs« nachzukommen, hatten Giovannino und Rinaldo ein Abkommen nach Art der Halbpacht geschlossen, nämlich: Der Kauf der Kaninchen geht zulasten des Stationsvorstehers, für ihre Versorgung ist der zweite Stationsvorsteher zuständig, das Endprodukt wird zur Hälfte geteilt. Giovannino war aus Marradi zurückgekommen, im Gepäck sechs rotblonde Burgunderkaninchen, eine als fortpflanzungsfreudig und schnell wachsend bekannte Rasse, die fortan in Käfigen hinter dem Bahnhof lebten.

Lucia brachte das in eine Wolldecke gehüllte Kind oft nach draußen, Romeo sollte mit all dieser Schönheit vertraut werden. Die Schneeflocken schmolzen kühl auf seinen Wangen, dann lachte Romeo und fuchtelte fröhlich mit den Ärmchen.

Als es am dritten Tag aufklarte, kam Don Clerido, der Kaplan bei den Gebirgsjägern gewesen war und diese Schneeteller, die aussahen wie hölzerne Bohnenhälften, geschickt als Schuhe zu benutzen wusste.

»Wir kommen, um zu sehen, ob es Tote unter den Lebenden gibt«, erklärte er seelenruhig, und Giovannino lud ihn in den Bahnhof ein, um etwas zu trinken. »Ich bitte um nichts, ich lehne nichts ab«, war sein Kommentar.

»Ein außergewöhnlicher Schneefall«, bemerkte der Stationsvorsteher. Don Clerido leerte sein Glas mit Grappa und musterte verwundert erst das Glas, dann den Eisenbahner.

»Köstlich …«, er schnalzte mit der Zunge. »Warum außergewöhnlich? So ist jeder Winter. Auf, zeigt mir euren Erben, die Freude der Familie …«

Der Erbe, die Freude des Hauses Tini, strampelt neben der Mutter im Weidenkorb, beide sind in der Küche. Er schenkt dem Pfarrer ein Zahnfleischlächeln und umfasst dessen Zeigefinger mit seinem winzigen, kräftigen Händchen. Romeo hat Lucias Augen, und Don Clerido verspürt eine seltsame Unruhe, als er die Augen betrachtet, eine Vorahnung, die nicht zu diesem Moment passt, aber er sagt nichts, denn er lebt von Vorahnungen und spricht darüber nur mit seinem Vorgesetzten am Kreuz.

»Von wem hat er diese lockigen Haare?«

»Von großmütterlicher Seite, wie es scheint.«

»Mit diesen hellen Augen gleicht er einem Engelchen.«

»Ihr seht überall Engelchen und Heilige.«

»Ich habe einen sehr scharfen Blick.«

Beim ersten Tauwetter wurde der Unterricht in der Schule von Fornello wieder aufgenommen. Die Schüler kehrten zurück, sobald die Pfade begehbar waren, in dem Punkt hatte Capirossi keinen Grund zur Klage. Die Kinder nahmen ihre Anwesenheitspflicht ernst, waren die Schulstunden doch unendlich viel besser als Schafe hüten oder stachelige Maronen aufsammeln. Doch die zweite Lehrerin bemerkte ungewöhnliche Schuppen in den Haaren der Schüler, deren Ursache ihr bald klar wurde.

Bewaffnet mit einem Rasierapparat, sorgte Rinaldo für eine gründliche kollektive Tonsur. Giovannino ging auf dem Maultierpfad hinunter in den Laden von Gattaia und kehrte mit einer Spritzpistole aus Metall – einem Gerät zwischen Fahrradpumpe und Tomatendose – und drei gelben Behältern mit schwarzem Streifen und der Abbildung eines Soldaten zurück: das Insektizid Flit.

»Hände auf die Augen! Nicht atmen! Fass da nicht hin!«, mehrmals wurden die kahl geschorenen Köpfe besprüht, und die Dämpfe, die nach landwirtschaftlichem Treibstoff rochen, setzten sich in Haut und Kleidern fest.

Mit den erstickenden Dämpfen dieses Produkts kämpften und gewannen sie den Krieg gegen die Läuse, ohne zu wissen, dass fern der Heimat eine in weit größerem Ausmaß eingesetzte Substanz namens Yperit die Truppen des Reiches zu Siegern machte. In den Rundfunknachrichten, die sie abends nach dem Essen hörten, wurden Namen wie Amba Aradam, Macallè, Amba Alagi zu vertrauten Klängen, und die Berichte strotzten von glorreichen Heldentaten sogar der Militärseelsorger. Doch jener unbekannte Name wurde nie erwähnt.

Dafür sollte zu anderen Zeiten und auf andere Weise Firmato Cheli sorgen.

Es war nicht die Besetzung des neutralen Rheinlands durch die deutschen Truppen, was Lucia beunruhigte, sondern eine anhaltende Dysenterie, die Romeo befallen hatte und nicht mehr losließ. Hilflos sahen die Eltern ihn abmagern, Giovannino musste nach Ronta fahren, um Doktor Vigorita zu holen.

Der Amtsarzt, der mit einer glänzenden roten Moto Guzzi über das Land zu fahren pflegte, kam mit dem Zug. Alfonso Vigorita, mittelgroß und kahler noch als der Duce, bewegte sich mit ansteckender Langsamkeit, hatte eine heisere, faszinierende Bassstimme und trug eine schwarze Ledertasche, welche die Gesundheit zu enthalten schien. Allein seine Anwesenheit beruhigte die Patienten und flößte Vertrauen ein, auch hatte er viel Erfahrung und einen guten Ruf als Diagnostiker. Ungeachtet der Protestschreie des Kindes drehte er Romeo um, untersuchte die Lederhaut der Augen, horchte Herz und Lungen ab, betastete den kleinen Bauch und fragte, mit welchen Lebensmitteln man nach dem Abstillen begonnen habe. Der Arzt hatte eine freundliche, aber energische Art, Eigenschaften von Menschen, die das Befehlen gewohnt sind, und so war es, er hatte als Truppenarzt gedient. Seine ruhige Sicherheit minderte die Ängste der Eltern, denn Lucia und Giovannino hatten sich schon in besorgniserregenden, dichten Nebelwolken gesehen.

»Kinder sind Panzer«, erklärte Vigorita den beiden mit militärischer Metaphorik. »Sie haben vor nichts Angst.«

Er wies sie an, Romeo wieder zu bekleiden, setzte sich an den Tisch, holte seinen Rezeptblock aus der Tasche der Gesundheit und füllte mehrere Blätter mit einem Füllfederhalter, an dem eine vergoldete Feder prangte.

Als er fertig war, reichte er Giovannino die Rezepte, nachdrücklich präzisierend: »Ihr geht zur Apotheke in San Lorenzo, nicht nach Vicchio.« Denn in der Apotheke von San Lorenzo wurden die außergewöhnlichsten Heilkräuter zusammengebraut. Giovannino nahm die Rezepte entgegen, ohne sie zu lesen, und machte Anstalten, die Untersuchung zu bezahlen, wie es sich gehört, wurde aber so entschieden davon abgehalten, dass er nicht wagte, auf seiner Absicht zu bestehen. Wahrscheinlich sah der Arzt die Verlegenheit des Stationsvorstehers, er kratzte sich die nicht vorhandenen Haare, dachte einen Moment lang nach und schlug dann vor: »Wenn du kannst, besorgst du mir einen Käse aus Piandolci. Schön reif, ja?«

So hielt man es bei fast allen Geschäften. Unter den Bewohnern des Muccione war wenig Geld im Umlauf, da Naturalien willkommener und nützlicher waren. Den Menschen ging es weniger darum, Geld anzuhäufen, als über das Notwendigste zu verfügen, was auch vernünftiger war. Die Familien hatten die Spezialisierung auf bestimmte Erzeugnisse unter sich aufgeteilt, wer Kohle herstellte, machte keinen Käse. Vigorita kannte seine Patienten gut, das Bezahlen in legaler Währung behielt er den »Herrschaften« im Flachland vor.

Während Giovannino in den ersten Zug nach San Lorenzo stieg, spazierte Alfonso Vigorita in aller Ruhe zum Laden in Gattaia hinunter, dessen Besitzer – der mit den faschistischen Grüßen – ihm über einen Verwandten, einem Parteifunktionär, eine bestimmte unauffindbare Zigarrensorte aus Übersee und diesen köstlichen grünen Tee besorgte. Giovannino kehrte spät zurück, beladen mit allerlei Fläschchen aus der Apotheke von San Lorenzo. Diese galenischen Mixturen aus geheimnisvollen Substanzen – was in aller Welt war Blutwurz? – ließen Romeo wieder gesund werden, ihre Verabreichung gestaltete sich indessen schwierig. Lucia und Giovannino konnten sich noch so sehr bemühen, sie in seinem Brei und in der Milch aufzulösen, konnten den kleinen Holzvogel noch so oft pfeifen und die Spieluhr im Püppchen spielen lassen, das bittere Gebräu erregte Protest und erbitterten Widerstand beim Kind.

Das Tauwetter brachte auch die Kapitulation Äthiopiens, dann die große Volksversammlung vom Mai 1936, und die war wirklich groß, mit den gleichen Einberufungsmodalitäten wie bei der vorhergehenden – Sturmläuten der Glocken, Sirenengeheul und Trommelwirbel. Zuvor jedoch entlud die übliche Littorina mit dem Radiator in Form eines griechischen Tempels ein Dutzend Milizen der Landwehr am Bahnhof von Fornello, und das geschah am ersten Mai.

»Wo ist der Ort?«

Giovannino und Rinaldo brachte die Frage nicht mehr in Verlegenheit, ergeben schwenkten sie die Arme, um mit dem Zeigefinger auf weit entfernte Häuser hinzuweisen. Die Milizen aber waren aus hartem Holz geschnitzt und ließen sich nicht abschrecken. Sie hängten eine eindringliche Aufforderung in Plakatform an die Wand des Bahnhofs und nahmen die Maultierpfade und Wege zu den bäuerlichen Siedlungen. Und sie mussten überzeugende Argumente gehabt haben, denn als am Tag der Versammlung die vereinbarten Signale aus dem Flachland ertönten, fanden sich viele Menschen am Bahnhof ein, manch einer sogar in der Parteiuniform. Melchiorre Malevolti forderte auch die Familie Tini zum Mitmachen auf, und nur Giovannino konnte sich wegen seiner Aufgaben als Angestellter im öffentlichen Dienst entziehen.

Für Romeo war es die erste Volksversammlung, ein Grund, seine Uniform eines »Sohns der Wölfin« zu präsentieren. Es war auch seine erste Fahrt mit der Littorina, doch das Durcheinander, die vielen Menschen und seine große Neugier erschöpften das Kind, das sich auf der Rückfahrt einem bleiernen Schlaf in Lucias Armen überließ.

Am darauffolgenden Samstag, dem neunten dieses Maimonats, kamen viele von denen, die an der Versammlung teilgenommen hatten, um zweiundzwanzig Uhr zum Bahnhof, um dem Landradio zu lauschen – dem mit der Radioaktivität –, das seinen festen Platz im Wartesaal hatte. Auch die Tini kamen herunter und erfuhren, ebenso wie der Rest Italiens einschließlich der Inseln, unter Jubelrufen, dass sie nun Teil eines Imperiums waren. Man entkorkte Flaschen mit Rotwein, frisch aus dem Keller, der Krieg war vorbei, der versprochene Sieg errungen, die Sanktionen wurden belacht, und Papa Cheli begann zu weinen, weil er jetzt endlich seinen Sohn wiedersehen konnte.

Um den ersten Tag des Imperiums zu begrüßen, schoss die nach Borgo San Lorenzo abkommandierte Kompanie – auch andere Kompanien von einer gewissen Bedeutung waren zu diesem Zweck abkommandiert – Salven aus hundertein Kanonenschüssen. Das Echo der Explosionen pflanzte sich im Tal des Muccione fort und hallte bis nach Gattaia hinauf, wo es sich mit den Kirchenglocken vermischte. Lucia war mit Malvina Malevolti und den Töchtern Dalmazia und Ambrosiana zur Messe heruntergekommen, und beim unablässigen Dröhnen der Schüsse zuckte sie unwillkürlich zusammen, was sich auf Romeo übertrug.

»Das ist das Imperium, keine Angst …«, erklärte Malvina.

Das ist das Imperium.

Eine eigenartige jähe Unruhe steigt in Lucias Brust auf und nimmt ihr den Atem. Sie erinnert sich an das Gefühl bei der Rückkehr aus Borgo, am Dreikönigstag. Und auch jetzt scheint ihr, wie an jenem Abend im Zug, dass sie aus irgendeinem unbegreiflichen Grund nah daran ist, das absolute Geheimnis der Zukunft zu verstehen. Diese hundertundein Donnerschläge dröhnen mit brachialer Wut über ihren Kopf als Frau und Mutter hinweg. Daraus wird Angst, denn sie ahnt von dieser Zukunft nur das Schlechte und drückt ihren Sohn an die Brust, als müsste sie ihn beschützen.

Auch davon wird sie Giovannino nichts erzählen.

Das ist das Imperium.

Einen Monat später kehrte Firmato Cheli zurück, aber ohne das Aufsehen und die Ehren, die den Helden eines Imperiums normalerweise zustehen. Trotzdem war er ein Held und trug überall Spuren und Zeugnisse seines Heldentums. Offenbar hatten die Pocken – oder, schlimmer, die Lepra – die Haut um seine Nase angefressen und rötliche Petechien und am ganzen Körper geschwürige Furchen hinterlassen. Er kam mit dem Zug der dritten Klasse zurück, trug die Uniform des Kraftfahrers und hatte eine Krücke dabei, auf die er sich stützen musste, um gerade zu stehen. Der Zugführer stellte sein Gepäck auf den Bahnsteig und grüßte ihn militärisch.

Romeo krabbelte, von Pipito überwacht, im Wartesaal herum und versuchte unsichere Schrittchen, die stets mit Stürzen endeten, während Papa zufrieden die Fortschritte kontrollierte. Als Giovannino den Heimkehrer sah, verschlug es ihm die Sprache, Romeo hielt erstaunt, mit offenem Mund inne, dann lächelte er. Der Hund empfing den Gast mit dem besonders herzlichen Beschnüffeln, das er Verlierern vorbehielt. Firmato nahm sichtlich angestrengt Platz auf der Bank – vielleicht war es Schmerz –, seufzte, schloss die Augen und bat mit leiser Stimme: »Lasst bitte meinen Vater holen. Allein geh ich nicht nach Hause zurück.«

Da erhob sich Romeo, wie von einer unbezwinglichen Kraft getrieben, auf seinen Speckbeinchen, machte drei unsichere, schwankende Schritte und stützte sich zuletzt mit den Händen am Bein des Kriegsheimkehrers ab.

DER VATER KAM

Der Vater kam, um den Sohn zu holen, obwohl ihn niemand gerufen hatte. Er schien es zu wissen, vielleicht wusste er es. Ohne ein Wort umarmte er ihn gerührt, eine ungewöhnliche, verschämte Bekundung von Zuneigung, um Firmato dann auf dem Maultierpfad nach Hause zu bringen.

Ein paar Tage lang hörte man nichts vom Heimkehrer, und Romeo – immer sicherer auf den Speckbeinchen – hatte die gute Idee, die Tage seiner Eltern mit einer neuen Sorge zu füllen, die zu den spanischen Wirren, den blutigen Kämpfen in Palästina, dem chinesischen Bürgerkrieg und den tragischen Aktivitäten der französischen Feuerkreuzler hinzukam.

Vermutlich hatte es ihm dank der Höhenluft nie an Appetit gefehlt, und mit Ausnahme der kurzen Phase der Dysenterie verlief die Entwöhnung von der Muttermilch schnell und leicht. Er aß alles, ohne Abneigungen und Launen. Sogar Münzen.

Lucia konnte nicht mehr eingreifen. Die auf dem Schemel vergessene Münze zu einer Lire – eine verlockende kleine Scheibe aus glänzendem Nickel mit dem doppelköpfigen Adler auf der Rückseite – gelangte schnell in Romeos Mund und wurde ebenso schnell verschluckt.

Das war der Beginn eines leidvollen, nomadischen Passionsspiels, bei dem einzig der Hauptdarsteller völlig gelassen blieb. Sie brachten ihn mit dem ersten Zug nach Ronta zu Doktor Vigorita. Der Arzt verordnete sofortige Röntgenaufnahmen, die jedoch nur im Krankenhaus von Florenz gemacht wurden. Und so reisten sie ab in die Stadt der Blumen. Am Bahnhof Santa Maria Marinella angekommen – für das Meisterwerk rationalistischer Architektur hatte Giovannino keine Augen – stiegen sie in eine Motordroschke und baten darum, eilig ins Krankenhaus gefahren zu werden.

Doch an diesem schwülwarmen Julitag gerieten sie in die Versammlung der Pioniere. Zwanzigtausend waren in der Stadt zusammengekommen und marschierten vor dem Herzog von Pistoia, dem General Filiberto di Savoia, auf. Eine der unzähligen Feiern des Imperiums. Der Weg zum Krankenhaus schien sich fortwährend mit dem Aufmarsch der Soldaten zu kreuzen, vielleicht nutzte der Fahrer aber auch in unredlicher Weise die Gelegenheit, um die Fahrt zu verlängern und den Verdienst zu erhöhen. Jedenfalls kam die Familie Tini mit Herzflattern im Krankenhaus an.

Auch die Röntgenaufnahme verlangte Geduld. Das Krankenhaus war maßlos überfüllt, und Lucia fühlte sich, als wäre sie in einen Höllenkreis gestürzt. Es war ihr nicht wirklich bewusst, aber ihr Wesen – sogar ihr Körper – hatte sich an die weite Stille der Berge gewöhnt, an die logischen, wesentlichen Gründe für jedes Geschehen, an die nötigen, langsamen Rhythmen des Lebens, und diese Zusammenballung einerseits festlich gestimmter, andererseits leidender Menschheit machte sie nervös.

Als sie durch einen langen Flur geht, meint sie, ein vertrautes Gesicht zu erkennen. Sie bleibt stehen, zögert, betrachtet das Profil des auf einer Trage liegenden Mannes genauer, ein

Laken bedeckt den restlichen Körper. Es ist Firmato, und vielleicht erkennt auch der Heimkehrer sie wieder, aber er legt einen Arm über sein Gesicht, als wollte er sich verstecken. Lucia respektiert seine Scham und geht weiter.

Das Ergebnis der Untersuchungen bestätigte den Weg der Münze an ihr endgültiges Ziel. Die Eltern wurden über die Symptome eines Darmverschlusses informiert, vor allem aber über die tägliche Kontrolle, zu der sie verpflichtet waren.

Zurück in Fornello, erschöpft vom Tag des Fahrens und Leidens, ließen sie sich ins Bett fallen, und die Müdigkeit gewann die Oberhand. Doch von diesem Abend an stand Romeo zwei Tage lang bis zum Morgengrauen des dritten Tages unter schärfster Bewachung. Als dieser Morgen den numismatischen Fund brachte, ergriff Giovannino die noch schmutzige Münze triumphierend wie eine olympische Medaille, denn für ihn war sie das.

Um den guten Abschluss des Abenteuers zu feiern, beschlossen die Eheleute an diesem Abend, dass die feierliche Stunde gekommen war, da man an das Schwesterchen für ihren Erstgeborenen denken konnte.

Unter den Decken verborgen, ängstlich bedacht, Rinaldo nichts hören zu lassen, hielten sie mit wachsendem Unbehagen Seufzer und Stöhnen zurück, denn dieses einsame Leben inmitten der Berge regte zum genauen Gegenteil an: ihre Lust herauszuschreien. So verständigten sie sich nur mit Liebkosungen, und in den Blicken des anderen erkannten sie, wie lebendig ihre unschuldige Liebe war, die sie, ohne dass Worte nötig gewesen wären, wie durch ein Wunder zueinandergeführt hatte.

Im Juni, am Ende des Schuljahrs und der Rückkehr des Lehrers Capirossi ins Flachland, war der Verkehr der Treni Popolari, der ersten Züge für den sommerlichen Massentourismus, wieder aufgenommen worden. Sie fuhren sonntags um null Uhr bis zur folgenden Mitternacht. Die reduzierten Fahrpreise füllten die Waggons mit den Familien von Arbeitern, Handwerkern und kleinen Angestellten, die auf den Holzbänken Frittate aßen und bis zum Ziel schliefen: dem Meer.

Die Initiative war lobenswert, zwang den Bahnhofsvorsteher Tini aber zu schlaflosen Sonntagen, an denen er auf die Züge warten musste – in Fornello hielten die Lokomotiven nur, um ihren Durst am monumentalen Wasserkran zu löschen –, doch Giovannino machte es sich zur Gewohnheit, auf dem Sofa im Betriebsbüro unter den Porträts des Königs und des Duce ein Schläfchen zu halten, und die sonntägliche Praxis wurde durch Routine leichter.

Ein Trost war das Landradio mit den großen Radiokonzerten des Lebensmittelproduzenten Arrigoni. Giovannino konnte sich nicht satthören an den Cavatinen des Tenors Tancredi Pasero oder den hohen Tönen der Sopranistin Mercedes Capsir, fortwährend wurde an der Feinabstimmung gedreht, um die Übertragung von Pfiffen oder atmosphärischen Störungen und Entladungen frei zu halten. Einen zweiten Trost, und mehr gab es nicht, gewann er aus der Lektüre der gelben Mondadori-Bände, die als Gratiszugabe zum Arrigoni-Fleischextrakt angeboten wurden, sodass Giovannino alle Tröstungen letztlich der berühmten Lebensmittelmarke verdankte.

Jeden zweiten Tag, meist gegen acht, kam Papa Cheli mit Sohn, und der Alte sagte nicht, dass er ihn ins Krankenhaus begleitete. Er sagte weder das noch etwas anderes, er lächelte wenig und zurückhaltend. Mit ihrem schweigsamen Charakter, ihren Stallmief ausdünstenden Kleidern, dem Mottenpulvergeruch, der sie umgab, warteten sie auf den Zug nach Florenz, geduldig verscheuchte der Alte die Fliegen, und der Anblick war traurig. Firmato schien es immer noch nicht besser zu gehen, die geschwürigen Furchen und Petechien zeugten von einer unbekannten Krankheit, über die man im Tal viel geredet hatte, um vorsichtshalber zu dem Schluss zu kommen, den Jungen zu meiden.

An einem jener Morgen, die Luft war klarer als sonst, schwankte Romeo – wie immer von Giovannino und Pipito bewacht – auf den Heimkehrer zu und legte ihm wieder die Händchen aufs Bein.

Firmato scheint das Kind erst jetzt zu bemerken. Er beugt den Kopf, hebt den Arm und streichelt Romeos lockiges Haar. Vielleicht ist es die schlichte Geste oder die Zärtlichkeit, die sie ausdrückt, die Giovanninos Krebsherzen Mut macht, und so fragt er.

Die Antwort kommt sofort.

»Ätzende Gase.«

Giovannino Tini versteht nicht. Im Radio und auch in den Zeitungen war viel von den Dumdumgeschossen die Rede, die die Abessinier heimtückisch benutzen, aber nie von ätzenden Gasen. Der Heimkehrer dagegen versteht die Verwirrung nur zu gut und spricht.

»Nicht sie haben die benutzt. Wir haben sie eingesetzt«, und er fährt fort, fährt mit verstörter, betrübter Miene fort, Romeos Locken zu streicheln.

»Ich musste sie transportieren«, und das scheint ein Abschluss zu sein, doch da hebt mit hauchdünner Stimme und dem Ton resignierter Verbitterung über die Irrtümer ein befreiendes Selbstgespräch an, die Augen sind aufs Pflaster gesenkt. So erfährt Giovannino unbekannte Nachrichten, die unbekannt bleiben müssen: der massive Einsatz von Senfgas gegen Böden, Tiere, Soldaten, Dörfer und Wasserläufe, damit die Menschen auch durchs Trinken starben. Und sie starben, Firmato hatte sie gesehen, sie starben wie die Fliegen. Doch einmal hatte sich plötzlich der Wind gedreht, und diese mit zerstäubtem Tod getränkte Luft, dieser Geruch nach Senf hatte die Gruppe italienischer Lastwagen umhüllt. Nicht stark genug, um sie sofort zu töten, aber stark genug, um sie nach und nach umzubringen. Und so ist er zugerichtet, er stirbt langsam, es gibt kein Heilmittel.

»Es frisst einen von innen auf, wie Krebs.«

Giovannino weiß nicht, was er sagen soll, er schweigt, seine Kehle ist verdorrt, geknebelt, und alles, was er sieht, scheint durcheinanderzugeraten.

Die Eroberung des aufrechten Gangs bot Romeo Tini unendlich viele Möglichkeiten, Schaden anzurichten oder sich wehzutun.

Mit einem Stock, den er mehrfach mit einem Strick umwickelte, schloss Giovannino eine gefährliche Lücke im Treppengeländer an der Ecke zwischen Stufe und Treppenabsatz. Lucia musste sämtliche Gegenstände aus den unteren Regalen entfernen und die Verschlüsse der Fensterläden und Schranktüren überprüfen. Diese Vorsichtsmaßnahmen hinderten Romeo freilich nicht daran, sich Kastanienmehl über den Kopf zu schütten – mit den weißen Locken sah er aus wie ein kleines Gespenst –, dann das Nudelholz vom Tisch zu holen und es stolz mit großem Getöse fallen zu lassen, Mamas Nähseidenröllchen auf dem Fußboden zu verteilen oder sich an Papas Kleiderständer zu klammern und zusammen mit ihm umzufallen. Denn die Welt in siebzig Zentimetern Höhe ist wunderbar, alle Dinge sind neu, darum muss man ihre Ausmaße, Beschaffenheit und das Geräusch erforschen, das sie beim Runterfallen machen.

Maultierpfade und Waldwege bieten Lucia eine unverhoffte Zuflucht. Rasch werden sie zu einem Wanderertrio, das man im ganzen Tal des Muccione kennt: sie, Romeo an ihrer Hand und Pipito mit seinem unermüdlichen Vor und Zurück in Grashüpfersprüngen. Lucia hat den Kurzhaarschnitt mit Dauerwelle aufgegeben, ihre Haare sind wieder weizenblond, wehen gelöst im Wind, und sie ist schön und stolz wie an jenem Junitag vor einem Jahr, als sie in Fornello ankam. Natürlich verdoppelt sich für Romeo jeder Meter Aufstieg über diese wackeligen Steine, und wo Lucia eine Stunde brauchte, reichen jetzt nicht zwei, außerdem muss man anhalten wegen einer noch nie gesehenen Blume, einer Hummel, der dicker gelblicher Pollen an den Beinen klebt, einer Quelle mit kalkhaltigem Wasser, denn nichts entgeht dem Kind. Doch sie kommen immer an einem Haus an, wo die Alten sie freundlich empfangen und es Platz am Tisch gibt. Niemand wird je um etwas bitten, von Schulden sprach man nicht, denn jeder schuldete ebenso viel wie er guthatte.

Diese langen, stolpernden Wanderungen bergauf und bergab kräftigen die Speckbeinchen, fördern Romeos spontanes Einverständnis mit der Natur und eine frühe Neigung zum Beobachten, zudem schenken sie ihm jeden Abend den tiefsten, erholsamsten Schlaf. So können die Eheleute Tini sich in aller Ruhe dem zukünftigen Schwesterchen widmen, und das tun sie, mit Erlaubnis und einer Spur Neid von Rinaldo, der in seinem Schlafzimmer im Erdgeschoss direkt unter dem des Stationsvorstehers liegt, während das Stöhnen durch die Wände dringt.

In der Laurentiusnacht verprügelten sie Sebastiano, den Briefträger.

Auf der Rückfahrt nach Ronta kehrte er oft in der Osteria beim Bahnhof ein, es war für niemanden ein Geheimnis, dass er gerne Wein trank. Da er keine Familie hatte, die auf ihn wartete, war das Problem die Menge, die er trank, und die dann folgenden, allzu frei heraus gesprochenen Worte.

Was er gesagt hatte, wusste man nicht, aber jemand hatte ihn gehört und die Worte weitergetragen und vielleicht auch mitgemacht in jener Nacht, denn Sebastiano musste viele Schläge einstecken und viel Rizinusöl trinken. Der Spaß, in diesen Fällen sprach man nämlich immer von einem Spaß, zog sich ungebührlich lang hin und endete auf einer Trage im Krankenhaus von Florenz.

Sebastiano wurde einer Notoperation unterzogen, die man Splenektomie oder auch Milzexstirpation nennt, und von da an war sein Leben von Abfindung gezeichnet.

In seiner Wohnung, allein, konnte er nicht bleiben, außerdem bestand die Gefahr, dass sie den Spaß zu Ende bringen wollten. Sein Zustand wurde als Zivilinvalidität anerkannt, wodurch er Anrecht auf Rente erhielt. Die Tini sprachen mit Rinaldo darüber, um zu dem Schluss zu kommen, dass man dort, wo sie zu viert lebten, auch zu fünft leben konnte, und so zog Sebastiano Mori nach Fornello um, in die Wohnung des zweiten Stationsvorstehers.

Wenn er nicht trank, und er gab das Trinken völlig auf, sprach Sebastiano so viel wie ein Fisch. Als die Genesungszeit ihm nach und nach einen Teil seiner Kräfte zurückgab, übernahm er kleine Arbeiten, geduldig, hartnäckig betriebene Bagatellen, und das war seine Art, sich dankbar zu zeigen. Es war sein Verdienst, dass der Bahnhof von Fornello beim Wettbewerb um den Blumenschmuck der Bezirksbahnhöfe eine »Medaille Vermeil« gewann. Als die Kommissare der Jury in den üblichen tadellosen Uniformen und den üblichen blank polierten Stiefeln aus der üblichen Littorina stiegen, machte der Duft der Strauchkronwicken so benommen wie ihr optimistisches Gelb, und in ganz Fornello gab es keinen Winkel, in dem Knabenkraut und violette Teppiche aus Thymian fehlten.

Doch die Ärzte hatten sie gewarnt, wer ohne Milz lebt, hat ein erhöhtes Risiko für Infektionen aller Art.

Sebastiano war vorsichtig und wusch sich mit den grünen Seifenstücken aus Lysoform die Hände wund. Das trockenere Klima half ihm, die jahreszeitlichen Übel in Grenzen zu halten, und Doktor Vigorita, der genug über den Angriff auf den Briefträger wusste, auch wenn man besser nicht darüber sprach, verschrieb ihm zur Stärkung das berühmte Ischirogeno von Doktor Battista, ein Gebräu aus Phosphor, Eisen, Kalzium und Strychnin, das sich des Lobes von Wissenschaftlern wie Cesare Lombroso rühmen konnte.

Die Bewohner des Muccione gewöhnten sich bald an diesen neuen Sebastiano. Dick, nein, dick war er nie gewesen, aber jetzt wurde er hager und so knochig, dass man seine Zähne durch die Wangen abzählen konnte. Die Briefträgermütze, die ihm wegen seiner Magerkeit noch weiter in den Nacken rutschte, nahm er nie ab, denn als Briefträger werde man geboren, behauptete er, und Briefträger bleibe man. Die Menschen im Gebirge betrachteten ihn auch nach der Rente weiterhin als ihren Briefträger und halfen sich untereinander mit dem Verteilen der wenigen Post.

Seine Tage verbrachte er oft im Bett, wo er die Kriminalromane las, die Giovannino an ihn weitergab, denn er fürchtete, eine banale Erkältung könnte bei ihm zur Lungenentzündung ausarten. Oder man sah ihn mit dem ewigen Flit die messingüberzogenen Türgriffe des Bahnhofs, ja, sogar die Bänke im Wartesaal desinfizieren, dann blieb der säuerliche petroleumartige Geruch tagelang in der Luft. Es muss kaum erwähnt werden, dass der Freundschaftsbund mit Pipito – für den Spürhund zu schön, um wahr zu sein: noch ein Verlierer! – und dem kleinen Tini eine ganz natürliche Folge war, und es verschaffte Lucia Ruhezeiten, dass sie Romeo der wachsamen Gesellschaft des ehemaligen Briefträgers überlassen konnte.

So beobachtete Giovannino die drei, den Kleinen an Sebastiano klebend, den Briefträger an Romeo, Pipito an beiden, und als er sie eines Tages zusammen mit Firmato und seinem Vater auf der Bank sitzen und die Wasserversorgung einer Lokomotive beobachten sah, kam dem Stationsvorsteher ein neuer Gedanke: Das Tal des Muccione schien zu einer Art Hospiz für Besiegte zu werden, ein von der Welt abgetrennter Ort, wo sich menschliche Wracks sammelten. Und der Gedanke schenkte ihm Momente unvermuteter, echter Rührung.

Am Tag, an dem die Olympischen Spiele in Berlin begannen, kam die Familie Galeotti vollzählig nach Fornello hinunter. Als die Bahnhofsbewohner all diese Menschen – sogar die Großeltern Girolamo und Venusta waren dabei – in Festtagskleidern und mit Gepäck sahen, fragten sie sich, was in aller Welt geschehen sein mochte. Pipito Tini wusste nicht mehr ein noch aus – verdienten sie seine uneingeschränkte Zuneigung? Waren sie Verlierer oder nur Verwandte? Hatten sie womöglich in der Lotterie von Merano gewonnen?

Sie verlangten eine Fahrkarte nach Livorno, und das war eine ungeheure Summe für die Galeotti, dachte Giovannino.

Sie bezahlten bar auf die Hand.

Lucia hängte gerade auf der Wiese hinter dem Haus Wäsche auf, und Romeo bot den misstrauischen Mäulern der Kaninchen Grasbüschel an. Es war Lucia, die fragte, denn sie war vertraut mit dieser Familie kundiger Schäfer, in der die Kunst weitergegeben wurde, Käse mit Kräutern zu würzen – und was für Käse!

»Wir gehen ins Imperium.«

Ja, sie gingen ins Imperium. In Äthiopien wurden viele bäuerliche Pioniere gebraucht, den Vorrang aber hatten die Soldaten der dort stationierten Truppe und ihre Familien. Scipione Galeotti, ein von seinen Vorgesetzten geschätzter Soldat, der binnen weniger Monate zum Unteroffizier aufgestiegen war, hatte ein Grundstück in den neuen Gebieten zugeteilt bekommen, und das reichte aus, um ein neues Leben anzufangen. Außerdem war es ihnen versprochen worden, und der Duce hielt immer seine Versprechen.

Der alte Girolamo zog eine sepiabraune Fotografie aus seiner Brieftasche, darauf sah man eine weite Ebene, anscheinend fruchtbar, Bäume, ein Haus im Bau mit flachem Dach, zwei davor posierende Eingeborene. Und jetzt wusste Sebastiano, was dieser leichte Umschlag mit dem Absender der Fluggesellschaft Ala Littoria enthalten hatte, der zehn Tage zuvor angekommen war.

»Schluss mit Schnee, Winterkälte und Frostbeulen.«

»Schluss mit Hanfschwingen«, fügte Venusta hinzu, sie

meinte den »cafioc« genannten, minderwertigen Baumwollersatz, der aus Hanfpflanzen gewonnen wurde.

»Schluss damit, die Grundherren fett zu machen. Sollen sie doch an ihren Kastanien ersticken«, erklärte Ageo, der Papa. »Das hier ist die wahre Revolution.«

Pipito vollführte einen wilden Tanz um die Aussiedler und stellte sich sogar auf die Hinterbeine. Er hatte seine Wahl getroffen.

»Ihr verlasst das Haus Eurer Familie?«, erkundigte sich Rinaldo.

»Wir haben genug gelitten«, damit beendete Ageo das Thema. Er ging zu Romeo und grub seine Finger in dessen schwarze Locken. »Dieser Junge ist niedlich und drollig. Wenn er groß ist, wird er auch nach Afrika gehen. Oder was wollt ihr – dass er hier stirbt?«

Niemand konnte die Frage beantworten. Nur die Mauern von Fornello, aber das Schweigen war ihr Schicksal und ihr einziges Zeugnis.

Die Littorina kam, um die Galeotti aufzunehmen, doch die dritte Klasse fehlte.

Giovannino pflanzte sich vor dem Zugführer auf.

»Ich stelle Euch die Familie Galeotti vor. Sie fahren zu ihrem Sohn, einem Kriegshelden. Dritter Klasse, und mehr muss ich Euch nicht sagen. Es lebe das Imperium.«

Er sah sie zum letzten Mal.

DAS PRINZIP DES WIDERSTANDS

Das Prinzip des Widerstands gegen die Sanktionen – von deren nahem Ende kaum einer wusste – wurde im Gebirgsbach Muccione in Gestalt einer »Fischzuchtanlage« in die Tat umgesetzt. Im Grunde war diese Anlage nicht mehr als ein durch zwei Schleusen geschaffener bescheidener Stausee nahe Gattaia.

Am Tag der Einweihung erschienen die Stadtkapelle von Vicchio, Don Clerido, der Podestà und der Hauptmann der Forstmiliz, der mit dem Mähdrescher der Brancobalardi.

Alsbald ertönten im Dickicht des Waldes die fröhlich verstimmten Klänge – die Kapelle bestand aus kurzatmigen Dilettanten – der faschistischen Kampflieder *Giovinezza* und *Faccetta Nera*. Die neuen hydraulischen Werke, von der Nationalflagge umhüllt, bildeten den Hintergrund für das Podium, auf dem die Festtagsredner einander abwechselten.

Es war der große Moment für Pipito Tini.

»Jedes Haus muss eine wirtschaftliche Festung sein …«, verordnete der Podestà.

»Kichererbsen, Linsen, Kartoffeln, Hafer und Gerste schmecken sehr gut zur Forelle …«, erklärte der Hauptmann mit Stentorstimme. »Auf die Forelle, den Fisch des Sieges!«

Das Publikum – Bauern aus Gattaia und dem Muccione-Tal – applaudierte steif und nicht gerade begeistert. Man muss sie verstehen: Der sonnige Tag ging verloren und mit ihm die Arbeiten, die auf jeden Fall getan werden mussten. Forellen zu essen, mit all den Gräten, die einem im Hals stecken blieben, kam schon gar nicht infrage. Lieber Bohnen.

Zwischen den Holzpantinen und bloßen Füßen der Versammelten schlängelt sich Pipito hindurch, denn die Familie Tini ist vollzählig anwesend. Es scheint, als wäre unter diesen nackten Füßen ein ungeheures essbares Paradies vergraben. Pipito läuft mit geweiteten Nüstern vor und zurück, fegt mit seinen Hängeohren den Boden, dann hebt er den Kopf, bemerkt den Bürgermeister, mustert ihn, beschnüffelt ihn, läuft einmal um ihn herum und setzt sich begeistert direkt vor ihn hin. Rettungslos verliebt schaut er ihn, schwanzwedelnd, mit runden, feuchten Augen an, dann wendet er sich zu Romeo um, als wollte er sagen: »Der ist wirklich gut, findest du nicht?«

Während der gesamten Rede des Podestà beweist Pipito eine euphorische Zuneigung, er kommentiert sie sogar mit winselnden Sympathiebekundungen, die unerwidert bleiben. Er hatte wieder einmal seine Wahl getroffen, aber niemand verstand ihn, zum Glück, denn wer gewusst hätte, was seine Sympathie bedeutete, hätte nicht mehr ruhig geschlafen. Im vorliegenden Fall endete das Leben des Podestà von Vicchio, eines willfährigen Möchtegernfaschisten, der nie ernsthaften Schaden anrichtete, im Oktober 1944 abrupt neben einer Buchsbaumhecke. Aus dieser Hecke kamen zwei Pistolenschüsse, und im großen Durcheinander damals erfuhr man nie, ob es sich um einen Irrtum oder einen Racheakt handelte.

Wie auch immer, die Neubesiedlung der Gegend mit Fischen lieferte Forellen zum ausschließlichen Verbrauch durch den Hauptmann der Forstmiliz, welcher sich mit persönlichem Einsatz und unerschütterlicher Hingabe dem Studium ihrer besten gastronomischen Verwertung widmete. Im Strom der Zeit und der Gewässer sorgten die schlammigen Ablagerungen nach den häufigen Hochwassern dann dafür, den kleinen See zu begraben, der zu nichts mehr nützte, außer vom einzigen Werk des Regimes in diesem engen, vergessenen Tal zu zeugen. Kein Parteifunktionär würde hier eine Casa del Fascio errichten lassen, einen Kindergarten, eine Turnhalle für die samstäglichen gymnastischen Vorführungen oder das Denkmal für irgendeinen Märtyrer, und die Schule sollte bis zum Ende im rosafarbenen Bahnhof bleiben.

Ja, Romeo war wirklich so, wie Ageo Galeotti in seiner Prophezeiung getönt hatte: niedlich und drollig. Seine dunklen lockigen Haare ließ Lucia ziemlich lang wachsen, und seine blaugrünen Augen leuchteten vor unstillbarer Wissbegierde. Er hatte die feinen Züge der Mutter geerbt, und seine v-förmigen Augenbrauen gaben ihm das Aussehen eines Teufelchens. Wenn Lucia ihn betrachtete, verspürte sie schon den leisen Kummer, ihn größer werden zu sehen, weit entfernt schien der Moment, als Malvina Malevolti ihn in das Bad mit Kastanienblättern gelegt hatte.

»So wird er stärker«, das war der Grund, und so war es. Kein Gedanke mehr an Krankheit nach der Episode mit der Dysenterie. Energie? Mehr als genug. Und wie schnell er gehen gelernt hatte! Sie zogen ihm Sachen in hellen Farben an, ein Kontrast zu den dunklen Kleidern der Bergbewohner, und vielleicht lag es daran, aber für Lucia war dieser Sohn auf jeden Fall etwas Besonderes, und er würde ein besonderes Leben haben, da war sie sicher.

Zufrieden betrachtete Giovannino sich selbst in seinem Sohn, und ging, Zigarillos der Marke Roma rauchend, im Geist seine Kindheitserinnerungen durch. Denn er hatte sich vorgenommen, nicht die gleichen Fehler zu machen wie sein Vater. Er würde vernünftig mit seinem Sohn sprechen, ihn als Erwachsenen behandeln, egal, wie alt er war. Immer wieder hatte er diesen Vorsatz gefasst, denn es stimmte ja, der Weg in die Hölle war mit Irrtümern gepflastert, also wollte er ein möglichst perfekter Vater sein.

Lucia und Giovannino wandten die beste bekannte Methode an, indem sie in ihrer Unerfahrenheit arglos handelten. Sie wussten nicht, sie konnten nicht wissen, wie sehr das Leben selbst dafür sorgte, Beziehungen zu regeln, zu binden und zu trennen, zu reparieren oder zu zerstören, und was zählte letztlich einzig und allein, wenn nicht das Schicksal? Alles kam von dort. Doch dessen Geheimnis blieb unbekannt, und nur die Dinge wussten darum in ihrem erzwungenen Schweigen.

Der letzte Ferienzug für das Volk in diesem Sommer fuhr mit Beteiligung fast der gesamten Familie Tini, denn Pipito blieb in Fornello, um Rinaldo Gesellschaft zu leisten, der für einen Tag zum Stationsvorsteher befördert war.

Der Zug – vier Waggons »Centoporte« mit vielen Türen und eine Tenderlokomotive – hielt Samstagnacht um zwei Uhr ächzend in Fornello. Er brachte die Hitze und feuchte Luft aus dem toskanischen Flachland. Der Halt diente immer nur dazu, die Wasservorräte mit dem großen Kran aufzufüllen, doch die Tini nutzten ihn, um einzusteigen und das Meer zu sehen, dieses Mal ging es nach Rimini.

Im Zug schlug ihnen der Geruch nach Frittate, Wein und

schlafenden Familien entgegen. Die rötlichen Lämpchen tauchten alles in blutige Farben, und die bunt zusammengewürfelte Reglosigkeit der Menschen erinnerte Lucia an die Lazarette, die Manzoni beschreibt. Sie fanden trotzdem einen Platz, und die langsame Fahrt, verbunden mit dem monotonen Rhythmus der Gleisgelenke ließ sie bald einschlafen.

Um sechs kamen sie pünktlich am Ziel an.

Ein Meer von seltener Klarheit erwartete sie und versprach Erfrischung am Ende des Strandes. Der war breit, weich, mit weißen Zelten aus Lateinersegeln gespickt und fast menschenleer. Die Reisenden versammelten sich am Saum des Meeres, stumm staunend über diese ungeheure Wasserfläche, die sich nach allen Seiten ausdehnte. Sie waren Handwerker, Angestellte, Bauern und Pächter, die sich noch nie von zu Hause entfernt hatten, und überrascht erlebten sie sich beim Anblick der Adria als Kinder.

Die Kinder dagegen waren nicht überrascht. Romeo, er war zu klein, noch weniger als die Größeren, die sofort etwas von der Freiheit ahnten, die dieser magische Ort bot, und schon bald mit triefenden Strampelanzügen herumliefen oder mit wollener, vom nassen Sand beschwerter Badekleidung. Hier konnten sie die schönsten Spiele der Welt in vollkommener Glückseligkeit spielen – man fiel hin, ohne sich wehzutun.

Lucia und Giovannino bringen Romeo ans Wasser, und schon auf dem Weg dorthin wird der Kleine unruhig. Vor dem Wasser bricht er in herzzerreißendes Weinen aus, es ist zwecklos, ihn ans Plantschen gewöhnen zu wollen, und die Erinnerung an das rot angelaufene Gesichtchen unter der Hanfmütze wird die Eltern zum Lächeln bringen.

Später kommen die Feriengäste. Der Unterschied zu den

Menschen aus dem Zug ist auf den ersten Blick erkennbar. Sie gehören einer anderen Gesellschaftsschicht an. Mit gelangweilter Zwanglosigkeit lassen sie sich auf die Liegestühle fallen, haben keinen Proviant in Körben dabei, sondern kaufen am Kiosk der Badeanstalt Getränke und Eiswaffeln. Sie sind elegant gekleidet, tragen kurze Leinenhosen, Hemden aus Cretonne. Sie lesen Zeitungen, Illustrierte und Bücher. Ihre Kinder sehen aus wie anmutige Figürchen, die Mädchen wie würdevolle Fräulein. Lucia bemerkt den Unterschied und kann nicht anders, als zu fragen: »War ich auch so?« In dieser Frage liegt die Verlässlichkeit des Muccione-Tals, die sichere Gewissheit, einer neuen, anderen Gemeinschaft anzugehören.

Auf der Rückfahrt braucht es das rötliche Licht der Lämpchen nicht, um die Ausflügler mit blutigen Farben zu bemalen. Die Haut der Angestellten ist puterrot von zu viel Sonne, und sogar Romeo, der den Tag an der Seite seiner Eltern damit verbracht hat, fortwährend glücklich mit beiden Händchen Sand zu schaufeln, hat die Farbe einer reifen Tomate.

Das Jahr 1936 neigte sich dem Ende zu. Vom Heimweh nach seiner Romagna geplagt, besorgte Giovannino sich fast jeden Tag ein Exemplar der Zeitung *Il Resto del Carlino*. Heizer, Zugführer, Kontrolleure – das Netz seiner Lieferanten erwies sich als gut ausgestattet und effizient.

Es war keine angenehme Lektüre.

Obwohl die Artikel je nach Tonfall und Stil zwischen Aufmunterung und Verherrlichung schwankten, entwickelte sich aus den uneingestandenen Ängsten des Stationsvorstehers nach und nach eine robuste, kritische Skepsis, und er las, was andere nicht lasen. Oder nicht lesen wollten, denn es war ja nicht so schwer, sich zum Beispiel zu fragen: Wenn der Krieg beendet war und sämtliche abessinischen Völker es nicht erwarten konnten, sich der italienischen Zivilisation zu unterwerfen, warum starben dann noch immer und unaufhörlich Italiener bei Aufklärungsoperationen? Wenn Deutschland, das Reich, nicht an Krieg dachte, wie dieser von Ribbentrop erklärt hatte, warum bewaffnete es sich dann bis an die Zähne?

Auch erschienen Artikel, die aus anderen Gründen beunruhigend waren. »Die Erde dreht sich schneller, und das Leben wird kürzer« oder »Wir gehen auf eine neue Eiszeit zu«, was der Behauptung widersprach: »Die Gletscher verschwinden und mit ihnen das Leben auf der Erde.« Ganz zu schweigen von den Asteroiden, die mit der Erde zusammenzustoßen drohten. Wer hatte recht? Auf welcher Seite stand die Wahrheit?

Kurz, man bewegte sich zwischen Gefährdungen jeder Art.

Giovannino wagte es, mit Leuten aus dem Tal darüber zu sprechen, wenn sie am Bahnhof auf Züge warteten oder kamen, um die Romanzen im Radio zu hören. Doch, um der Wahrheit die Ehre zu geben, seine Fragen – und die Nachrichten, die sie brachten – schienen niemanden zu beunruhigen. Über das Tal wachte der Berg Castelpotente, und dieser Berg stand dort, seit der Meeresboden sich erhoben hatte, um den Apennin zu bilden. Nichts würde passieren.

»Und nichts wird je passieren, Signor Capostazione. Wir leben hier von der Welt vergessen.«

Diese unerwartete Antwort von Arturo Checchi, dem Blinden von Piandolci, überraschte Giovannino. Montagabends begleiteten die beiden Töchter ihn zu den Tini, weil er ein großer Liebhaber des Baritons Carlo Tagliabue war.

Der Blinde hatte Romeo ins Herz geschlossen, und wenn

der Kleine mit Isolina und Italica spielte, nahm er seine Bewegungen und Grimassen durchaus wahr. Papa Giovannino navigierte zwischen Rundfunkstationen mit fremden Namen: Paris Eiffel, Monte Ceneri, Warschau, Brüssel, bis das summende Signal des EIAR um Punkt halb neun das Konzert ankündigte und der Lehrer Capirossi auftauchte. Für Romeo brach dann die Nacht an, und Lucia wiegte ihn im Arm, bis er einschlief.

Man sagt, die ersten Erinnerungen beginnen mit drei Jahren. Mag sein. Doch von diesen Abenden mit Musik wird eine Spur bleiben, ebenso wie von dem Tag in Rimini, Ende August 1936, an dem Romeo Sand aß.

Sie lebten nun seit gut anderthalb Jahren in Fornello und dachten nicht mehr an die Versetzung. Giovannino hatte sich zwar ein paarmal zur Personalabteilung in Florenz begeben, aber ihm wurde stets geantwortet: »Nun ja …« Da waren die Kriegsheimkehrer, die versorgt werden mussten, die Günstlinge der Partei, die Verwandten der Sciarpe Littorie, Faschisten der ersten Stunde und verdienstvolle Parteimitglieder, kurzum, vorerst musste er sich mit seinem Posten begnügen. Es würden bessere Zeiten kommen.

Man wartet immer auf bessere Zeiten, dachte der Bahnhofsvorsteher von Fornello, die schwerlich kommen werden.

Er fragte und drängte nicht länger. Denn so schlecht ging es ihnen in diesem kleinen Bahnhof nicht.

Lucias Eltern hatten es sich zur Gewohnheit gemacht, sie alle zwei Wochen zu besuchen. Giovanninos Eltern nutzten die freie Woche dazwischen, so vermieden sie, den Mitschwiegereltern zu begegnen.

Romeo entwickelte sich gut, abgesehen davon, dass er

keine einzige Silbe sprach, und die Eheleute machten sich mit Fleiß an die Sache mit dem Schwesterchen. Die Familie erlebte den Einzug von Sebastiano, die musikalischen Besuche der Checchi, die ausdauernde Anwesenheit von Malvina Malevolti, den Morgenrock des Lehrers Etelredo Capirossi, die stillen Spaziergänge der Witwe Fanciullacci, die einsilbigen religiösen Unterweisungen von Don Clerido. Die fuchsroten Burgunderkaninchen vermehrten sich, und ihre Vermählung mit Thymian, Rosmarin und Salbei zeitigte erfreuliche Ergebnisse. Auf der Eisenbahnlinie gab es wegen der überreichlichen Weinernte einen neuen Verkehr, die Weinlesetransporte, die pünktlich am großen Wasserkran haltmachten, um vom Wasserpferd getränkt zu werden, und wenn der Zug weiterfuhr, blieb stets ein schöner Korb mit reifen Trauben im Bahnhof zurück. Der Herbst schenkte Pfifferlinge und Eierschwämme, Kürbisse und Kohlköpfe, und wenn etwas fehlte, brauchte man nur zu fragen – die Bewohner des Muccione-Tals verweigerten in ihrer weisen, wesensmäßigen Sparsamkeit nie etwas.

Manchmal dachte Giovannino, er habe den friedlichen Ort gefunden, wo er alt werden konnte. Lucia ging es ähnlich, und sie wunderte sich selbst über die Veränderung, die in ihr vorgegangen war.

Firmato Cheli erlebte das faschistische Neujahrsfest, aber das des julianischen Kalenders nicht mehr. Ein mysteriöser Tod, so sagten sie im Tal. An einer unbekannten Krankheit verstorben.

Weder Giovannino noch Doktor Vigorita verletzten die Würde des Geheimnisses, von ätzenden Gasen und dem Yperit erfuhr man nicht.

Firmatos Leichnam wurde in einem grob gezimmerten Sarg von den Casette heruntergetragen. Auch die Cecchini, die andere Familie oben in den Casette, gab ihm Geleit, und niemand sah den Körper. Von den Brancobalardi kamen die Tantulli, und der alte Gaudenzio hatte vier Krokuszwiebeln in seiner Tasche. Nach der Trauerfeier wurden die vier Zwiebeln unter dem Kreuz in die Erde gesteckt und sollten in jedem Herbst fröhlich blühen, um an dieses junge Leben zu erinnern, das Giftgase verbrannt hatten.

Zum Ausgleich kam ein neues Leben. In den ersten Dezembertagen wurde Annalena, die Tochter von Tito Necci und Zaira Cecchini geboren, und trotz der strammen Kälte und des Schnees wurde gefeiert, die Frauen machten Süßigkeiten, und zum ersten Mal, seit sie in Fornello waren, tanzte Giovannino mit Lucia.

Auch andere Kinder hatten spät zu sprechen begonnen. Das war die Meinung von Malvina Malevolti. Man brauchte sich also nicht zu sorgen, wenn Romeos einzige mündliche Äußerung im Weinen bestand. Kein einziges Ba, kein Ma. Beobachten ja, er beobachtete alles. Mit seinen blaugrünen Augen schien er die Dinge festzunageln. Aber eben immer still – ohne einen Laut.

Die Eltern begannen sich zu fragen, ob er womöglich stumm war.

»Würde er so laut weinen, wenn er stumm wäre?«, wandte Malvina immer ein. »Wartet ab, ihr werdet schon sehen. Gebt euren Wunsch auf, ihm zuzuhören. Man sieht doch, dass er die Welt verstehen will, bevor er spricht. Die Welt, nicht etwa irgendwelche Lappalien.«

Auf Malvina, die Welt und die Lappalien vertrauten sie. Als

tüchtige Hebamme hatte sie die Eltern schon auf die Kinderhautkrankheiten vorbereitet. Sie wussten alles über Windpocken, Scharlach, Röteln und Mumps. Und auch über Typhus und Paratyphus.

Das Gute war, dass Malvina mit der Sache von den Lappalien ins Schwarze getroffen hatte. Romeos Charakter erwies sich als der eines stillen, aufmerksamen Beobachters. So konnte alles, was später hinzukommen sollte, sein nachdenkliches Wesen nur noch verstärken – mit diesen Stirnlocken und der Himmelfahrtsnase war das Teufelchen sowieso unwiderstehlich.

Es wurde eine ziemlich lange Wartezeit für Giovannino und Lucia. Erneut vom Zweifel gepackt, brachten sie ihn sogar zu Doktor Vigorita.

Der Arzt klärte die Situation mit einem einfachen Kneifen, und das prompt folgende Geschrei war Diagnose genug. Vigorita fügte aber noch eine halb ernsthafte, halb ironische Bemerkung hinzu.

»Er sagt nichts, weil er nichts zu sagen hat. Ihr müsst also warten.«

Oh ja, und das ziemlich lange. Er hatte weiterhin nichts zu sagen – bis zum fünfzehnten Juni 1937.

In der Zwischenzeit geschah einiges, wie der alte Arturo Checchi vorausgesagt hatte. Aber es geschah weit weg und streifte das Tal, ohne ihm zu schaden.

Das erste Ereignis bestand darin, dass Don Clerido die Jahreswende weiterhin am 31. Dezember feierte und die faschistische Verschiebung des Neujahrstags auf den 28. Oktober ignorierte. Er war ein dickköpfiger Pfarrer, wie viele Gebirgler, und keineswegs überzeugt von der göttlichen Vorsehung und ihren Abgesandten. Kein Wunder, dass der Bischof ihn ins Exil nach Gattaia geschickt hatte, hier konnte er keinen Schaden anrichten.

Das zweite Ereignis sah den Federale, gefolgt vom gewohnten Schwarm Manipel- und Bataillonsführer, aus der gewohnten Littorina mit dem griechischen Radiator aussteigen. Er suchte nach Mauern. Zunächst verstand Giovannino nicht, wonach genau der Federale suchte.

»Mauern, Mauern. Nackte, verputzte Mauern. Habt Ihr verstanden?«

Und der Milizionär entrollte ein Papier, auf dem in gigantischen Lettern stand: »Der Pflug zieht die Furche, aber das Schwert verteidigt sie.«

»Das Imperium muss gefeiert werden. Jedes Bauernhaus wird sein eigenes Motto haben.«

Darauf erklärte ihm der Stationsvorsteher, dass die Häuser im Tal des Muccione sämtlich aus Stein, Schlamm und Mörtel bestanden und nicht einmal wussten, was Verputz ist. So zog der Schwarm mit seinen Papierrollen weiter nach Crespino, wo es vielleicht noch nackte verputzte Mauern gab.

Außerdem wurde das Siezen abgeschafft, ab jetzt musste man Ihr sagen. Im Tal hatte man von alters her und aus Respekt schon immer das Ihr benutzt, folglich änderte sich nichts. Auch der Händedruck wurde abgeschafft, er übertrug Keime und Krankheiten. Im Muccione wurden seit Menschengedenken Vereinbarungen und Verständigungen mit einem Händedruck besiegelt, und niemand dachte im Traum daran, aus hygienischen Gründen mit der Tradition zu brechen.

Denn Traditionen stützen das Morgen.

AM ABEND DES FÜNFZEHNTEN JUNI

Am Abend des fünfzehnten Juni sollte das fahrende Kino in Gattaia ankommen.

Die Nachricht lief über die holprigen Maultierpfade und schattigen Klettersteige, streifte die Tennen der Köhler und stieg die Giogana hinauf, wo der Mähdrescher sich inmitten von Qualmwolken an die Arbeit machte.

Fast niemand aus dem Tal hatte je ein Kino gesehen.

Lucia und Giovannino kannten es. Das Kino war Lucias andere Leidenschaft neben dem Tanz, beides gehörte zu ihren großen Verzichten in Fornello. Die Vorbereitungen auf den Abend waren ein Fieber, das alle Familien des Muccione ansteckte, und alle fanden sich pünktlich auf der Piazza vor der Kirche ein. Don Clerido hatte vor einem an der Kirchenwand hängenden Bettlaken Bänke und Stühle zu unregelmäßigen Reihen aufgestellt, und hinter den Sitzgelegenheiten zog ein sonderbarer schwarzer Lastwagen mit zwei großen Buckeln auf dem Dach und weißen Rädern die Aufmerksamkeit auf sich. An den Seiten trug er die Aufschrift »Faschistischer Landarbeiterverband – Tönendes Kino«.

Wer offizielle Ansprachen erwartete, irrte sich. Es gab nur zwei Arbeiter mit Zigaretten im Mund, sie verlegten Kabel zwischen dem Lastwagen und einem Apparat, auf einen Dreifuß montiert, der aussah wie die Silhouette von Mickymaus.

Als alle Familien Platz genommen hatten, die Kinder und Pipito hockten in der ersten Reihe im Gras um den leeren Stuhl von Don Clerido herum – der Pfarrer war seltsamerweise verschwunden –, begann der Motor des Lastwagens zu laufen, und alsbald fiel aus dem Apparat mit den großen Ohren ein Bündel Licht auf das Laken. In rascher Folge erschienen Zahlen, das Bild hörte auf zu ruckeln, und aus den Höckern auf dem Dach des Lastwagens ertönte donnernd die Erkennungsmusik der filmischen Wochenschau »Luce«. Die Gesichter der Anwesenden nahmen den Ausdruck ehrfürchtigsten Erstaunens an.

Die Wochenschau zeigte Bilder aus Eritrea, Aufnahmen der Kolonialtruppen, Schiffe voll jubelnder Soldaten, Paraden schnell fahrender Panzer und schloss mit der Übergabe des Schwertes des Islam an den Duce. Der saß auf einem weißen Pferd und wurde – so behauptete die Stimme aus dem Lautsprecher – von zweitausendsechshundert berittenen Berbern flankiert.

Dann erlosch das Bild, der Ton verstummte.

Es war eine unnatürliche Stille, versteinert, kompakt.

Lucia und Giovannino beobachten die Familien Cheli, Malevolti, Angeli, die Tantulli. Sie wirken wie Kinder, denen ein unbekanntes, außergewöhnliches Spielzeug gezeigt wurde. Auch Romeo ist hingerissen, das Ärmchen zur improvisierten Leinwand hingestreckt, die Augen fragend mal auf die Mama, mal auf den Papa gerichtet.

Wieder liefen die Zahlen, und nun, da der Propagandafilm beendet war, erschien Don Clerido plötzlich auf seinem Stuhl – »Filme vom Luce, Filme vom Duce«, brummte er mit der Zigarette im Mund. Auf dem Bettlaken tauchten die Gesichter der berühmten Laurel und Hardy auf, in Italien auch bekannt als Stanlio und Ollio oder Cric und Croc. Der Film hieß »Das Mädel aus dem Böhmerwald«, und die beiden trugen lustige schwarze Perücken mit Pagenfrisur. Dreimal riss der Film, dann roch es nach verbranntem Bakelit, und jedes Mal raunte ein enttäuschter Chor: »Ooooh …«

Als die Vorführung beendet war, erhob sich niemand, und die beiden Arbeiter brauchten viel Geduld, um zu erklären, dass nun Schluss sei und die Leute nach Hause gehen konnten. Die Menge umringte sie neugierig, nicht nur die Kinder, alle wollten weiterlachen.

Romeo lief, von Pipito begleitet, zwischen den Eltern und dem merkwürdigen Apparat mit den Buckeln hin und her. Dann stellte er sich vor den noch sitzenden Giovannino, führte eine perfekte Pantomime des soeben von Stanley gezeigten Spiels »Knie, Ohr, Nase« vor – bei dem in rasch wechselnder Folge Knie, Ohr und Nase jeweils mit der anderen Hand berührt werden müssen – und erklärte ernst: »Tumm.«

Starr vor Staunen drückte Lucia ihn an ihre Brust, Giovannino schüttelte ihn, als wäre er ein Kissen, beide waren überglücklich und dankten Stan und Ollie.

Nach der aufregenden ersten Annäherung an die sprachliche Ausdrucksform, versuchten Lucia und Giovannino zunächst, die lange Wartezeit des Schweigens aufzuholen. Sie bestürmten ihren Sohn mit Fragen und Aufforderungen, um alsbald wieder an seiner Andersheit zu scheitern: Romeo blieb schweigsam.

Er blieb immer ein Kind weniger Worte und vieler Blicke, und darum war Fornello der richtige Platz für ihn. Seine Art, mit der Welt in Beziehung zu treten, war das Beobachten. Er beobachtete und dachte nach, eine Seinsweise, die ihn in guten Einklang mit den anderen Kindern des Muccione brachte. Was konnte man in diesem Tal denn schon anderes tun, wenn nicht den Wechsel der alles beherrschenden Jahreszeiten beobachten, die einfachen Rhythmen der landwirtschaftlichen Arbeiten, das träge Vorüberziehen der Wolken? Die immer gleich wiederkehrenden zyklischen Abläufe boten mit ihrer Vorhersehbarkeit reichlich Zeit, um sich für den unkoordinierten Flug einer Hummel, die nervösen Sprünge einer Heuschrecke, das unablässige Rauschen des Muccione dort unten in der Schlucht zu interessieren. Das war das bekannte Universum, und daran übte sich die Phantasie.

Schweigsam ja, aber eifriger Plauderer mit sich selbst. Einzelkind zu sein – denn vom Schwesterchen keine Spur, trotz der heimlichen Bemühungen der Eltern – und die Einsamkeit des Einzelkindes mit unabhängigen Gedanken wettzumachen, wurde ein prägender Wesenszug von Romeo und bildete einen Teil seines Charakters. Dieser komplizierte Prozess, der schon für einen Erwachsenen schwer zu verstehen ist, war Romeo natürlich nicht zugänglich. Getreu der Tradition oblag seine Entwicklung der familiären Gemeinschaft und der Stabilität seiner eigenen Vergangenheit, und leider blieb ihm nicht genug Zeit, sich selbst zu verstehen.

Seine ersten Erinnerungen legte Romeo in die Zeit, als er etwa drei Jahre alt war.

Drei in der Familie verbrachte Lebensjahre, im fest umrissenen Universum aus Papa und Mama, zweitem Stationsvorsteher Rinaldo, Briefträger Sebastiano, Lehrer Capirossi und Hund Pipito bildeten seine größte Sicherheit. Zweifellos hatten auch die häufigen Wanderungen mit Mama über die Saumpfade oder am hüpfenden Lauf des Muccione entlang den nachdenklichen, beobachtenden Wesenszug begünstigt, und die Mischung aus so vielen förderlichen Sicherheiten – denn es sind die einfachen Dinge, die Sicherheit geben – sah man bald in seinen blaugrünen Augen, mehr als in denen der Mutter.

Er brauchte ein wenig Zeit, um zu verstehen, in welches Alter seine frühsten Erinnerungen fallen sollten.

Bei dieser eigenartigen, aber wichtigen Aufgabe half ihm eine Nähmaschine. Lucia hatte nämlich beschlossen, neben ihrer Tätigkeit als Lehrerin und Mutter die der Schneiderin aufzunehmen, und Großmutter Carlotta hatte prompt eine Singer-Nähmaschine erworben.

Die kam per Zug am Montagabend, und schon am nächsten Tag hörte man das rhythmische Treten des Pedals und das Surren des Baumwollröhrchens. Romeo wurde unwiderstehlich angezogen von der seltsamen, spindelförmigen Form des Geräts, von den Fädchen in vergoldeten Mäandern, den Drehknöpfen zur Regulierung, den Schublädchen und Fächern, dem auf und nieder schwingenden Greifer, der den Faden hielt und losließ. Die Maschine wurde manuell über ein glänzendes Handrad in Gang gesetzt, das geschickt bedient werden musste, ein bisschen vor, ein bisschen zurück, dann erhielt sie ihren Antrieb über einen ledernen Treibriemen durch das Pedal. Natürlich musste Romeo sich einen Finger vom Treibriemen quetschen lassen, und zusätzlich zum Schmerz holte er sich noch eine Kopfnuss. Aber er erinnerte sich an die Ankunft der Maschine, und das war am 29. September 1938.

Er erinnerte sich an die Ankunft und an das Rollen des gusseisernen Pedals, an das schwingende Geräusch und die konzentrierte Miene von Lucia, während sie mit flinken

Handgriffen die Nadel im Stoff führte. Wenn sie nähte, hörte Giovannino meist Radio, mit oder ohne Capirossi, von dem er mittlerweile das wohlriechende Laster des Pfeifenrauchens übernommen hatte. Manchmal erhob er sich, legte ein Holzscheit in den Kachelofen, schürte das Feuer mit dem Haken und schätzte sich glücklich, denn im ganzen Tal gab es nur im Bahnhof von Fornello Öfen. Die Bauernhäuser – alle Häuser auf dem Land – wurden durch den Kamin in der Küche geheizt, und mehr als einer der Bewohner hatte den Tini erzählt, dass im Winter sogar der Urin in den Nachttöpfen gefror.

Romeo brauchte wenig, um sich in ein Spiel zu versenken, er besaß Phantasie im Überfluss. Gab man ihm ein Heft und einen Bleistift, kritzelte er Zeichnungen, die dann dem wohlwollenden und ermutigenden Urteil der Eltern unterworfen wurden.

»Das is Pito.«

»Ja, das sehe ich.«

»Das is Capirossi.«

»Sieht ihm ähnlich. Sogar das Haarnetz hast du gemalt.«

»Das bis du mit Papa.«

»Komm her, du kriegst einen Kuss, Romeo Tini.«

Der Ofen zog ihn unwiderstehlich an, aber er lief Gefahr, sich Verbrennungen zuzuziehen, weil er die Zugklappe öffnen und in die Flammen sehen wollte. Sein größtes Interesse galt freilich dem Radio, und das Kind fragte sich, wie klein die Menschen in dieser Schachtel sein mussten. Wenn er die Rückseite untersuchte, sah er in den Rissen der Pressholzplatte das blasse Rot der Röhren. Er wusste nicht, wie oft er sich an solche Momente vollkommenen Lebensglücks erinnern würde, und ebenso wenig war ihm bewusst, dass er der bevorzugte Gegenstand der elterlichen Gedanken und Blicke war.

Wenn dann alle im Bett waren, sprachen Lucia und Giovannino meist leise miteinander, ein gedämpftes, lauwarmes Getuschel, das in Romeos Zimmer strömte, um ihn in einen vertrauensvollen Schlaf zu tragen. Erst danach, wenn sie unter den Decken fast keine Luft mehr bekamen, versuchten die beiden abermals, den Plan eines zweiten Kindes zu verwirklichen. Es musste ein Mädchen sein, das im Haus helfen konnte, und sie waren schon ein Jahr verspätet. Auch die geflüsterten Worte, das unterdrückte Stöhnen, wurden zu Romeos Leben, denn alles setzt sich aus Fragmenten zusammen. Fragmente waren das einsame nächtliche Bimmeln der Kuhglocken oben auf der Giogana, wenn die Jahreszeit es erlaubte, sie nachts im Freien zu lassen, und das ferne Läuten schlich sich in den Schlaf und die frühen Träume eines Lebens in seinen Anfängen. Fragmente waren auch die Glockenschläge der Kirche in Gattaia, die bis hinauf nach Fornello hallten, und das war wegen der Entfernung eigentlich ein Wunder, aber Don Clerido behauptete, dass die Glocken vom Herrgott kamen und zu ihm gingen, und weil Gott im Himmel war und die Häuser in Fornello auf jeden Fall höher lagen als das Dorf, also näher am Himmel, war das Geheimnis gelüftet.

Aber wichtig war das wirklich nicht. Im Grunde würde jede kleine Begebenheit, jede noch so unbedeutende Tatsache wie durch Zauberkraft an ihren Platz zurückkehren, jede einzelne Seite, die scheinbar sinnlos war, würde zusammen mit vielen anderen für sich genommen ebenso sinnlosen Seiten das Wunder des vollständigen Buches werden, und Romeo würde das einzigartige, unwiederholbare Endergebnis dieser geduldig gewobenen Textur sein.

»Das Rassenproblem. Mit der Rasse macht man Geschichte. Mussolini machte das Rassenproblem schon 1919 zum Thema. Das Übel der Rassenvermengung. Die Teilnahme der Juden am öffentlichen Leben wird ihrem numerischen Anteil an der Bevölkerung angepasst: eins zu tausend. Der Faschismus wird die römische Zivilisation verteidigen. Der Duce hat von Triest aus zur Welt gesprochen: Das Weltjudentum ist ein erbitterter Feind des Faschismus. Auch unterscheidet er zwischen den faschistischen, den verdienten Juden, und den anderen. Erstere werden Verständnis und Gerechtigkeit erfahren. Bei den anderen wird eine Politik der Absonderung verfolgt.«

Giovannino faltete die Zeitung zusammen, die ihm aus der Romagna gebracht wurde. Er seufzte tief, verzog den Mund und fragte Lucia: »Wer sind denn eigentlich diese Juden?«

Lucia bediente das Pedal der Singer. Sie liebte das Schneidern, war geschickt, und sie sparten dadurch viel Geld. Sie tat es nicht für Geld, sondern um selbst kein Geld auszugeben. Die Kunde von ihrer Geschicklichkeit war mit langen Beinen umhergelaufen, und die Frauen waren gekommen, erst eine, dann eine andere, um verlegen ein Kleid für die Firmung oder einen Rock zu erbitten, eine Schürze, eine Uniform für den Mädchenbund »Piccola italiana«, und anfangs hatte Lucia nichts haben wollen, weil sie selbst schon so viel von diesen armen Leuten bekommen hatte, später aber bat sie um Erstattung der Kosten für Nähgarn, Knöpfe und Stoffe.

Lucia hält die laute Maschine an und betrachtet ihren Mann, während sie nach einer Antwort sucht.

Vergeblich.

Ihr fällt nichts ein.

Sie kannte keine Juden, und dem Nichts zufolge, das sie

wusste, bedeutete jüdisch sein, eine Religion zu haben, die dem Christentum ähnelte, aber ohne den Glauben an die Menschwerdung Christi. Dann erinnert sie sich, dass ihr Vater oft nach Lugo fuhr, um in den Logge del Pavaglione Umhänge aus schwarzem Stoff ohne Knöpfe, Capparelle genannt, zu kaufen, weil sie seiner Meinung nach aus den besten Stoffen gemacht waren. Der Ladenbesitzer war ein Jude. Auch in Faenza gab es die Matatia, eine Familie von Händlern.

»Geschäftsleute, glaube ich. Frag Capirossi.«

»Es ist nicht wichtig. Ich bin bloß neugierig. Wenn Mussolini so viel unternimmt, wird es einen Grund geben.«

»Mussolini hat immer recht.«

Ja, das war, was man sagte, und vorher schrieb man es, sogar auf die Hausmauern. Wenigstens auf die nackten, verputzten.

Im faschistischen Dekalog rangierte dieses Gebot auf dem achten Platz, aber wegen seiner kategorischen Endgültigkeit hätte es eigentlich auf dem ersten Platz stehen sollen, anstelle von: »Ihr müsst wissen, dass der Faschist, insbesondere der Soldat, nicht an den ewigen Frieden glauben darf.«

Lucias Feststellung ist unanfechtbar, also betrachtet Giovannino das Thema als abgeschlossen. Doch er fügt ein Befremden hinzu, denn die Richtung, die die Ereignisse und die Nachrichten nehmen, bereitet ihm das größte Unbehagen, wenn nicht sorgenvolle Furcht, und es erscheint ihm zunehmend als ein Glück, an diesem – Don Clerido möge ihm verzeihen – sogar von Gott verlassenen Ort zu leben, also in Sicherheit.

Ja, er fühlte sich wirklich wie in einer Zauberkugel, die Tage wurden von den immer gleichen Ritualen bestimmt, die Monate vergingen mit dem Wiederholen der immer gleichen Verrichtungen, alles war festgelegt, alles vorhersehbar, bei

Genügsamkeit alles garantiert, und so gefiel ihm die Welt. Die Welt, ach, wenn das Radio und die Zeitung, der Tratsch der Eisenbahner und die seltenen Militärtransporte leichter Panzerfahrzeuge nicht gewesen wären, hätte man fast nichts von ihr gewusst, und Juden hatte man hier natürlich nie gesehen, würde man hier nie sehen. Oder waren der Schuster, ja vielleicht sogar der Klempner, der Kesselschmied, also die fahrenden Handwerker, die aus dem Flachland kamen, womöglich Juden? Woran erkannte man einen Juden? Hatte er bestimmte Merkmale, Besonderheiten, eine andere Hautfarbe? Sprach er eine andere Sprache? Übertrug er Krankheiten?

»Was für dumme Ideen mir heute Abend kommen«, murmelt er gedankenverloren.

»Hast du was gesagt?«, fragt Lucia.

»Nein.«

Als dieses Jahr 1938 zu Ende ging, lief Romeo Tini zum ersten Mal von zu Hause fort.

Es war keine richtige Flucht, er entfernte sich einfach nur vom Bahnhof, ohne jemanden von seiner Absicht zu unterrichten. Unter den schwarzen Locken arbeitete ein phantasiebegabtes Hirn, dem der Schulbesuch – wenngleich nur als Zuhörer – bereits elementare Kenntnisse im Lesen und Schreiben vermittelt hatte, was freudige Hoffnungen beim Lehrer Etelredo Capirossi weckte: »Dieses Kind wird ein Schriftsteller.«

In Wirklichkeit wollte Romeo Tini nicht fliehen, sondern in die Praxis umsetzen, was er in gewissen Bilderheftchen ausländischer Herkunft sah, die ihm niemand anderes als der Grundschullehrer erläuterte. Die einzigen dieser Art, die die Zensur erlaubte, denn, so munkelte man, sogar die Kinder des

Duce lasen sie. Der kleine Tini verwandelte sich in Mickymaus, aus Pipito wurde Pluto, und der dumme Goofy nahm das Aussehen des Briefträgers Sebastiano an – er ähnelte ihm wirklich.

An diesem Tag Ende 1938 brachen Tini-Mickymaus und Pipito-Pluto im frühlingshaften Sonnenschein des Martinsfestes zum unbestiegenen Gipfel des Castelponte auf, und das war ihre Suche nach der Goldgräberstadt Nugget Gluck. Das schöne Wetter lenkte die Eltern von der Überwachung des Sohnes ab, sie wähnten ihn auf der gewohnten Wiese hinter dem Bahnhofsgebäude beim Spielen mit den Kaninchen. Und sie argwöhnten nichts Böses, denn die einzigen Gefahrenmomente fielen mit den durchfahrenden und ankommenden Zügen zusammen, und diese wurden stets von Papa Giovannino kontrolliert. Aber die Phantasie, die ein Spiel in die ernsteste Arbeit verwandeln kann, hatte wundersame Verbindungen zwischen dem Zug nach Nugget Gluck und den erschöpften Lokomotiven der Faenza-Linie geschaffen und erlaubte keinen Zweifel an der Ähnlichkeit zwischen dem schroffen Tal im Apennin und den trockenen amerikanischen Canyons. Und je länger Romeo auf neuen Pfaden wanderte, desto entschlossener erlebte er sein Abenteuer als Goldsucher.

Begleitet von Pipitos spielerischen Sprüngen trottet Romeo Richtung Castelponte, ihre Namen werden Großer Zorn und Kleiner Zorn sein, und derweil entfernt sich Fornello, schrumpft zwischen den Hängen des Tals. Es geht bergauf, das abenteuerhungrige Kind, und verwandelt, was es sieht, in das, was es zu sehen glaubt, denn spielen bedeutet, in einer glaubhaft konkreten Welt zu leben, auch wenn sie gar nicht existiert. Es geht über Maultierpfade bergauf, unterm Arm das hölzerne Gewehr, das Geschenk eines Kollegen von

Papa – der mit dem Sohn der Wölfin –, das Kind geht bergauf im ganzen aufmerksamen Staunen seiner drei Jahre.

Von unten beobachtet die Witwe Fanciullacci die beiden bunten Flecken, die sich auf halber Höhe des Berges bewegen. Sie ist aus dem Haus gegangen, um die Wäsche aufzuhängen und ein wenig Sonne zu genießen. Derzeit geht es ihr besser, sie hat nicht mehr den Gang einer alten Frau, hat das Tuch abgelegt, hinter dem sie ihr Gesicht verbarg, hat lange – vielleicht zu lange – über die Vergangenheit nachgedacht und wirkt jetzt viel jünger, fast anmutig. Sie kneift die Augen zusammen, diese fortgesetzte, zweifache Bewegung am mergeligen Berghang erregt ihre Aufmerksamkeit. Sicher, die Kinder hier im Tal müssen früh Selbstständigkeit lernen, aber alle kennen den roten Pulli von Romeo und wissen um die sakrosankte, unantastbare Gewohnheit, sich nie vom Elternhaus zu entfernen. Das Kind ist außer Rufweite, also schweigt die Witwe, denkt nicht lange nach, und geht los, auf dem Weg neben dem Gleis, in Richtung Bahnhof.

In Fornello hatte man die Abwesenheit von Romeo-Mickymaus nicht bemerkt, und das so veränderte Erscheinungsbild der Fanciullacci verblüffte erst Giovannino, dann Capirossi, denn sie schien wirklich eine ganze andere Frau geworden, und niemand hatte es mitbekommen. Eine andere Frau, die trocken sagte: »Euer Sohn und der Hund gehen hinauf zu den Casette.«

Anfangs konnte der Stationsvorsteher, von männlichem Interesse an dieser neuen Frau abgelenkt, den Sinn des Satzes nicht verstehen. Giovannino brauchte ein paar Sekunden, die Zeit, um den Zylinder in den Nacken zu schieben, bis er die logische Abfolge der Worte erfasste. Dann ging er sofort hinter das rosafarbene Bahnhofsgebäude, konstatierte die Abwesenheit des Sohnes, zog die Hausschuhe an, kam besorgt mit Lucia wieder herunter, und der Lehrer sagte nur: »Geht, ich kümmere mich um alles.«

Sie gingen eilig los.

ROMEO TINI ALIAS MICKYMAUS

Romeo Tini alias Mickymaus kam tatsächlich bei den Casette beziehungsweise der Stadt Nugget Gluck an.

Damit bewies er einen guten Orientierungssinn, denn der Gebirgspfad verzweigte sich zu vielen begangenen Wegen, aber vielleicht waren es die Quellen des Muccione, die ihn leiteten, denn er erinnerte sich gut, dass er in dem Bilderheftchen gesehen hatte, wie das Gold mit großen Tellern direkt im Fluss gesucht wurde – und der Muccione war das Einzige, was hier einem Fluss glich. Die Cecchini sahen das Kind mit Gewehr und Hund ankommen, während sie gerade mit dem Grundbesitzer über den neuen Halbpachtvertrag verhandelten. Eine Diskussion, die die ohnehin engen Grenzen ihres Lebens noch mehr einschnürte.

»Was willst du hier, Romeo?«, fragte Papa Cecchini mit dem langen, buschigen Schnurrbart.

»Ich suche Gold«, antwortete Romeo ernst. »Und ich heiße Großer Zorn.«

»Seht ihr?« Der Padrone, ein alter Gutsbesitzer aus Dicomano, der seine Ländereien zu Pferd erreichte, lachte grob. »In diesem Boden gibt's sogar Gold.«

Papa Cecchini lachte nicht und lächelte nicht. Jede Verhandlung bedeutete eine neue Belastung, und er verfügte über keine Waffe, um dagegen anzukämpfen, die Aussicht auf eine verbale Kündigung mit sofortiger Wirkung drängte ihn in die Ecke. Er konnte auf keinerlei Sicherheit zählen, nur auf die Redlichkeit und Zuverlässigkeit, die er in vielen Jahren bewiesen hatte. Die Sicherheit dieses Kindes aber klang so fern für ihn wie sein Leben in den Casette, und er befahl streng: »Geh ins Haus, da findest du Gold. Geh, Großer Zorn, los!«

Er wusste nicht, dass Giovannino und Lucia in diesem Moment auf demselben Gebirgspfad aufstiegen, steilen Abgründen und Felsvorsprüngen eine Stimme gaben und sich atemlos, ängstlich und besorgt den nun nicht wiedergutzumachenden Leichtsinn mangelnder Wachsamkeit vorwarfen. Andererseits hatte jeder seine Aufgaben, und Romeo war noch nie von zu Hause weggelaufen. Der mit hastigem Schritt unternommene Aufstieg nimmt den Eltern den Atem, das Herz pumpt Blut wie ein Blasebalg. Bald wird die laue Wärme der Sonne zu Schweiß, Lucia ist wunderschön und wild, die weizenblonden Haare zerzaust, die Wangen gerötet, die Augen glänzen. Beide denken und fürchten das Schlimmste, als sie an der Wegbiegung, wo sie über sich die Casette erblicken, ein Schrei erreicht, der wie ein Büchsenschuss auf die Wölfe klingt.

»Papa!«

Begleitet von Foscolo, einem der Söhne der Cecchini, macht der kleine Tini einen Sprung auf die Eltern zu und erhält sofort eine Ohrfeige, die ihn über eine Sekunde lang mit schmerzender Wange in der Luft schweben lässt, und bevor seine Schuhe wieder den Boden berühren, folgt die nächste. Dann tritt Lucia an die Stelle ihres Mannes und umarmt den Goldsucher, der zwischen den beiden Maulschellen und der tränenreichen Umarmung der Mama nichts versteht. Was hat er getan? Warum hat der Papa ihm das Gesicht verbeult? Warum weint die Mama so sehr?

Und der Spürhund Pluto, warum hat er sich vor Giovannino hingesetzt und knurrt ungewohnt und unermüdlich mit aufgestellten Ohren?

Papa hat ihn ohne Abendessen ins Bett geschickt, der Magen brodelt vor Hunger und Magensäften. In dunkelster Nacht weckt ihn Mama, damit er still zwei Klöße aus Semmelmehl, Petersilie und Schafskäse isst, und sie wissen nicht, dass der mütterliche Akt des Erbarmens zum Anlass für einen noch schrecklicheren Zwischenfall werden wird als die gestrigen Ohrfeigen.

»Es fehlen zwei Klöße. Gestern habe ich sie gezählt.« Giovannino ärgert sich, weil er seine väterliche Autorität umgangen sieht.

»Die habe ich gegessen. Ich hatte Hunger«, antwortet Lucia in herausforderndem Ton, aber er glaubt ihr nicht, und sie beginnen zu streiten. Romeo hat seine Eltern noch nie streiten sehen und bekommt plötzlich Angst: Angst, dass sie weggehen, Angst, dass Papa die Mama schlägt, Angst, dass etwas Böses passiert.

Der siebte Februar 1939 blieb ein besonderer Tag in der Geschichte des Tals.

Santina Angeli starb an einer Krankheit mit so raschem tödlichem Ausgang, dass nicht einmal Doktor Vigorita ihr Einhalt gebieten konnte. Man erfuhr nur, dass sie angefangen hatte, sich vor Schmerzen zu winden wie die Schlangen, wenn man sie schlägt, dann trat ein sehr hohes Fieber auf, und sie weigerte sich, ins Krankenhaus von Vicchio gebracht zu werden, denn sie wollte in ihrem Haus sterben. Jemand sprach von einer giftigen Krankheit, die mit Aderlässen des verdorbenen Blutes besiegt werden konnte, ein anderer vom bösen Blick aus Neid, wie auch immer, sie verschied innerhalb weniger Tage an Bauchfellentzündung.

Egisto Angeli, der das nahende Ende seiner Frau ahnte, bestieg den Esel und ritt durch die dreißig Zentimeter Schnee und achtzehn Grad minus dieses gnadenlosen Winters hinunter ins Pfarrhaus von Gattaia, denn seine Santina wollte alle Regeln befolgen und ordnungsgemäß mit dem Segen der Kirche sterben, man stirbt ja nur einmal.

Er traf Don Clerido, erbat, was er erbitten musste, und kehrte auf dem Esel nach Hause zurück.

Don Clerido zog einen zweiten Wollpullover unter seiner Soutane an, nahm die dicken Hosen, die Bergstiefel aus seiner Zeit als Kaplan, packte Zigaretten, Paramente und die letzte Ölung ein und zog los.

Da der Pfarrer ausgezeichnete Beziehungen zu seinem Vorgesetzten unterhielt, wollte dieser, dass Santina noch lebte, als Don Clerido zwei Stunden später in Ca' Saltomare ankam. Man hatte sie in die Küche neben den Kamin gebracht, denn in den Schlafzimmern gefror sogar der Atem. Don Clerido betrachtete die Frau und erkannte dank seiner langjährigen Berufserfahrung, dass er wenig, sehr wenig Zeit hatte. Er bereitete sich also unverzüglich vor und begann, umringt von den Verwandten, mit dem Ritus. Während Santina, versehen mit den Tröstungen des Glaubens, friedlich verschied, sahen die Anwesenden – Papa Egisto, die Söhne Primo, Secondo und Terzo, die Töchter Palmira, Pacifica und Candida – den ehrwürdigen Pfarrer für den Segen niederknien, und sie taten es ihm nach. Dann legte der Pfarrer den Kopf auf die Bettkante, genauer, auf die gefalteten Hände, und diese große Anteilnahme stärkte die Seelen der Verwandten. Doch nach einer Weile dauerte der Segen zu lange, und die Verzögerung veranlasste Egisto, sich dem Pfarrer zu nähern. Ihm blieb nichts anderes übrig, als den Tod von Don Clerido Gattavecchia festzustellen.

Die Nachricht lief schnell über Gebirgswege und Maultierpfade. Das außergewöhnliche Zusammentreffen beider Tode erschütterte die Bewohner des Tals mehr als der Tod selbst, denn Tod und Leben waren sie gewohnt – das war ein Rad, und es drehte sich für alle. In den folgenden Tagen gab es einen Pilgerzug sowohl zu den Angeli als auch zum Pfarrhaus von Gattaia, doch vor allem ins Postamt von Sebastiano, und dort wurden die möglichen Zahlenkombinationen des Ereignisses im Lotto gespielt: Die beiden Toten, der Nachname der Familie Angeli, sogar die letzte Ölung und der Schnee verwandelten sich in Zahlen, aber ob jemand mit diesen Zahlen gewonnen hatte, erfuhr man nie.

Am Tag nach den zwei Sterbefällen wanderte auch die Familie Tini über den zugefrorenen Muccione nach Ca' Saltomare und nahm Romeo mit.

In der lauwarmen Küche der Angeli war Santina in ihrem guten Kleid aufs Bett gelegt worden, und zwischen die wächsernen Finger hatte ihr jemand einen Rosenkranz aus dunklen, polierten Perlen gesteckt, die aussahen wie Muskatnüsse. Die Totenwache, den Töchtern und den Frauen der Familie Malevolti anvertraut, bestand aus einer tonlosen, unaufhörlichen Litanei, ein dumpfes Brummen, das Romeo als etwas völlig Neues erlebte. Dies war sein erster Kontakt mit dem Tod, und unschuldige Wissbegier drängte ihn, sich

Santina zu nähern, die blasse Gesichtsfarbe zu mustern, den halb geöffneten Mund und den Ausdruck, der so weit weg von den Lebenden war.

»Sie ist tot, Romeo«, sagte sein Vater.

Romeos Alter erlaubte kein Verständnis des Geschehenen, doch die achtsame Feinfühligkeit des Kindes bemerkte die Abwesenheit von Leben, diese ganz andere Weise, da zu sein.

Sie verließen Ca' Saltomare und gingen auf der orographisch linken Seite des Flusses über querlaufende Pfade zum Pfarrhaus von Gattaia, wo Don Clerido Gattavecchia in der Ruhe des Herrn aufgebahrt war.

Die Frauen des Dorfes hatten die Totenwache des Pfarrers übernommen, er ruhte, bekleidet mit seinen schönsten Messgewändern, den Rosenkranz in den Händen, in einem Sarg aus hellem Holz, das stark nach Harz roch. Der Tod schien das entspannte Gesicht nicht angerührt zu haben, und auch hier näherte Romeo sich vorsichtig, um zu sehen und zu verstehen, was passiert war, warum der Priester in diesem engen, unbequemen Bett liegen musste und warum die Leute ihn betend betrachten mussten.

»Er ist tot, Romeo.«

Er ist tot, sagte seine Mutter.

Ja, dass hier eine unumkehrbare Veränderung stattgefunden hatte, nahm er durchaus wahr, aber er fragte sich: Was ist der Tod? Worin bestand er? Warum musste man sterben? Oder wollte man sterben? Er konnte sich keine Antworten auf diese neuen Fragen und all diese Bruchstücke geben, sie kreisten wieder und wieder von Santina Angeli bis zu Don Clerido, der so ruhig und ohne Zigarette dalag, und landeten dann ebenfalls im Gewebe der Erfahrungen, das kein Ende, keine Ruhe kennt.

Sein Vater nahm ihn beiseite und erklärte ihm, der Tod sei wie wenn man jemanden auf den Pfaden des Tals gehen sieht. Plötzlich macht der Weg eine Kurve hinter dem Berg, dieser Mensch verschwindet, und du siehst ihn nie wieder.

An diesem Abend wehrte Romeo sich in der lauen Wärme seines Bettes gegen den Schlaf, obwohl der Tag anstrengend gewesen war und die erlittene Kälte ihm noch schmerzend in den Händen saß. Giovannino und Lucia schliefen schon fest, doch der neue Begriff des Todes nagte schlimmer an ihm als eine hungrige Ratte. Das Beispiel von Papa war klar und widersprüchlich zugleich, es stimmte nicht, denn er hatte sowohl die Santina als auch Don Clerido deutlich vor sich gesehen, und sie waren tot. Also bedeutete Sterben nicht, hinter einer Kurve zu verschwinden.

Er kam zu dem sehr vernünftigen Schluss, dass man vermeiden musste einzuschlafen, denn beim Schlafen rutschte man in den Tod hinein, also handelte es sich um eine im Grunde einfache und leicht anzuwendende Vorsichtsmaßnahme – es genügte, nicht die Augen zu schließen.

Wach.

Er musste hellwach bleiben, die Augen weit aufgerissen wie die Waldkäuze im Tunnel, die Papa ihm in Vollmondnächten zeigte.

Jedenfalls, überlegte er weiter, wollte er nicht gerne sterben, denn in dem Zustand konnte man auch nicht mehr spielen. Dann tröstete er sich mit der Tatsache, dass diese sonderbare Krankheit sehr viel ältere, wirklich sehr viel ältere Menschen befiel, Leute, die vierzig Jahre alt waren, die nicht anders konnten, als zu schlafen, weil sie so alt und müde waren, aber er war erst drei, also war das Problem noch weit entfernt, und wer weiß, was in der Zwischenzeit alles passieren konnte, vielleicht erfand der Duce ja eine Medizin, die verhinderte, dass man einschlief, und das Problem aus der Welt schaffte.

Er schlief ein, auf die zukünftige Lösung der Sache vertrauend.

Am vierzehnten März 1939, als Prag von den Deutschen besetzt wurde, holte Romeo sich die Masern.

Nach den ersten vagen und anderen Krankheiten gemeinsamen Symptomen zeigte sich der typische Ausschlag am Haaransatz, dann breiteten sich die roten Flecken auf dem ganzen Körper aus. Wie Schneefall, hatte Malvina Malevolti betont, denn sie kamen von oben nach unten, wie Schnee. Und Schnee gab es am folgenden achtzehnten März, weit mehr als der erste Schnee von 1936, der die Tini so erstaunt hatte.

Romeo behielt von dieser Zeit eine undeutliche, aber angenehme Erinnerung, trotz des hohen Fiebers, der Erkältung und des bellenden Hustens. Im Bett verkrochen, begraben unter einem Haufen Wolle, der Ofen auf Hochtouren, die Eltern kümmern sich um ihn, und draußen ein Hundewetter, und das nicht nur so dahergesagt. Eines Nachts hörte er die Wölfe, drüben vom Berg Castelpotente her. Das Heulen durchschnitt die Stille wie eine Klinge und hatte nicht die geringste Ähnlichkeit mit Pipitos Mondkonzerten.

Mama kochte ihm Reis in Brühe, dessen Geschmack ihm lange im Mund blieb, ein guter Geschmack. Papa las ihm die Geschichten von Mickymaus vor, und Romeo, von den Masern benommen, stellte sich eine flache Oberfläche vor, glatt wie Eierschale, die die Kugelform eines Wassertropfens perfekt bewahren konnte. Und dieser Tropfen war er.

Mit sinkendem Fieber begriff er, wie verrückt diese Gedanken waren, spürte die verlässliche Anwesenheit seiner Eltern und war überzeugt, dass seine Mama und sein Papa die Besten der Welt waren, dass er ein vom Glück begünstigtes Kind war, weil er in dieser Familie geboren wurde.

Es war eine, gelinde gesagt, komplizierte Zeit. Am achtundzwanzigsten März fiel Madrid in die Hände der Nationalisten. Am sechsten April landeten italienische Truppenkontingente in Albanien, um Ordnung, Gerechtigkeit und den Frieden zu bringen. All das hat die Welt bitter nötig, dachte Giovannino, wenn er Zeitung las, und der vom Duce angebotene Olivenzweig ragte aus einem ungeheuren Wald aus acht Millionen Bajonetten hervor. Dann legte der Stationsvorsteher von Fornello die Zeitung zusammen, sah sein Söhnchen in der Nähe spielen, und ein besorgtes Unwohlsein ergriff ihn.

Und das war noch nichts im Vergleich zur Lektüre am sechsundzwanzigsten eines Augustmonats, in dem es so viele Fliegen gab wie noch nie, vielleicht wegen des Frühlings mit schweren, ununterbrochenen Gewittern, die die Ernte gefährdet hatten.

Schlagzeile: »Polnische Truppen rüsten sich, ins Deutsche Reich einzufallen.«

Er liest sie noch einmal, um sicherzugehen, dass er richtig verstanden hat. Die Rundfunknachrichten wiederholen die gleiche Nachricht, und sie hören es zu dritt – er, Sebastiano und Rinaldo –, sehen sich wortlos an, stumm, nur die Augen sprechen von ihren Gedanken.

Vier Tage später kam die Littorina mit dem griechischen Radiator. Die Triebwagenzüge waren seit dem April 1937 keine Neuigkeit mehr, sie verkehrten jetzt regelmäßig neben den Dampfzügen. Eine Fahrt morgens, Richtung Faenza, eine am Mittag, auf der Rückreise nach Florenz. Und sie hatten auch eine dritte Klasse. Aber keinen Radiator in Form eines griechischen Tempels mehr, sondern kielförmig, schmal wie Zäpfchen.

Diese Littorina hier prunkte mit einem großen Rutenbündel auf ihrem Radiator.

Inmitten des Schwefelgestanks verbrannter Bremsklötze entstieg ihr eine unbekannte, bärtige Gestalt, gefolgt von den üblichen Bataillonsführern und Zenturionen. Der Mann hieß Alfredo Lenti und war Parteiinspektor für die Toskana.

Römischer Gruß, Hackenschlag, römischer Gruß, Hackenschlag. Das Personal der Eisenbahn und Post von Fornello erwartet die ewige Frage nach der nicht vorhandenen Ortschaft, aber der Inspektor will mit ihnen sprechen, mit niemand anderem. Denn in diesem Bahnhofsgebäude – und nur hier – gibt es elektrisches Licht.

»Von heute Nacht an Experimente mit Verdunklung«, ordnet er an, und da ist nichts zu wollen. Er befiehlt, und man ahnt, dass er keinen Widerspruch duldet. Die beiden Eisenbahnangestellten und der pensionierte Briefträger beugen sich wie Binsen.

Das Tal des Muccione ist nicht mehr vergessen.

Die Fensterläden von Fornello erhielten von innen eine Verkleidung aus schwarzem Papier, das mit Reißzwecken befestigt wurde. Die Lampen der Fassade des Bahnhofs wurden gelöscht.

Romeo hatte sich daran gewöhnt, dass Licht durch die Lamellen der Fensterläden fiel. Der schwache Schimmer des Mondes, die verheißungsvolle Helligkeit des Sonnenaufgangs, der Widerschein des Schnees prägten die Folge der Jahreszeiten. Die Verdunklung tauchte die Zimmer in totale Finsternis, gab ein unangenehmes Gefühl des Erstickens.

»Warum hängst du schwarze Bilder auf?«, fragte er. Was konnte Papa antworten? Um die Verdunklung zu rechtfertigen, hätte er mögliche Bombardierungen andeuten müssen, und dann hätte sich eine neue, schwerer zu erklärende Frage aufgetan.

»Um die Fliegen abzuhalten.«

Alles wurde zu einer schiefen Ebene, und die Nachrichten jagten einander, um sich zu überstürzen, wie es ihnen beliebte. Am ersten September begann um fünf Uhr fünfundvierzig der deutsche Vormarsch in Polen. Ja, Lucia und Giovannino hatten richtig verstanden. Die Stimme des Nachrichtensprechers war klar und deutlich zu hören. Die Deutschen in Polen, nicht die Polen in Deutschland. Am achtzehnten marschiert Russland in Ostpolen ein, und am nächsten Tag fällt Warschau.

Die Familie Tini verbrachte Stunden um Stunden am Superla Radio. Ablösung oder Gesellschaft garantierten Rinaldo und Sebastiano. Wer am Bahnhof vorbeikam, trat ein, fragte nach Neuigkeiten und übernahm dann das Weitersagen im Tal.

Als Lucia die triumphale Meldung vom Fall Warschaus hört, nimmt sie vorsichtig den Senderregler zwischen zwei Finger und schiebt den vertikalen Balken über ferne, faszinierende Namen: Radio Belgrad, Bukarest, Monteceneri, Leipzig, Toulouse, Warschau.

Radio Warschau.

Der schwarze Balken wird langsamer, bleibt stehen, erfasst das Signal gut. In Fornello, Muccione-Tal, erklingt eine unbekannte Sprache, der Tonfall ist aufgeregt, man meint, im Hintergrund Geräusche zu hören.

Lucia und Giovannino werfen sich fragende Blicke zu.

Die Geräusche werden lauter und folgen schneller aufeinander, die Stimme scheint in unverständlichen Worten zu verzweifeln, und urplötzlich ist sie nur noch das Rauschen der leeren Frequenz.

Die Blicke werden trüb vor Sorge.

Es ist der achtzehnte September 1939. Der Zweite Weltkrieg hat gerade begonnen, aber niemand weiß es, außer den Mauern, die dazu verurteilt sind, das Geheimnis zu wahren.

DAS SCHULJAHR BEGANN

Das Schuljahr begann mit zwei Lehrern.

Zu Etelredo Capirossi gesellte sich Ancilio Nuti. Er kam zweimal in der Woche mit dem Zug: dienstags und donnerstags. Roch stark nach Kölnischwasser, trug das Schnurrbärtchen nach Art von D'Annunzio, kurz geschorene Haare und trat immer in der Uniform eines Bataillonsführers des Landsturms mit Reithosen auf.

Romeo wird sich an seine unzufriedene Miene nach dem ersten Unterrichtstag erinnern. Auch nach dem zweiten, dritten und so weiter. Die fünf Schüler, gewöhnlich aufmerksame Zuhörer bei Capirossis einfachem, praxisbezogenem Unterricht – sobald die Temperatur es erlaubte, brachte er sie nach draußen, auf die Wiese hinter dem Bahnhof, und jeder setzte sich hin, wie es ihm beliebte –, zeigten wenig Interesse an den schwülstigen Worten, den andauernd wiederholten rhetorischen Ansprachen. Romeo, der sich während der Mittagspause zu den Kindern setzte, prägte sich ihre geflüsterten Kommentare in den Film seines Gedächtnisses ein.

Und da er schon in dem Alter war, in dem man den Erwachsenen gefallen, ihr Vertrauen gewinnen will, berichtete er Giovannino getreulich die Quintessenz des Gehörten.

»Weißt du, warum der neue Lehrer immer so ein Gesicht macht?«

»Nein, Romeo. Weißt du es?«

»Natürlich.«

»Dann sag's mir.«

»Weil er sich in die Hose gekackt hat«, und die K werden genüsslich betont.

Da haben wir's, dachte der Stationsvorsteher, du möchtest schimpfen, du möchtest verbieten. Doch je mehr du verbietest, desto reizvoller wird das Verbotene. Außerdem hat er ja nicht unrecht.

Ja, ihm entwischt ein Lächeln, aber er verbirgt es – sein Sohn würde es nicht verstehen. Dann entwischt ihm auch eine Ohrfeige, weil er manchmal impulsiv reagiert, und er weist das Kind streng zurecht.

Romeo ist aus hartem Holz geschnitzt und schenkt dem Vater nicht eine Träne. Aber er fühlt sich verraten, und das grenzenlose Vertrauen, das er in Giovannino gesetzt hat, verschwindet für eine Weile. Doch in seinem Alter währt der bewusste Groll kurz wie die letzten Sommertage im Herbst.

Ancilio Nuti hatte nicht nur den Auftrag bekommen, Unterricht zu erteilen, er sollte die Schule auch zum Respekt vor den Regeln zurückführen. Er und Capirossi werden wie Hund und Katze sein, aber da kann man nichts machen – der Bataillonsführer befiehlt.

An die Wand neben der Tafel hängt er das Porträt des Duce mit Helm und ein Bildnis des Königs, beide bisher im Wartesaal befindlich. Der Schulkittel wird obligatorisch, ebenso die kleinen Streifen als Kennzeichen der jeweiligen Klasse, und der weiße Kragen. Lucia Assirelli beendet ihre Mitarbeit in der Schule. Der Unterricht beginnt mit dem Vaterunser und der Bitte um göttlichen Schutz für den Duce, und das hatte nicht mal Don Clerido fertiggebracht. Ancilio Nuti aber hat einen ehernen Bund mit dem neuen Pfarrer von Gattaia geschlossen, Don Germano Lanzafame, und auch dieser Geistliche ist ein Zeichen der Zeit: runde Brille aus dunklem Azetat, mit Acqua di Roma auf Hochglanz gebrachte Haare, über den Stadtschuhen stets schwarze Galoschen. Er kommt aus dem Priesterseminar Domengè-Rossi in Florenz und macht es sich zur Gewohnheit, den Häusern im Muccione-Tale jede Woche einen Besuch abzustatten, wo dann fleißig Dankgebete an die göttliche Vorsehung gerichtet werden müssen.

Romeo wird sich gut an ihn erinnern, denn der Priester trug ein Fernglas der Firma Carl Zeiss um den Hals, und wenn er für die Religionsstunde nach Fornello kam, erlaubte er ihm, sich den weit entfernten Mähdrescher der Brancobalardi anzusehen.

Natürlich weist niemand anderes als der Lehrer Nuti den Stationsvorsteher darauf hin, dass sein Sohn nicht bei der Jugendorganisation der Partei, der Balilla, eingeschrieben ist. Und auf Giovanninos gestammelte Rechtfertigungen gibt er zu bedenken, der Eintritt sei zwar nicht zwingend, das Kind könne aber in Zukunft für diese Provokation möglicherweise bezahlen müssen.

Provokation. Bei diesem großen, gefährlichen Wort überfällt Giovannino ein merkliches Unbehagen. Ancilio Nuti verzieht keine Miene, er weiß sehr gut um seine Macht. Und so ändert sich mit den beiden Moschettieri Nuti und Lanzafame langsam die Atmosphäre im vergessenen Tal.

Auch die Eisenbahnlinie erlebt einen ungewöhnlich lebhaften Durchgangsverkehr. Züge voller Arbeiter fahren zum

Ente colonizzazione Romagna d'Etiopia, dem Unternehmen zur Förderung der landwirtschaftlichen Kolonialisierung Äthiopiens, die Arbeiter singen begeistert, die vieltürigen Waggons sind mit Aufschriften bemalt, Hymnen auf den König und den Duce. Dann sind die Züge des Glücks an der Reihe, die Brautpaare zu kollektiven Hochzeiten transportieren, in Fornello steigen die Hochzeitsgesellschaften aus und singen in ihren flatternden Kleidern. Schließlich fahren Züge vorbei, die, unter Tarnnetzen verborgen, die kleinen schnellen Panzer transportieren, und auch die Geleitsoldaten dieser Züge singen. Gelegentlich stimmt Romeo in die improvisierten Gesangsdarbietungen ein, denn er ist musikalisch und schüchtern und empfängt Komplimente von diesem bunten durchreisenden Volk, das den komplizierten Hoffnungen des Lebens entgegenfährt.

Von den Soldaten erfährt Giovannino, dass Italien wahrscheinlich in den Krieg eintreten wird. Er weiß nicht, was er denken soll, und sein Krebsherz kriecht öfter rückwärts als vorwärts, aber er hütet sich, anderen seine Zweifel anzuvertrauen, und in den Tagen, die kommen werden, erhält das Verschwiegene ein unerträgliches Gewicht.

Während der heftigen Schneefälle im Dezember durfte Romeo die Wärme seines Bettes genießen.

Es werden Tage sein, deren einfache, geregelte Abläufe er intensiv erlebt.

Papa stand bei Tagesanbruch auf – die ersten Züge fuhren um sechs Uhr durch –, und Mama begann früh, in der Küche zu hantieren, »bisigare« nannte sie das, denn in der Familie sprachen sie den Dialekt der Romagna, und manche Worte gab es im Wörterbuch nicht. In der Wohnung verbreitete sich der Duft des Kaffeeersatzes, der Romeo mit der fetten, frischen Milch der Checchi sehr gut schmeckte.

Das Kinderzimmer grenzte an die Küche, er hörte die vertrauten Geräusche von Mama: das Geschirrspülen, das Gurgeln der neapolitanischen Espressomaschine, die Ofentür, wenn Lucia Holz nachlegte.

Niemand nötigte ihn zum Aufstehen, und er schlief nicht immer um diese Zeit. Er lauschte den leisen, tröstlichen Geräuschen der Dinge. Er hörte zu und malte sich etwas aus.

Seine Gedanken gingen vom Wunsch, einen Hahn für Milchkaffee in der Wand direkt an seinem Bett zu haben, damit er nicht aufstehen musste, bis zu Phantastereien über sein zukünftiges Leben. Als Vorbedingung für dieses Nachdenken hatte er einfach festgelegt, dass er unsterblich war, der Tod betraf nur die anderen. Diese wichtige Entscheidung hatte ihn sehr erleichtert, denn nun konnte er Überlegungen über den Zufall anstellen: Warum war er als Romeo Anselmo Maria Tini und nicht zum Beispiel als Dalmazia Malevolti geboren? Und wo hatte er gelebt, bevor er Romeo Tini wurde? Und warum hatte er manchmal den seltsamen Eindruck, bestimmte Momente schon gelebt zu haben? Und wann würden seine Eltern sterben?

Die mütterliche Wärme des Bettes beflügelte nur die Fragen, nicht die Antworten, außer einer: Seine Eltern würden niemals sterben, da sie Unsterblichkeit genossen wie er.

Romeos ausgeklügelte Überlegungen wurden durch Placidio Cheli um einen neuen Aspekt bereichert.

Am Ende dieses Jahres 1939 waren genau drei Jahre seit dem Tod seines Sohnes Firmato vergangen. Giovannino erinnerte sich, wie die beiden auf der Bank am Bahnsteig gewartet hatten, bis der Zug nach Florenz kam, und an die liebevolle, symbolische Geste der Krokuszwiebeln, die auf Firmatos Grab gepflanzt wurden.

Papa Cheli kam nur selten hinunter nach Fornello. Doch an diesem Sonntag, wer weiß warum, trotzte er dem Eis und kam. Zurückhaltend und verlegen, wie es seine Gewohnheit war, trat er ein und bat darum, mit Lucia sprechen zu dürfen.

»Ihr wisst, dass ich vor drei Jahren meinen Ältesten verloren habe.«

»Firmato, natürlich. Ich erinnere mich gut.«

»Ich schlaf schon nicht mehr und hab lang nachgedacht, ob ich kommen soll …«

Lucia zögerte, verwirrt durch die ungewöhnliche Vorrede.

»Mir passiert was, und nach all dem Denken hab ich beschlossen, ich muss mit Euch reden, denn Ihr seid gebildet und eine Frau – wenn Ihr mich anhören wollt.«

»Hier bin ich und höre.«

»Genau ein Jahr nach Firmatos Tod hatte ich die Fenster offen stehen. Wenn die Sonne scheint, machen wir sie immer auf, damit Wärme reinkommt. An dem Tag ist ein Rotkehlchen ins Haus geflogen.«

»Das ist uns auch einmal passiert …«

»Im nächsten Jahr, und das macht zwei Jahre, ist das Rotkehlchen am selben Tag zurückgekommen. Ich hatte wieder die Fenster offen. Es ist auf den Tisch gehüpft bis zu Firmatos Platz, ich meine, da wo er saß, als er lebte, und dann ist es weggeflogen.«

Lucia schwieg.

»Vor fünf Tagen, das macht genau drei Jahre, schien die Sonne nicht, aber ich hab das Küchenfenster trotzdem aufgemacht. Ich hatte so eine Vorahnung.«

Lucia konnte es sich schon vorstellen.

»Das Rotkehlchen ist zurückgekommen. Ich … ich wollte etwas fragen.«

»Ich höre Euch zu.«

»Gibt es Eurer Meinung nach, und lassen wir beiseite, was Don Germano sagt, ein Leben nach unserem Tod?«

Lucia Assirelli kann nicht antworten. Sie schluckt. Ihre Kehle ist verschlossen, ihre Augen sind feucht geworden. Sie hat Romeo an ihrer Seite nicht bemerkt, und er antwortet an ihrer Stelle mit einem schönen Stimmchen und ruhigem Ernst: »Natürlich. Und dann sind wir, was wir gerne sein wollen. Ich werde Stan und Ollie sein.«

Placidio Cheli streicht ihm so zärtlich über die Haare, wie sein Sohn es tat, als sie auf den Zug ins Krankenhaus warteten. Er seufzt, und das hört sich an wie der Wind, der von Gattaia heraufkommt, wenn das Wetter umschlägt.

»Wirst du Stan sein oder Ollie?«

»Alle beide.«

Sebastiano verteilte die Einberufungsbefehle für den Jahrgang 1919. Foscolo Cecchini, Secondo Angeli und Italo Tantulli waren an der Reihe. Schließlich hatte Mussolini gesagt: »Wenn in vielen Teilen der Welt die Kanonen donnern, ist es Wahnsinn, sich Illusionen zu machen, und sich nicht zu rüsten, ein Verbrechen.«

Man rüstete sich also, auch wenn man für manche Dinge nie ausreichend gerüstet ist. Tatsächlich brachte am fünfzehnten Januar mitten in einem Schneesturm von ungekannten Ausmaßen – es schneite sogar in Rom – und polaren Temperaturen der Postzug aus Ronta ein geheimnisvolles, an die örtliche Behörde adressiertes Paket. Sebastiano, der die Rolle des Briefträgers ad honorem bekleidete, fühlte sich als Vertreter des Ministeriums für das Post- und Fernmeldewesen, also irgendwie als Repräsentant einer Behörde, und öffnete das Paket.

Es sah aus wie ein kleines Sammelalbum für Bildchen, sie hießen aber Lebensmittelkarten, und es gab eine für jeden volljährigen Bürger des Muccione. Sie gewährten das Recht, in festgelegten Mengen Lebensmittel zu erwerben, von denen die meisten im Tal unbekannt waren – zum Beispiel Rindfleisch zweiter Wahl, »Familienfleisch« genannt – oder über die man selbst reichlich verfügte, wie Eier oder Bohnen.

Die drei Einberufenen fuhren am einundzwanzigsten April, dem Geburtstag Roms, am Bahnhof von Fornello ab. Sie wurden von vielen Verwandten begleitet, und in den Abschiedsgrüßen lagen unausgesprochene, aber spürbare Vorahnungen.

An diesem Tag verreist auch Romeo für kurze Zeit. In Borgo San Lorenzo wurden die feierlichen Rituale der Gründung Roms zelebriert, und der Sohn der römischen Wölfin in seiner Uniform mit den breiten weißen Hosenträgern war vom Lehrer Nuti zur Teilnahme aufgefordert worden. Lucia begleitet ihn, und sie nehmen im selben Abteil Platz wie die drei Rekruten.

Als sie aus dem Tunnel von Monzagnano herauskommen, kurz vor Ronta, hat Lucia das Gefühl, sie würde die Welt verlassen. Die in Fornello verbrachten Jahre haben sie nachhaltig verändert, ihr Universum hat die natürlichen Grenzen zwischen dem lang gestreckten Gebirgszug der Giogana und dem Dorf Gattaia angenommen. Ihr scheint, als müsste es nichts anderes geben, und es genügt ihr, wie es auch den Familien genügt, die dort leben. In den Augen der drei Jungen sieht sie dasselbe verstörende Gefühl.

Die ernsten Geburtstagsfeierlichkeiten waren nicht nach Romeos Geschmack.

Nicht dass er sich nicht bemüht hätte, Gott bewahre, er bemühte sich. Doch wahrscheinlich begriff er den logischen Grund des Ganzen nicht, darum beschloss er irgendwann, nur noch Zuschauer zu sein, wodurch er die kriegerischen Choreographien verdarb. Der Choreograph war natürlich der Lehrer Ancilio Nuti, und das passive Verhalten des Kindes gefiel ihm ganz und gar nicht.

Beim gemeinsamen Essenfassen rührte Romeo Tini nichts an. Er beobachtete, geduldig, wohlerzogen, aber es war klar, dass er auf Abwehr spielte und es nicht erwarten konnte, nach Hause zurückzukommen, zu seinen Eltern, seinem Hund, den Süßigkeiten von Nonna Carlotta, dem Muccione. Der Geburtstag Roms war ihm herzlich schnuppe.

Als Lucia ihn abholen wollte, bekam sie es mit dem Bataillonsführer zu tun. Er fuchtelte ausdauernd mit dem Finger unter ihrer Nase herum, und das war ein negatives Zeichen. In Romeos Widerspenstigkeit sah er einen defätistischen Charakterzug, den das Kind in der Familie mitbekommen hatte, und Lucia mühte sich vergeblich, ihm das Naturell ihres Sohnes, seine Gewöhnung an ganz andere Rituale zu erklären. Angesichts so hartnäckiger Verstocktheit platzt sie schließlich los: »Meine Güte! Er ist doch ein Kind!«

Der Bataillonsführer des Landsturms richtet sich mit seinem Zeigefinger, seiner Uniform, seinem D'Annunzio-Bärtchen und der übertriebenen Süße seines Kölnischwassers zu ganzer Größe auf.

»Nein, Signora. Hier irrt Ihr. Er ist ein Sohn Mussolinis.«

Lucias Sympathie für den Faschismus schwankt, und die Irritationen – aber das weiß sie nicht – werden bald schneller aufeinanderfolgen. Man bräuchte Zeit, um über einige Dinge nachzudenken, andere überhaupt zu bemerken.

Es gibt keine Zeit.

Die schiefe Ebene der Geschichte bekommt einen immer größeren Fallwinkel, und das Radio überträgt die Stimme des Kondottiere. Am zehnten Juni erklärt Italien Frankreich und England den Krieg. »Es ist der Kampf der armen und an Arbeitskräften reichen Völker gegen die Aushungerer.« Das Kriegsgesetz tritt in Kraft, mit ihm der Zwang zur Verdunklung, und man muss lernen, wie eine Gasmaske beschaffen ist, wie man sie benutzt. Die englische Luftwaffe beginnt mit Fliegerangriffen auf italienisches Territorium, aber davon ist in den Kriegsberichten noch nicht die Rede.

In der Nacht zum dreizehnten August werden die Angriffe zu einer Realität, die man nicht länger ignorieren kann. Sie gelten den Industriestädten des Nordens, und das ferne, dumpfe Brummen der Fliegerstaffeln lässt sich in der absoluten Stille sehr deutlich vernehmen. An jenem Abend liegt die ganze Familie Tini mitsamt dem Eisenbahn- und Postpersonal von Fornello auf der Wiese und genießt nach einem glühend heißen Tag die Kühle.

Am Nachmittag hatte ein Zug der Eisenbahnergenossenschaft in Fornello gehalten. Eine Tenderlokomotive und ein grauer verschlossener Waggon aus Metall mit der fröhlichen Aufschrift in Gelb: »Die Versorgung«. Der Waggon war eine Art fahrender Gemischtwarenladen, in dem man für wenig Geld von Seife bis zu Dosensardinen alles kaufen konnte. Nachdem sich die Ankunft im Tal herumgesprochen hatte, sammelte Giovannino – zusätzlich zu den eigenen – diverse Wünsche ein, darunter Handschuhe für die Köhler, ein Kamm für Malvina Malevolti, Kerzen für die Tantulli und weißer Zucker für alle.

Doch der graue Waggon transportierte nicht nur Lebensmittel und Haushaltswaren.

Er transportierte auch Ideen.

Und diese Ideen waren ein auf Schienen fahrender Widerstand gegen das Regime. Der zweite Stationsvorsteher von Marradi, ein gewisser Uzzanesi, der in der Genossenschaft aktiv war, hatte sich lange mit Giovannino unterhalten, unter Schulterklopfen und gemeinsam gerauchten Zigaretten, und er konnte nicht behaupten, dass er die Sache sehr viel anders sah als der Kollege aus der Romagna. Dessen unsicheres Naturell ließ ihn jedoch vor allem an die Risiken denken, die in solchen Ideen steckten – er hatte Familie, und wenn das herauskam, würden Lucia und Romeo die Rechnung bezahlen. Also hatte Giovannino sich wie immer zwischen Weiß und Schwarz hindurchlaviert, um beim Grau zu bleiben und niemanden zu enttäuschen, und Uzzanesi hatte nichts erreicht. Und daran dachte Giovannino, als er auf dem noch sonnenwarmen Gras lag.

Romeo ließ sich von einer anderen Wiese bezaubern, jener der Sterne, die der ungeheure Himmel darbot, und dachte über Fragen nach, die größer waren als sein Alter. Sebastiano und Rinaldo rauchten stumm, während Lucia Gläser und die bei der reisenden Genossenschaft erworbene Flasche Tamarindensaft brachte.

Das Brummen schlich sich ungestört aus der Ferne ein, es klang anders als die einsamen Postflugzeuge, die manchmal vorüberflogen. Die zivile Fluglinie, im Mai 1937 eingeweiht, flog nur tagsüber. Dieses Geräusch hier erinnerte an einen mächtigen Orgelchor, und trotz der Entfernung hörte man viele Flugzeuge heraus, es schien, als vibrierte der Boden unter so großer Beanspruchung.

»Hört ihr?«, fragte Sebastiano. Die Frage fiel ins Leere, denn alle hörten es genau und stellten sich die gleiche traurige Frage: Wen würde es heute Abend treffen?

Doch in Fornello, dem noch immer vergessenen Tal des Muccione, tröstete man sich. Denn es gab wahrhaftig keinen einzigen Grund auf der Welt, um sie zu bombardieren. Hier gab es nichts, außer dem Mähdrescher ohne Räder und der Fischzuchtanlage ohne Forellen.

MIT FÜNF JAHREN

Mit fünf Jahren konnte Romeo schon lesen und schreiben. Capirossi war ebenso verblüfft wie begeistert und ermahnte die Eltern immer wieder: »Lasst ihn lernen, ich bitte Euch. Dieses Kind muss vorankommen, bis zur Universität.«

Das Fehlen eines wirklichen Freundes, sein zur Schüchternheit neigendes Wesen und der frühzeitige Schulbesuch hatten Romeos angeborene Wissbegier genährt. Dass er die Bildergeschichten des Lehrers und Papas Zeitungen zu Hause vorfand, bot eine unverhoffte Gelegenheit zum Lesen.

Und zum Fragen.

Außerdem hat man mit fünf ein Bedürfnis nach Gewissheiten: »Mama, wo bist du?« wurde zur häufigsten Frage.

»Mama?«

»Was ist? Was brauchst du?«

»Nichts. Ich wollte wissen, wo du bist.«

Zehn Minuten später ging es wieder los.

»Mama?«

Und weiter. So lief es ab, wenn er in der Wohnung war und Lucia sich den sogenannten weiblichen Arbeiten widmete: Bügeln, Nähen, Kochen. Romeo, der ein braver Junge war, beschäftigte sich mit Mickymaus und den Zeitungen, musste sich jedoch öfter die Augen reiben, um bei dem spärlichen Licht lesen zu können. Die Nachrichten zogen ihn besonders an, wer weiß warum, und er buchstabierte flüsternd, doch Lucia hörte alles.

»›Die jüdischen Ärzte, die sich in Piccadilly niedergelassen haben, prassen hinter dem Rücken ihrer einfältigen Gastgeber …‹, Mama, was bedeutet prassen?«

»Sie essen und trinken.«

»Das ist doch gut … Aber hier: ›Stunden eines tragi… tragikomischen Orgasmus des britischen Volkes …‹ Mama, was bedeutet Orgasmus?«

»Romeo, ich habe zu tun. Es bedeutet … glücklich sein.«

Apropos Orgasmen, die Eheleute Tini hatten nach vielen vergeblichen Versuchen beschlossen, einen berühmten Gynäkologen in Bologna aufzusuchen, den ihnen Giovanninos Schwester empfohlen hatte, die säuerliche alte Jungfer mit den kurzen, dauergewellten Haaren. Sie hatte einen Mann gefunden, Geometer beim Katasteramt, und in den vergangenen fünf Jahren ein Kind nach dem anderen bekommen.

Lucia musste eine Untersuchung ertragen, die sie als doppelt beschämend empfand, weil es ein männlicher Arzt war, und weil ihr die Verantwortung für die versäumte Empfängnis zugeschoben wurde.

»Ihr seid zu verkrampft … Ihr solltet ins Schwimmbad gehen, warme, entspannende Bäder …«, tönte die Koryphäe, aber Lucia hörte schon nicht mehr zu. Ein warmes Schwimmbad in Fornello? Wo denn?

Einige Tage später ging sie allein hinunter zum Kirchlein von Gattaia, setzte sich in die Bank, legte sich das bestickte Taschentuch auf den Kopf, bekreuzigte sich, spulte ein paar Avemaria und Vaterunser herunter, dann kam es barsch heraus, an den Gekreuzigten gewandt: »Ich glaube nicht, dass ich in meinem Leben schwere Sünden begangen habe. Ich bitte dich, schick mir noch ein Kind, es muss ein Mädchen sein. Wenn es aber nicht kommt, heißt das, es ist dein Wille, und dann genügt mir Romeo. Ich werde dich nie mehr um etwas bitten: Vergiss das nicht.«

»›Fürchterliche Schläge hageln auf die Karkasse des britischen Reiches herab …‹, Mama, was ist eine Karkasse?«

»Ein totes Tier, Romeo. Ich koche gerade das Kaninchen, ich höre dich nicht …«

Er lernte dazu, der kleine Tini, auf dem Boden hockend, um sich herum die aufgeschlagenen Seiten des *Carlino*. Die Fotografien gefielen ihm, vor allem die der leichten Kavallerie. Das Pferd war ein herrliches, stolzes Tier, fand er, und gern hätte er eins im Muccione gesehen, am liebsten weiß, wie das von Mussolini. Es gab Esel, aber das war nicht dasselbe.

Er lernte so schnell, dass er an diesem Abend, als Giovannino mit Rinaldo und Sebastiano zum Essen eintraf, dem Vater und den Tischgenossen verkündete: »Heute Abend prassen wir. Wir essen die Karkasse des Kaninchens, und das macht uns Orgasmus.«

Romeos zweite Flucht war besser organisiert und wie alle organisierten Abenteuer von Erfolg gekrönt.

Man schrieb den vierten Dezember, es hatte geschneit, der erste Schnee des Winters 1940, nicht viel, aber genug, um das Tal und die Kriegsnachrichten weiß zu tünchen. Doch wohin ging Capirossi bei all dem Schnee? Er war aus dem Bahnhofsgebäude herausgekommen, hatte sich wie gewöhnlich mit der unvermeidlichen Pfeife auf die Bank gesetzt, sich dann erhoben, mit dem Gebaren eines Ausbrechers nach allen Seiten umgeschaut und los ging's, an den Schienen entlang, durch die noch immer fallenden Flocken, Richtung Allocchi-Tunnel.

Wohin ging Capirossi? Die Frage war eines Detektivs würdig, und Mickymaus war ein Detektiv, außerdem eng mit Kommissar Hunter befreundet. Um das Rätsel zu lösen, gab es nur eins: den Lehrer beschatten.

Wie die Schüler von Fornello ist Romeo in mehrere Kleiderschichten eingehüllt, die ihn rund und plump erscheinen lassen, aber er bewegt sich ungewohnt wendig, wahrt den Abstand, versteckt sich in den Schutznischen, tritt mit seinen Stiefelchen leise auf, und Capirossi merkt nichts. Die Beschattung endet schnell, denn der Lehrer gelangt zum Bahnwärterhaus der Witwe Fanciullacci und geht durch die Eingangstür ohne zu klopfen.

Der Detektiv steigt die Außentreppe hoch, nähert sich dem Fenster, klammert sich ans Fensterbrett und kann trotz einiger Schwierigkeiten sehen, was in der Küche geschieht. Ja, und was sieht er? Der Lehrer hat seinen Hut abgesetzt und den Mantel aufgeknöpft, die Witwe steht nah vor ihm, aber sehr nah, zu nah, und sie scheinen sich zu küssen – wie Mama und Papa es tun, aber dann sagen sie, er soll sich umdrehen, denn Zuschauen ist Sünde –, und sie drückt ihn an sich, der Lehrer drückt sie an sich, sie drücken sich gegenseitig in einer großen Verklammerung, und es sieht aus, als massierten oder kratzten sie sich unter den Kleidern, vielleicht haben sie ja Flöhe, wie der Sohn der Cheli, der sich überall gekratzt und die anderen Schüler angesteckt hat, aber diese Flöhe müssen wehtun, so wie die Witwe stöhnt, sogar ziemlich weh, vielleicht muss man den Amtsarzt benachrichtigen, den Doktor Vigorita, der ist aber in Ronta, und kommt nur zweimal im Monat mit dem Zug.

Vielleicht sind es doch keine Flöhe, erkennt Romeo verwirrt. Etwas sagt ihm, dass er sich besser leise fallen lässt und zurückgeht und lieber nicht erzählt, was er gesehen hat. Nicht einmal Mama und Papa.

Das nächtliche Dröhnen der Flugzeuge wurde vertraut wie die Patrouille des Landsturms auf den Pfaden des Muccione-Tals. Die Männer mussten überwachen, dass die Verdunklungszeiten eingehalten wurden – von sieben Uhr abends bis sieben Uhr morgens –, und kamen zu viert aus Ronta herauf. In Fornello stiegen sie aus, um ihren gewohnten Rundgang zu machen. Wenn sie zurückkamen, waren ihre Rucksäcke prall gefüllt: Schafskäse, Kastanienmehl, Eier, sogar gerupfte Hühner. Am Bahnhof warteten sie dann auf den »Leichtzug«, zwei Waggons dritter Klasse und eine Tenderlokomotive. Auf Anweisung von Papa brachte Romeo ihnen eine Flasche Rotwein aus dem Keller, denn sie waren »Biedermänner«, so nannte sie Giovannino.

War die Flasche geleert, ließen die vier Biedermänner sich zu etwas mehr Vertraulichkeit hinreißen und erzählten von Bombenangriffen, von den Rationierungen, den Kämpfen in Cirenaica und davon, dass die Lichter auf dem Land unbedingt »ausgelöscht« werden mussten. Denn umringt von den Lichtern auf dem Land sahen die Städte aus wie ein schwarzes Loch, und so konnten die englischen Piloten gar nicht fehlgehen.

»Was für ein Lausbubengesicht du hast, Romeo«, sagten sie dann. »Und die Liebste, na, wo ist sie? Wo ist Julia?«

Romeo Tini wurde rot bis unter die Ohren, nahm die leere Flasche und floh in den ersten Stock.

Denn die Sache mit den Mädchen war kompliziert. In der Schule sah man keine, und das einzige Mädchen in nächster Nachbarschaft, Dalmazia Malevolti aus Pian Bertozzi, war ein Jahr älter als er. Malvina, ihre Mama, nahm sie mit, wenn sie nach Fornello ging, und Romeo hatte den Eindruck, als drängte die Alte auf eine Freundschaft zwischen beiden.

Er mochte Dalmazia, das ja. Mit ihren langen schwarzen Zöpfen und den dunklen Mondaugen konnte man sie sogar hübsch nennen.

»Romeo, leiste Dalmazia ein bisschen Gesellschaft.«

Worüber konnte man mit einem Mädchen sprechen? Tatsächlich redeten sie nicht viel, und Pipito wurde zum interessantesten Gesprächsthema. Der Hund begrüßte Dalmazia Malevolti immer mit Freudensprüngen bis zur Erschöpfung, zum Glück wusste keiner, was sie wirklich bedeuteten.

»Wie gut ihr zusammenpasst«, tönte Malvina. Romeo suchte den Blick seiner Mutter, die mit dieser Verbindung vollkommen einverstanden schien, und fühlte sich verloren.

Bald würden beide ihre Erstkommunion feiern – Don Germano wollte möglichst viele Kommunionkinder, da kam es auf ein oder zwei Jahre Altersunterschied nicht an –, und Malvinas Besuche wurden häufiger, es ging um die Festkleidung. Lucia hatte sich erboten, das Kleid des Mädchens zu nähen, und das schien eine ziemlich komplizierte Angelegenheit zu sein, die viele Anproben erforderte.

Bei diesen Anproben wurde Romeo aus dem Zimmer geschickt, denn das Mädchen musste sich ausziehen. Wenn er hinausging, siegte die Neugierde auf diese unbekannte Welt über seine Schüchternheit, und einmal – er hatte sich vorher versichert, dass er allein im Flur war – beugte er sich zum Türschloss hinunter.

Da stand Dalmazia, in wollener Unterhose und Hemdchen.

Romeo begriff nicht, warum ihn ein Herzklopfen überfiel und Hitze sein Gesicht umhüllte. Er ahnte, dass er einen unbekannten Planeten vor sich hatte, eine Welt von ungeheurer Anziehungskraft, und verspürte eine große, unerklärliche Unruhe.

In den nächsten Tagen erkundigte er sich gelegentlich mit gespielt desinteressiertem Ton: »Muss Dazia noch mal kommen, um das Kleid anzuprobieren?« Beim dritten Mal musterte Lucia ihn, fing an zu lachen und fragte: »Hast du dich etwa verliebt, Romeo?«

Der Tag der Erstkommunion kam.

Von den Bewohnern des Muccione-Tals sollte außer Romeo und Dalmazia auch Benito Cheli das Sakrament empfangen. So gingen sie alle zusammen hinunter, die Kinder voran, dahinter die Eltern.

Die Jungen schienen Zwillinge in ihren Anzügen: Jacke und kurze Hose in Hellgrau, beide mit der vorschriftsmäßigen Knopfleiste aus fünf Knöpfchen. Dalmazia dagegen war eine kleine Braut im langen Kleid und trug sogar ein besticktes Kämmchen im Haar. Apropos Haare: In einem Anfall von Ordnungseifer hatte Giovannino versucht, mit Hilfe von Brillantine Struktur in das Lockenwirrwarr seines Sohnes zu bringen. Und so wirkte Romeos Kopf kleiner, ein merkwürdiger Anblick, obwohl einige Lockenbüschel noch immer rebellierten, während andere sich in den angedeuteten Scheitel fügten.

Unten in Gattaia erwarteten sie noch sechs andere Kommunionkinder mit ihren Familien, so waren sie zu neunt. Don Germano Lanzafame drängte sie, Platz zu nehmen, er wartete in der Kirchentür ungeduldig auf den Letzten. Im

Priesterseminar Domengè-Rossi war Pünktlichkeit oberstes Gesetz gewesen. Der schwarze Fiat 500 kam fast pünktlich, darin die Tochter eines Geschäftsmanns, vor allem aber Zenturio bei der Miliz, und so konnte die Messe beginnen.

Nicht wegen ihrer religiösen Bedeutung sollte Romeo sich an die Zeremonie erinnern – er war zu klein, um sie zu verstehen –, sondern wegen ihrer äußerlichen Seiten und besonders, weil Dalmazia irgendwann seine Hand ergriff. Sie trug dünne weiße Handschuhe aus Rayon, doch der körperliche Kontakt mit dem Mädchen, obgleich vermittelt durch den Stoff, ließ ihn zusammenzucken, und ein unnatürlicher, feiger Blutandrang färbte sein Gesicht rot.

Die Eltern, die das für fromme Inbrunst hielten, waren ob so großer Anteilnahme gerührt. Es folgte die Predigt, und Don Germano schoss wie üblich weit übers Ziel hinaus, indem er sich über die antike Größe der Bauwerke des neuen römischen Imperiums erging und dann alle verblüffte, als er den Kampf der Seidenraupe ankündigte.

Das heimlich, mit wachsamen Blicken und sehr leise von Papa und Rinaldo gehörte Radio, fesselte den kleinen Tini.

Es sprach Italienisch, und die Sendungen begannen mit einem scheinheiligen Trommeln: damdamdamdum. Romeo wusste nicht, dass es im Morsealphabet »V« bedeutete, wie »vittoria«, Sieg.

Giovannino und Rinaldo waren wie zwei Diebe, sie trafen sämtliche Vorsichtsmaßnahmen, um beim verbotenen Zuhören nicht überrascht zu werden. Wehe dem, der in Radiowellen fischt, drohten die Plakate, die die Milizen des Landsturms im Bahnhofseingang aufgehängt hatten, und das war, als würden sie sagen: »Hör zu!«

Darum traf die beiden Verschwörer fast der Schlag, als Romeo ins Zimmer kam, sofort wurde der Regler unter Pfiffen, elektrischen Entladungen und Krächzen hastig hin und her gedreht. Dann packte Papa das Kind, tödlich ernst, an den Schultern, hockte sich auf Romeos Höhe hin, hypnotisierte ihn mit den Augen und zwang ihn zu einem Versprechen: »Vergiss, dass du uns gesehen hast.«

Er schließt Romeo fest in seine Arme, tut ihm fast weh, und dieser bleiche Ernst macht Romeo Angst.

Mitte April brachen wieder drei junge Männer aus dem Muccione als Soldaten auf: Tito Necci, Tristano Cheli und Lodovisco Checchi. Unterdessen war die Front breiter geworden, man kämpfte nun auch in Griechenland, während Addis Abeba – oder Abebà, wie es im italienischen Radio hieß – evakuiert wurde.

In Fornello wurde ein junger Mann vorstellig, gekleidet wie ein Avantgardist der faschistischen Jugendorganisation, und gab sich als ein Sammler von Almosen für die lokale Ferienkolonie der Kriegswaisen aus. Er sammelte Gaben bei allen Familien ein, um dann dankend und den Duce grüßend zu verschwinden. Am nächsten Tag kamen zwei Carabinieri aus Ronta, ein Unteroffizier und ein Gefreiter, um die ländliche Bevölkerung vor den angeblichen Almosensammlern zu warnen. Dann fuhr der Sonderzug mit den Verletzten der Belagerung von Malta durch, begleitet vom Hauptmann Nasalli Rocca, und zum ersten Mal hörte Romeo das Wort: »Defätist.«

Ja, die Ebene der Geschichte neigte sich immer mehr, und beim Hinunterrollen vermengten sich die Dinge. Obwohl er ein Kind war, nahm Romeo die schnellen Veränderungen wahr, und offenbar spürte sie auch Pipito, denn er verbrachte immer mehr Zeit in seinem Körbchen, wo er mit bekümmerter Miene im Schlaf seufzte.

Und vielleicht hatte Sebastiano nach all dem Beobachten und Erleiden dieser Veränderungen oder weil er es müde war, so viele bekannte Gesichter an die Front aufbrechen zu sehen, beschlossen, dass die Stunde gekommen war, denn wenn man müde ist, ist man müde, etwas anderes gibt es dann nicht mehr.

Romeo fand ihn.

Sebastiano war nicht aufgestanden. Das kam oft vor. Aber er hatte dem Jungen versprochen, ihn an diesem Tag zum verlassenen Steinbruch etwas oberhalb von Fornello zu bringen, wo die Eisenbahngesellschaft vor Jahren Splitt für die Schotterung gewonnen und mit einer Decauville-Feldbahn bis zu den Steinbrechern an den Gleisen gebracht hatte. Also einer jener Orte, die die Phantasie anregten und wo man sich weiße Pferde vorstellen konnte.

Aber Sebastiano stand nicht auf.

Vorsichtig tritt Romeo ein und nähert sich dem Mann auf dem Bett. Er weiß sofort Bescheid. Die gleiche Blässe wie bei Santina, er erinnert sich gut. Er berührt ihn. Sebastiano ist eiskalt. Romeo erschrickt nicht. Er könnte von sich sagen, dass er den Tod gewohnt ist. Zudem hat er viel darüber nachgedacht, und in diesem Moment kommt ihm die entscheidende Idee. Er beugt sich über das Gesicht, streicht über die weißen Haare und flüstert: »Bastiano, wenn es dort drüben Leben gibt, kommt heute Abend zu mir und zieht mich am großen Zeh.«

Dann macht er ein Kreuzzeichen, schließt die Tür wieder und läuft den Papa benachrichtigen.

Seine Verwirrung war groß, als an dem Abend niemand kam, um ihn am Zeh zu ziehen.

Unerschütterlich las Romeo weiter die Zeitungen. Lucia wusste genau, wenn man ihn beschäftigen wollte, brauchte man ihm nur ein Exemplar des *Carlino* zu geben. Romeo blätterte, sein Zeigefinger färbte sich schwarz, dann saugte er daran und murmelte:

»›Der Duce bestätigt den sicheren Sieg. Italien und Deutschland im Krieg mit Russland‹. ›Prostatabeschwerden? Mit Magnogène werden sie geheilt‹. Mama, was sind Prostatabeschwerden?«

»Das kriegen alte Männer. Du hast noch Zeit.«

»Aha.«

Wenn er keine Lust mehr zum Lesen hatte, ging er auf die Wiese hinter dem Haus und verlor sich im Beobachten des Schwalbenflugs. Es schienen Hunderte zu sein, mal streiften sie fast den Boden, mal vollführten sie beeindruckend akrobatische Flüge, und sie gefielen Romeo fast so gut wie Pferde. Dann ging sein Blick hinüber nach Ca' Pian Bertozzi, in der Hoffnung, Dalmazia auf dem Hof des Hauses zu sehen. Nach der Kommunion war Dalmazia zurückgekommen, um sich ein Kleid aus Popelin machen zu lassen, und Romeo hatte es nicht geschafft, dem Schlüsselloch fernzubleiben. Doch einmal hatte Dalmazia Malevolti, als sie in Unterhose dastand, den Blick zur Tür gehoben, einen klaren und gekränkten Blick, fast als sähe sie ihn hinter der Tür spionieren, und Romeo hatte, von einem hitzigen Herzklopfen gepackt, die Flucht ergriffen, hinaus, zu den fuchsroten Burgunderkaninchen.

HABT VERTRAUEN IN DIE LUFTSCHUTZRÄUME

»Habt Vertrauen in die Luftschutzräume. Die Statistiken beweisen, dass neunzig Prozent der Luftschutzräume standhalten.«

»Wir pflegen den Kult der Wahrheit. Niemand darf in Zweifel ziehen, dass unsere Kriegsberichte die absolute Wahrheit sagen.«

In seiner Beziehung zu Romeo hatte Etelredo Capirossi die Phase der Begeisterung überwunden und lebte jetzt im beglückenden Zustand freudigen Staunens. Ein Junge von sieben, bald acht Jahren mit einem außergewöhnlich kritischen Geist.

Romeo war der Sohn, den die Natur ihm verweigert hatte, und er empfand ihn in jeder Hinsicht als seinen Sohn, dafür brauchte es keine Blutsverwandtschaft. Der Junge schien fast künstlich, so genau entsprach er Capirossis Ideal von Nachwuchs: intelligent, wohlerzogen, respektvoll und ein eifriger Leser. Hier, im von allen vergessenen Muccione-Tal zwischen Bauern, hatte er ihn finden sollen, und darum war Capirossi fast versucht, an göttliche Fügung zu glauben.

Romeo hegte andere Gefühle gegenüber dem Lehrer Capirossi. Beim Versuch, die Umarmung mit der Witwe Fanciullacci in groben Zügen zu verstehen, war ihm das wiederholte heimliche Beobachten der nackten Dalmazia nützlich gewesen. Die Frauen besaßen eine besondere Gabe, etwas, was glücklich machen konnte, und wirklich, Papa war glücklich, weil er Mama hatte. Wenn der Lehrer die Witwe immer haben könnte, wäre auch er glücklich.

Übrigens Papa: Er hatte ihn einmal genau betrachtet und ein paar weiße Haare und Falten um die Lider entdeckt. Auch Mama war ein bisschen fülliger geworden, hatte weiße Haare in diesem Meer aus Weizen, und ihre Augen lachten nicht mehr wie früher. Er wusste nicht, wie er sich diese kleinen Veränderungen erklären sollte, da seine Eltern ja nicht altern durften, und tatsächlich konnte er sie nicht erklären.

Es gab andere Veränderungen. Bis jetzt war er nur mit Mühe an die Wasserhähne des Waschbeckens im Badezimmer herangekommen. In diesem Jahr, 1943, sah er die Hähne und erreichte sie mühelos.

»Du wächst, Romeo. Im September sind's acht Jahre.«

Acht Jahre. Er fühlte sich fast alt. Dasselbe Gefühl, als Papa ihm die Milchzähne mit dem Nähfaden zog. Vielleicht bedeutete wachsen ja, sich alt zu fühlen. Er fragte sich, warum er nicht beschließen konnte, bei einem Alter stehen zu bleiben, mit dem man ewig zufrieden war.

Immer häufiger kamen Leute aus der Ebene, die Käse, Eier, Kastanien und Holz brauchten. Im Gegenzug boten sie Geld, aber vor allem Weißwäsche, Strümpfe, Schuhe. Sogar Uhren. Urplötzlich und klarer als durch die offiziellen Bekanntmachungen im Radio von Fornello oder durchs Weitererzählen erkannten die Bewohner des Muccione, die Bauern, die nach Dung rochen, dass die Zeiten sich ganz offensichtlich nicht zum Guten entwickelten und dass man es im vergessenen Tal besser hatte.

Sogar der Podestà von Vicchio kam. Er kam zu Fuß, allein, und wollte mit Giovannino sprechen.

»Tini, sagen wir's rundheraus. Was die Zukunft bringt, weiß man nicht«, und er schüttelte den Kopf.

»Ich verstehe nicht.«

»Hörst du denn nie Radio London? Heute hat die erste Armee die Kämpfe eingestellt. In Afrika sind wir nicht mehr. Bald werden die Alliierten in Italien landen. Es ist vorbei.«

Natürlich wusste der Stationsvorsteher das alles. Er wusste nur nicht, worauf der Faschist hinauswollte. Und dann ein Podestà, der Radio London hörte!

»Tini, ich habe Sie nie behelligt. Obwohl ich wusste, wie Sie denken.«

Das Siezen beeindruckte Giovannino mehr als die Enthüllung.

»Wenn alles zusammenbricht, müssen Sie mich und meine Familie bei sich aufnehmen. Sie werden gut bezahlt, glauben Sie mir. Ein paar Monate, so lange, bis die Dinge sich wieder gerade richten. Sieger sind alle gleich, nach einer Weile setzen sie dieselben Leute wieder auf dieselben Posten. Ich werde Sie gut bezahlen, glauben Sie mir.«

»Wenn ich es tue, will ich keine Lira.«

»Werden Sie es tun?«

Giovanninos verlegenes Schweigen beunruhigte den Podestà.

»Werden Sie es tun?«

»Ja.«

»Danke«, und er drückte ihm die Hand.

Der Juli war herrlich. Immer wieder reinigten starke Regengüsse die Luft, tauchten die Weiden in ein Smaragdgrün. Und überall ein so starker Duft von Thymian, Immortellen und Minze, dass die Mama im Dialekt der Emilia sagte: »Man wird ja ganz duselig«, und die Bewohner des Muccione sie nicht verstanden.

Alles war schon passiert, dachte Romeo, und nichts konnte mehr passieren. Auch er hatte gelernt, Radio London zu hören, aber er gab acht, sich nicht vom Papa erwischen zu lassen. Er erinnerte sich an dessen totenblassen Ausdruck und hatte verstanden. Doch welch eine Macht, die Wissbegierde. Jede Nacht flogen Flugzeuge über sie hinweg, unendlich viele, wie es schien, und seit kurzem auch tagsüber, man wurde müde beim Zählen. Manchmal hörten sie die Bombenangriffe auf die nahe Eisenbahnlinie Florenz-Bologna, ein Dröhnen wie im Bohnentopf, und oft wurden die Fahrten von und nach Faenza gestrichen. Nachts trug ihm sein feines Gehör lebhafte Bewegungen auf den Gebirgspfaden zu, gedämpfte metallische Geräusche, und das waren nicht die vorsichtigen Schritte des Viehs. Dann stellte er sich ans Fenster, um zu lauschen, aber es endete immer damit, dass er die Sterne zählte, und beim Zählen sah er sie kurzzeitig verschwinden, dann wusste er, es waren gerade Flugzeuge vorübergeflogen.

Alles war schon passiert, aber da irrte er sich.

Der Lauf der Dinge wurde so verworren und nährte so viele Hoffnungen, dass Romeo nichts mehr verstand.

Mussolini war gestürzt. Der König hatte seine Macht zurückerhalten, aber wo war der König denn bis jetzt gewesen, wenn Romeo immer beide Porträts bewundert hatte, die im Wartesaal nebeneinander hingen?

Der Podestà brachte seine Familie hinauf nach Fornello, wie vereinbart. Die Kinder waren Romeo Tini sofort unsympathisch, zum Glück quartierte Papa Giovannino sie bei den Angeli in Ca' Saltomare ein, wo sie weniger auffallen würden.

Die Porträts im Wartesaal verschwanden.

Aus der Ebene kamen immer mehr Menschen auf der Suche nach Nahrung.

Es kamen auch italienische Soldaten vorbei, zu Fuß. Gruppen von drei oder vier. Sie gingen nicht über die Gebirgspfade, sondern folgten den Schienen. Am Bahnhof hielten sie an und baten um Kleidung. Der Papa sprach lange mit ihnen, bot Zigaretten und Wein an, gab ihnen Kleider, und dann sah Romeo, wie er etwas Merkwürdiges tat. Er verbrannte die Uniformen im Ofen.

In einem Ort mit Namen Cassibile hatten die Italiener und die Alliierten Frieden geschlossen, und der nannte sich Waffenstillstand.

Abends konnte Romeo wieder die Petroleumlichter in den Häusern sehen.

Flugzeuge flogen noch immer vorüber.

Und eines Tages, es war Ende September, kam ein »Leichtzug« voller Soldaten, die in einer unverständlichen Sprache redeten.

Der deutsche Oberleutnant hieß Wilhelm Bethge und sprach ganz gut Italienisch, er habe es auf einer katholischen Schule in München gelernt, sagte er.

Die Soldaten machten Romeo Angst. Sie sprangen leise vom Zug und verteilten sich ohne ein Wort um den Bahnhof. Sie verständigten sich mit Gesten, und bewaffnet waren sie mit Gewehren, die ganz anders aussahen als die der Italiener: modern, kompakt, mit langen vertikalen Magazinen. Aufmerksam inspizierten sie die Umgebung, die Tunnel, stiegen in den verlassenen Steinbruch, den mit der Decauville, wo Romeo früher mit Sebastiano spielen ging, und an ihren raschen, präzisen Bewegungen sah man, wie geübt sie waren.

Pipito, der nicht mehr ganz so munter war wie früher, ging den Soldaten entgegen und wurde sogar gestreichelt, vielleicht machte man ihm auch Komplimente. Der Spürhund bezeigte ihnen eine übertriebene Zuneigung, deren Bedeutung sie glücklicherweise nicht kannten.

Der Oberleutnant nahm das Glas Rotwein an, produzierte sich mit einem eleganten Handkuss für Lucia, streichelte Romeos Locken und fragte ihn nach seinem Namen.

»Romeo? Ein guter Name. Ich hoffe, du findest deine Julia.«

DEZEMBER 1943

ABEND

Den Zug hört man schon früh, denn der Wind weht aus Gattaia und liebkost das Tal.

Erschöpft von der Bergauffahrt keucht die altersschwache Lokomotive 625 schwer. Romeo sitzt mit Pipito im Wartesaal und betrachtet die hellen Vierecke an der Wand, wo die Porträts von Vittorio Emanuele und Mussolini hingen. Er weiß noch gut, wie sie aussahen, beide von der Seite porträtiert, beide blickten nach links zum Eingang. Der König mit Offiziersmütze, der weiße Schnurrbart gekräuselt, Mussolini mit vorgestrecktem, hartem Kiefer unter einem glänzenden Helm, der Romeo im Verhältnis zum Kopf immer zu klein erschien.

Der Papa hat gesagt, sie sollen im Haus bleiben. Die Tiefflieger kommen immer häufiger, obwohl bisher keiner einen Schuss abgegeben, keiner eine Bombe abgeworfen hat. Dies ist eine Nebenstrecke, die täglichen Fliegerangriffe gelten der Direktverbindung zwischen Florenz und Bologna. Tagsüber bombardieren sie, nachts setzt das Pionierkorps der Eisenbahner so gut es geht alles wieder instand und vollbringt wahre Wunder.

Über die Faentina-Linie können nur noch Dampfzüge oder Dieselloks fahren. Benzin ist keins mehr zu finden, Kohle ist knapp. Das Gefälle ist groß, die Züge kriechen hinauf wie Regenwürmer und werden so zu leichten Zielen für Jagdbomber. Nein, die Faentina ist keine gute Strecke. Das wissen auch die Partisanen und verzichten auf Sabotageakte.

Auch heute sind Flugzeuge vorübergeflogen. Sie kommen jeden Tag, seit Monaten, immer mehr. Scheinen aus Silber zu sein. Und fliegen so schnell, dass man nicht erkennen kann, wer sie sind. Italiener oder Alliierte? Das Radio sagt, Italiener. Ein anderes Radio, das, was Papa und Rinaldo leise und mit wachsamer Miene hören, sagt, Alliierte.

Der Papa sagt, es ist besser, nicht aus dem Haus zu gehen.

Aber der Papa selbst geht raus. Er hat eine Nachricht vom Bahnhof von Marradi bekommen. Die Flugzeuge haben die Eisenbahnstrecke beschossen, die Schwellen sind verbrannt, und der Verkehr ist bei Crespino unterbrochen. Papa hat seinen Zylinder aufgesetzt, in der Hand das rote Haltesignal, das Zeichen für die Ankunft eines Zuges.

Der Zug kommt. Romeo geht zur Tür hinaus und Pipito folgt ihm langsam. Die Silhouette des Zugs ist eigenartig, unregelmäßig, er sieht aus wie ein Nadelkissen. Aber es sind keine Nadeln.

Es sind Gewehre.

Der Halt war abrupt.

Man ahnt sofort, dass dieser Transport ganz anders ist.

Denn in der Bewertung der Dinge wird den Sinnen oft von der Intuition geholfen.

Giovannino spürt es. Dieses Andersartige spüren Romeo und sogar Pipito. Vielleicht ist es der schweflige Geruch verbrannten Eisens von den Bremsklötzen. Vielleicht sind es die Wachen von der Sicherheitspolizei, die auf den Trittbrettern hocken, in den Bremserhäuschen sitzen, auf dem Plattformwagen knien, mit dem der kurze Zug endet. Es sind zwei

Güterwagen, verschlossen, rotbraun, doch nach dem Geleittrupp zu urteilen, müssen sie einen Schatz enthalten.

Oder Waffen.

Ein Sicherheitspolizist steigt aus. Er hat Tressen am Ärmelaufschlag, es muss ein Unterführer sein. Pipito knurrt. Diesmal reagiert er instinktiv, überlegt nicht, ob das Sieger oder Besiegte sind. Er weiß es schon: Verlierer, aber eine üble Sorte.

Der Unterführer geht auf Giovannino zu, die Hand an der Revolvertasche, der Blick böse. Er strömt einen ranzigen Geruch nach feuchten, ungewaschenen Kleidern aus.

»Warum habt Ihr uns angehalten?«

»Es geht nicht weiter. Hinter dem Tunnel sind die Schienen zerstört. Heute Nacht werden sie repariert.«

»Partisanen?«

»Feindliche Bomber. Hier gibt es keine Partisanen.«

»Unmöglich.«

»So ist es«, lügt Giovannino. »Was transportiert Ihr?«

»Tiere.«

Da stimmt etwas nicht, denn aus den hölzernen Güterwagen kommen Stimmen, jemand bittet um Wasser.

»Ich höre Frauen.«

»Feinde.«

»Wie können Frauen Feinde sein?«

Giovannino spürt die Animosität des Unterführers und blickt nach unten auf dessen Hand. Der Mann hat die Pistole aus dem Halfter gezogen. Giovannino dreht leicht den Kopf und sieht, dass sein Sohn neben ihm steht.

Romeo hat nichts gefragt. Das ist nicht nötig. Sein Gesichtsausdruck ist unbefangen und stolz, er hält die Arme vor der Brust verschränkt, als wollte er den Vater beschützen.

»Lasst sie aussteigen. Heute Nacht kommt Ihr sowieso nicht

weiter. Im Bahnhof gibt es Wasser, und sie können auch dort schlafen.«

Dann versteift sich sein Körper, denn er spürt, dass der Lauf der Waffe gegen seinen Bauch gedrückt wird. In der Bahnhofstür erscheint Lucia. Sie bleibt stehen. Leichenblass. Giovannino sieht ihre Angst, er blickt sie lächelnd an, selbstgewiss und ruhig wie noch nie in seinem Leben. Und er möchte ihr zurufen: »Ich habe dich lieb«, denn vielleicht hat er ihr das nie gesagt, und es könnte zu spät sein.

Aber er schweigt.

Aus dem Führerhaus der alten Lokomotive kommt der Kopf des Heizers heraus. Schwarz vor Ruß. Der Mann beobachtet die Szene und nimmt seine Mütze ab, wie man es aus Achtung vor den Toten macht. Er enthüllt ein perfektes Halbrund aus weißen Haaren. Genau wie an dem Tag, als die Tini von Faenza hierherkamen. Lucia erscheint das Leben wie ein Kreis, wo das Ende verdammt ist, wieder mit dem Anfang zu verschmelzen – ein Kreis ohne Sinn.

»Ich sage dir, es sind Tiere«, wiederholt der Unterführer.

Was Giovannino in diesen Sekundenbruchteilen durch den Kopf geht, weiß er nicht und wird er nie wissen. Wahrscheinlich nichts, außer der Erwartung des Schusses. Aber vielleicht können Krebsherzen sich ja manchmal ändern. Oder es ist die verlässliche Nähe seines Sohnes, Pipitos knurrende Unterstützung, Lucias offensichtliche Angst. Oder es ist das Leben, das seinen Sinn in einem einzigen Augenblick erhalten oder verlieren kann, ob es nun ein Kreis ist oder nicht. Die feste Stimme, die er jetzt hört, erkennt er nicht wieder, dabei ist es seine eigene.

»In diesem Bahnhof befehle ich.« Er reckt sich zu seiner ganzen Größe auf, überragt den Unterführer weit, auch mit seiner noch intakten Erscheinung eines robusten Romagnolen, mit der ehrlichen, unantastbaren Würde, die die Uniform der staatlichen Eisenbahn repräsentierte – ein Staat und ein herrschender König, die nach Brindisi flohen.

»Lass diese Frauen aussteigen.«

»Bist du nicht Tini?«, fragt plötzlich ein anderer von der Schutzstaffel des Zuges, und das genügt, um den Finger am Abzug stillzuhalten. Der Polizist kommt näher, er trägt die Schulterstücke des Offiziers.

»Giovannino Tini, natürlich! Erkennst du mich nicht? Weg mit der Pistole«, befiehlt er dem Unterführer.

Der Stationsvorsteher schwitzt, aber er merkt es nicht. Er wendet den Blick zum Offizier, ja, es sind bekannte Gesichtszüge, aber er weiß nicht mehr, wer das ist.

»Wir waren als Kinder zusammen. Cleto Farolfi aus Borgo Durbecco, erinnerst du dich nicht?«

Jetzt fällt es ihm ein. Der, der ihm in der Schule immer das Pausenbrot wegnahm.

Cleto Farolfi hört sich an, was Giovannino sagt, denkt nicht lange nach. Er gewährt die Bitte.

»Du bist also Vorsteher eines Bahnhofs ohne Ortschaft …«

Giovannino geht los. Acht schwere Schritte bis zur Tür des ersten Waggons. Begleitet wird er von Romeo und Pipito Tini, ein Carabiniere-Pipito, der Pipito von früher.

Die Tür wird aufgeschoben. Eine Dunstwolke, ein strenger Geruch nach Menschen. Männer, Frauen, Alte. Alle stehend, auf engem Raum zusammengedrängt.

Und dann Kinder.

Mädchen.

Die blaugrünen Augen von Romeo Tini begegnen den Blicken von Flavia Sermoneta.

Das Interesse ist gegenseitig.

Zwischen Flavia Sermoneta und Romeo Tini, die das Schicksal einander vorstellt. Inmitten der aus ihren Häusern gerissenen Menschen und der Einsamkeit der Bewohner Fornellos.

Die Schiebetüren rollen zur Seite und sehen aus wie weit geöffnete Münder. An den Kleidern der Menschen erkennt man, dass sie Bewohner einer wärmeren Stadt sind. Sofort verstummen die Hilferufe, die besorgten Blicke schweifen über das Tal des Muccione jenseits des Bahnhofs und nehmen seine ungefährliche Schroffheit wahr.

Romeo sieht das feingezeichnete Gesicht dieses Mädchens. Flavia ist wirklich schön. Schöner als Dalmazia. Sehr dunkle Haare und Augen, lange Wimpern, olivfarbene weiche Haut. Doch er spürt die Anspannung in diesem Gesicht, und diese Wahrnehmung ist schneidend, sie durchbohrt ihn, verstört ihn.

Romeos kleinem Teufelsgesicht fügt sie nun einen entschlossenen Zug hinzu, vielleicht weil er schon früh, gleich nach der Geburt, auf die Angst verzichten musste: Malvina Malevolti hatte ihn in Kastanienblättern gebadet.

Das zeigt sich jetzt im aufrichtigen, stolzen Ausdruck seiner acht Jahre, aber er kann es nicht wissen. In diesen mechanischen Momenten, im eher spontanen als charakterbedingten Aufbegehren gegen Machtmissbrauch, vollführt Romeo Tini einen kleinen Wachstumssprung.

Die Luft in Fornello ist kalt und klar. Sie dringt in die Waggons, angesogen von der Wärme der zusammengepferchten Menschen. Und sie bringt eine trügerische, nutzlose Hoffnung. Dass die Reise zu Ende ist, hier in der idyllischen Sicherheit der Berge.

»Aussteigen. Ohne Koffer.«

Cleto Farolfi befiehlt. Ohne zu brüllen. Professionell in seiner Freiheit von Emotionen. Die Kaltblütigkeit erhebt ihn über die Rohheit seiner Soldaten, und sie gehorchen mit bewährter Unterwürfigkeit.

Die Männer sind die Ersten, die aussteigen. Sie helfen den Frauen, nehmen die Kinder auf den Arm und stellen sie ein wenig außer Atem auf den Bahnsteig.

Flavia ist die Zweite. Sie steigt leichtfüßig aus, ein wenig benommen. Das blaue Röckchen hebt sich, enthüllt lange weiße Strümpfe, dünne Beinchen.

Romeo beobachtet sie, ihm ist, als liefe er rot an, er spürt sein Herz stärker klopfen, eine fast ununterbrochene Abfolge von Sprüngen, ein galoppierendes Pferd.

Pipito scheint die Aufregung seines Herrchens zu bemerken, er trottet langsam zu dem Mädchen, beschnüffelt es schwanzwedelnd. Dann dringt er neugierig in den Wald aus Beinen vor, versucht die Menschen zum Stolpern zu bringen, dann hält er inne. Sein Geruchssinn scheint gestört. Zu viele Botschaften, zu viele Moleküle in der Luft. Also beschließt er wegzugehen, zurück zum Bahnhof, um still und gleichgültig die Eingangstür zu bewachen.

Die Soldaten verteilen sich zu beiden Seiten des Gehwegs zwischen den Waggons und dem Gebäude. Ihre Gewehre sind gezückt, und Rinaldo bemerkt, wie unterschiedlich die Waffen aussehen. Büchsen, Maschinenpistolen, jede mit einem anderen Griff – das macht sie zu bunt zusammengewürfelten Soldaten eines irrealen Heeres. Ein bisschen so wie Kinder, wenn sie Krieg spielen.

Es ist kein Spiel.

Die Bewachung macht Flucht unmöglich, aber keiner scheint fliehen zu wollen oder an Flucht auch nur zu denken.

Jetzt steigen die Alten aus. Sie sind sichtlich verwirrt, und ihre gute Kleidung – fast alle tragen einen Filzhut – könnte sie wie vornehme Touristen erscheinen lassen.

Dann geschieht das Unvorhersehbare. Aus den Waggons werden Matratzen verschiedener Größe und Machart, dann Kissen und Decken geladen. Schweigend reichen die Männer sie einander weiter, kaum eine Geste, hier und da Gemurmel, hinter den Bewegungen versteckt. Es ist eine stumme, eingeschüchterte Menge.

Farolfi wendet sich an Giovannino. Er ist nicht unhöflich, er ist nicht höflich. Er ist nichts.

»Mach Platz.«

Der Bahnhofsvorsteher der staatlichen Eisenbahn eines aufgelösten Staates braucht einige Sekunden, um den Befehl zu hören. Er versucht zu verstehen, was er sieht, die Wirklichkeit zu benennen, zu begreifen. Es sind keine Kriegsgefangenen und auch keine Gefängnisinsassen. Die Matratzen machen alles noch komplizierter.

»Was sind das für Leute?«, fragt er den Schulkameraden.

»Juden.«

Juden. Gesehen hat er Juden noch nie, das ist sicher. Von ihnen gelesen, ja. In den Artikeln des *Carlino*, den ihm die Kollegen aus der Romagna bringen. Die Maßnahmen zum Schutz der Rasse und unzählige Artikel eines gewissen Camicia Nera, immer auf der ersten Seite.

Bissige Kommentare, aus denen glühender Hass troff. Mit erbarmungslosem Sarkasmus durchsetzte Gedanken über die Neigung der Juden zu parasitärem Gejammer, ihrer Verantwortung für alles: Kriege, Massaker, sogar für die Verschrobenheit der modernen Kunst. Der bösartige jüdische Geist, so schrieb der Kommentator. Giovannino, den das Leben im

Muccione-Tal zu einer distanzierten kritischen Haltung erzogen hat, bereiteten diese ordinären Zeilen immer Unbehagen, fast wie eine persönliche Beleidung, aber das war auch alles.

Juden. Nein, mehr fragt er den Offizier nicht, der ihm als kleiner Junge immer das Schulbrot stahl.

»Das ist deine Frau.«

Farolfi fragt nicht. Er sagt es. Er weiß es.

Lucia zeigt den gleichen wilden Stolz wie bei ihrer Ankunft im Juni vor acht Jahren. Sie atmet schwer, atmet die neuen Gerüche, die hartnäckig in der Luft liegen, tief ein. Schwitzende Menschen, Urin, Angst. Und die unnatürliche, bange Stille, in sich verkrampft, wie eine in die Ecke gedrängte Katze.

»Schön.«

Giovannino hört die anerkennende Bemerkung nicht. Ein Gedanke geht ihm durch den Kopf. Es heißt, in wichtigen Momenten habe man dumme Gedanken. Der hier ist es.

»Noch nie sind so viele Menschen in Fornello angekommen.«

Es mögen vierzig, fünfzig Personen sein. Alles spielt sich in unglaublich verlangsamtem Tempo ab. Vielleicht ist die Zeitwahrnehmung ungenau, darum erscheint die Zeit dichter, massiver. Die Soldaten bedrängen die Gruppe von beiden Seiten mit gezückten Waffen, bilden eine Art schmalen Kanal bis zur Tür des rosafarbenen Bahnhofs. Der Gehweg ist eng und zwingt die Deportierten, sich auf den wenigen Metern hintereinander aufzureihen, in den Händen die Matratzen und Kissen.

Überraschend reiht sich auch Romeo ein, neben Flavia, er hilft ihr, zwei Kopfkissen zu tragen. Der Unterführer, der seine Pistole in Giovanninos Bauch gedrückt hat, macht eine verärgerte Geste und geht auf die beiden zu, um – was wird er tun? –, aber Farolfi hält ihn zurück.

Es hört sich an, als spräche er mit einem ungehorsamen Hund.

»Lass das.«

»Aber Herr Oberleutnant …«

»Tu, was ich sage.«

Die Ersten in der Kolonne erreichen Lucia. Ihre Augen funkeln vor Mitleid und Kraft. Sie spürt diese Kraft, und sie ist wild entschlossen, ihr Körper starr, insgeheim ist sie beunruhigt, sie weiß selbst nicht, woher sie die Energie nimmt, diese Situation zu meistern. Denn Lucia beherrscht sie voll und ganz. Auch das kann im Muccione passieren.

»Geht in den Wartesaal gleich am Eingang. Rinaldo! Mach die Tür auf! Weiter hinten ist die Toilette«, und sie gestikuliert, zeigt auf die Räume. »Ich bringe euch zu trinken.«

»Ich habe Hunger.«

Flavia hat gesprochen. Ein sanftes Stimmchen, wohlerzogen, weich durch einen singenden, vom Toskanischen verschiedenen Tonfall, eine Färbung, die Romeo zum ersten Mal hört. Die Soldaten wenden sich zu Cleto Farolfi um, unschlüssig, was zu tun ist, aber sie haben einen Wunsch und bekunden ihn.

»Wir haben auch Hunger.«

»Es ist Brot und Käse da«, erklärt Lucia sofort. »Brot und Käse für alle. Und Eier.«

Der Oberleutnant sagt kein Wort. Er zieht eine Zigarette, Marke Rodi, aus der Jackentasche.

»Brot und Käse, in Ordnung«, willigt Farolfi ein, den ersten Zug nehmend. Er stößt ihn mit ergebener Miene aus. »Brot und Käse für alle.«

»Danke.«

Wieder das artige Stimmchen von Flavia.

»Wie heißt du?«

»Flavia Sermoneta. Und du?«

Romeo hebt die Brust zu einer vermeintlich virilen Haltung. Aber sie ist nur komisch und erinnert an die grobklotzigen Posen des Duce.

»Romeo Anselmo Maria Tini«, antwortet er, sich rund aufblähend wie ein Pfau, während sein Herz wieder in Aufruhr gerät, wirbelnd wie die Hufe des unbesiegbaren Pferdes Muscletone.

»Maria ist ein Mädchenname.«

»Sehe ich aus wie ein Mädchen?«

»Nein«, und sie lächelt, schmal sieht sie aus im blauen Kleidchen.

Durch ein stillschweigendes Übereinkommen, das sich wie ein Waffenstillstand anfühlt, erscheinen die Rollen, die der Irrsinn der Ereignisse festgelegt hatte, nun verschwommen, die Grenzen zwischen Erfindung und Wahrheit überwunden.

Die Menschen lassen sich jeder irgendwo nieder, so gut es geht. Es gibt kaum genug Raum, der Flur wird hinzugenommen. Vier, die Glück haben, besetzen die Bänke. Den anderen bleiben der Fußboden und eine erzwungene, teilnahmslos hingenommene Vermischung der Geschlechter.

Farolfi stellt Wachen an die Tür, der Rest der Soldaten nimmt Giovanninos Büro in Besitz. Sie sind müde, die Bärte ungepflegt, die Augen über den zerknitterten Uniformen schläfrig.

Sie sind wieder zu Menschen geworden.

Zwischen dem Keller des Bahnhofs und den Zufallsgästen entsteht eine Lebensmittelkette: runde Brote, Käselaibe, gekochte Eier. Rinaldo hilft, ein paar Wachen kontrollieren die Verteilung, und da sie schon einmal dabei sind, zweigen sie sich etwas ab, es verschwindet in den Falttaschen der Uniformen. Es gibt sogar Wein für die Geleitsoldaten, doch der Oberleutnant passt auf und rationiert die Flaschen. Vor der Toilette bildet sich eine Schlange, die Kinder haben Vorrang.

Jetzt, wo es die absurde Isolierung der Menschen in den Viehwaggons nicht mehr gibt, erscheinen alle Anwesenden Lucia als Opfer, und feinfühlig, wie sie ist, regt sie das zum Nachdenken an. Wissen diese Soldaten, was sie tun? Was hat es für einen Sinn, Frauen, Kinder und alte Leute zu verhaften? Welcher Verbrechen können sie sich schuldig gemacht haben?

»Wir bringen sie ins Arbeitslager.«

Das ist Cleto Farolfi. Er hat sich Lucia genähert, scheint ihre Gedanken zu lesen.

»Hatten sie keine Arbeit?«

Das fragt Romeo, ernster denn je.

»Ja, die hatten sie …«, bemerkt Farolfi. »Aber an der falschen Stelle. Wie heißt du?«

»Romeo.«

»Romeo. Glückwunsch, schöner Name. Und wo ist Julia?«

Romeo sagt nichts. Blickt nur zu Flavia hin. Das Mädchen isst die Brotstückchen, die ein großer, gut gekleideter, bekümmerter Mann ihr reicht. Der Oberleutnant versteht, macht eine unzufriedene Grimasse, schüttelt skeptisch den Kopf.

»Das fängt ja gut an …«, brummt er und raucht weiter.

»Danke …«

Die Frauen flüstern es Lucia zu, mit diesem Akzent, der nicht toskanisch klingt.

»Danke …«

Das sagen die Augen, die zögerlichen Gesten, die heimliche, unbewusste Scham, mit der sie das Essen annehmen. Rinaldo hat den Kachelofen gefüllt. Um ihn zu erreichen, musste er über Körper steigen, einen Bogen um Matratzen machen, und immer wieder bittet er um Entschuldigung. Die Kinder folgen ihm, fasziniert von diesem untersetzten Florentiner und den Holzscheiten, die zu Feuer werden. Giovannino kehrt zurück aus einer sichtlichen Geistesabwesenheit. Er trägt noch immer den Hut des Bahnhofsvorstehers und hält das rote Haltsignal in der Hand.

»Ich verstehe nicht.«

Gerne hätte er weitergeredet, mehr gesagt. Mehr kommt nicht heraus. In seinen Gedanken taucht ein fernes Wissen auf, das er stets prompt zum Gerede gezählt, beschwichtigt und verbannt hat, zu den unglaubhaften Gerüchten, die man erzählt, um sich Ansehen und eine Bedeutung zu verschaffen, die man nicht besitzt. Ein abgemagertes, willentlich ignoriertes Wissen, ein nebelhafter Argwohn, der ihrem vergessenen Dasein hier in Fornello nicht fremd ist. Farolfi mustert ihn mit gerunzelter Stirn. Er presst die Lippen aufeinander, verzieht die Gesichtsmuskeln. Dann hakt er ihn unter und zieht ihn mit zum Ausgang, auf den verlassenen Bahnsteig.

Die Temperatur ist gefallen, der Atem kondensiert. In der Stille der einbrechenden Nacht hört man ein kontinuierliches, fernes Brummen. Es könnte der gedämpfte Donner eines starken Gewitters sein, doch der Stationsvorsteher weiß, dass es die Bombenangriffe auf die Schnellstrecke sind.

»Was willst du verstehen, Tini?«

»Die da«, Giovannino zeigt auf die offenen Waggons. Der Oberleutnant Farolfi sieht ihn erstaunt an, schüttelt den Kopf, zündet sich die nächste Zigarette an, auch dem Stationsvorsteher wird eine angeboten. Und der nimmt sie.

»Hast du ein Radio an diesem gottverlassenen Ort? Ja? Dann wirst du Ende November davon gehört haben. Rundschreiben Nummer fünf, Anordnung Buffarini: Die Juden gehören einer feindlichen Nation an. Das ist alles, Tini.«

»Sie sprechen Italienisch, sie sind Italiener. Kinder, Frauen … Welchen Sinn hat das?«

Farolfi schießt sich mit ausgestrecktem Zeigefinger und Daumen ins Herz.

»Und welchen Sinn habe ich? Ich war Kommissar der öffentlichen Sicherheit, jetzt bin ich Oberleutnant der nationalrepublikanischen Garde. Welchen Sinn hast du? Stationsvorsteher an einem nicht vorhandenen Ort … Es ist nicht mehr nötig, Sinn zu haben, um zu leben. Man braucht keinen Sinn, basta.«

Sein Gesicht nähert sich dem Giovanninos. Der ranzige Geruch seiner ungewaschenen Haut vermengt sich mit dem Tabakrauch. Die Mischung ist widerwärtig, sie erinnert an den nassen Pipito.

»Findest du, es hat Sinn, sie zu zwingen, ihre Betteffekten mitzunehmen? Ja, die Matratzen. So haben sie sie genannt.«

Farolfi räuspert sich, spuckt auf den Boden.

»Betteffekten. Großartiger Einfall.«

»Wohin fahrt ihr?«, fragt Romeo.

»Ans Meer«, antwortet Flavia.

»Aha.«

Er denkt ein paar Sekunden darüber nach. Ein merkwürdiges Ziel für Dezember. Aber seine Erfahrung in diesem Punkt ist begrenzt, er schöpft aus Erinnerungen.

»Ich bin auch ans Meer gefahren, ein Mal. Dort ist es sehr schön, aber man muss auf den Sand aufpassen. Es ist eklig, wenn du ihn in den Mund kriegst, er knirscht zwischen den Zähnen.«

»Wohnst du hier?«

»Ich bin hier geboren.«

»Gibt es kein Dorf?«

Romeo macht ein verwundertes Gesicht, er gestikuliert in Richtung des dunklen Muccione-Tals.

»Das ganze Tal ist wie ein Dorf. Es gibt sehr viele Häuser, nur dass … naja, die Gärten sind eben viel größer als in der Stadt. Wo bist du geboren?«

»In Rom.«

»In Rom? Dann kennst du Mussolini?«

»Natürlich. Wer kennt ihn nicht?«

»Stimmt es, dass er ein weißes Pferd hat?«

»Ja, ich habe ihn mal damit gesehen, auf den Fori Imperiali. Hast du ein Pferd?«

»Nein.« Pause. »Ich hätte gern eins. Aber ich habe Kaninchen, die gerade geboren sind. Möchtest du sie sehen?«

Flavia denkt eine Weile nach, dann steht sie auf, streicht das Kleidchen glatt.

NACHT

»Wohin gehst du?«

Es ist der Mann, der Flavia die Brotstückchen gab. Er spricht leise, aber bestimmt, und es ist klar, dass die Frage eine abschlägige Antwort einleitet.

»Ich wollte die Kaninchen sehen, Papa.«

David Sermoneta hat die starren Augen des Menschen, dem es schwerfällt, an die Wirklichkeit zu glauben, daran, dass es andere Zeiten, andere Tage geben kann.

Nachdem die Sermoneta durch ein Wunder der Razzia am sechzehnten Oktober entgangen waren, hatten sie sich bei Verwandten ihres ehemaligen Hausmädchens in Trevignano Romano versteckt. Sie glaubten sich in Sicherheit, aber so war es nicht. David und Flavia gerieten in eine Straßensperre der republikanischen Garde, wurden identifiziert, nach Rom zurückgeschickt und diesem Zug zugeteilt, in dem sie andere Juden aus dem römischen Ghetto wiedersahen. Es war reiner Zufall, dass Sonia und Simona, die andere Tochter und ihre Mutter, im Ort geblieben und der Verhaftung entkommen waren.

Der Wartesaal ist ein Lager aus »Betteffekten«, in dem mehrere Menschen sich eine Matratze teilen, sitzend oder liegend. Alle scheinen sich zu kennen, sie verständigen sich mehr mit Blicken als mit Worten, in der Luft liegt ein klebriges Gefühl aus Staub und Scham. Die Kinder haben sich um den Ofen gesetzt, als wollten sie Wärme für den morgigen Tag speichern.

»Wir dürfen den Bahnhof nicht verlassen.«

Resigniert zuckt Flavia die Schultern. Es gibt so viele Dinge bei dieser seltsamen Reise, die sie nicht versteht. Romeo vollführt einen eleganten Rückzug, rutscht zwischen Türpfosten und Wache hindurch, ist schon aus dem Bahnhof heraus. Auf dem Bahnsteig sieht er Giovannino im Gespräch mit diesem Soldaten, der kommandiert, er kommt näher und zieht den Papa an der Hand.

»Was gibt's?«

Romeo macht ein Zeichen, Papa soll sich bücken, er muss ihm etwas Vertrauliches sagen. Giovannino beugt den Oberkörper zum Kind hinunter, hört zu, richtet sich wieder auf.

»Er fragt, ob er dem Mädchen mit dem blauen Kleid seine Kaninchen zeigen darf. Sie sind direkt hinter dem Haus.«

Der Oberleutnant der Nationalgarde raucht weiter, als hätte er nichts gehört. Dann blickt er Romeo an, geht vor ihm in die Hocke und richtet mit strenger Miene drohend den Zeigefinger auf ihn.

»Pass auf. Wenn das Mädchen wegläuft, stecke ich dich in den Zug, dann sind wir quitt.«

»Die sind schön.«

Die neugeborenen Kaninchen sind wenig mehr als wollige Wölkchen auf dem Käfigstroh. Mit ihrem weißen Fell heben sie sich im schwachen Licht der Dämmerung deutlich ab. Die Mutter wacht, schnüffelt ohne Unterlass.

»Aber dann esst ihr sie?«

»Neee«, lügt Romeo. »Wir halten sie zur Gesellschaft. Jetzt fällt mir ein, es gibt doch ein Pferd. Komm mit.«

Sie gehen nur so weit um den Bahnhof herum, bis das Gleis in Sicht kommt. Die Lokomotive steht genau unter dem Wasserkran.

»Das«, er zeigt auf den großen grünlichen Hahn, »das heißt Wasserpferd. Es ist für die Dampfzüge.«

Er steht dicht neben Flavia. Schulter an Schulter, sie sind gleich groß. Er verspürt ein starkes Verlangen, sie zu berühren, an sich zu drücken. Fast einschüchternd ist die feminine Ausstrahlung dieses Mädchens, so anders und ausgeprägter als bei Dalmazia. Obwohl er sie nicht verstehen kann, ahnt er etwas von der Einsamkeit, die sie erfahren hat: auf die Schule verzichten zu müssen, die Freundinnen nicht mehr zu treffen, ausgeschlossen zu sein von den tagtäglichen Möglichkeiten, aus denen eine Lebensgeschichte entsteht. Romeo hat ein ähnliches Erbe – aber seine Einsamkeit ist produktiv, erzeugt Wissbegierde, regt an, die Gegenwart zu deuten, sie aufmerksam zu beobachten.

Jetzt beobachtet er Flavia. Besonders eine bestimmte Bewegung ihrer Finger zieht ihn an, wenn sie das blaue Kleidchen glätten, formen sie einen sanften Bogen zum Handrücken.

Die Geste zeugt von Achtsamkeit, Sinn für Ordnung, Liebe zu sich selbst. In Wirklichkeit hat der Stoff gar keine Falten oder Knitter, die geglättet werden müssten, und diese Geste ist noch nicht alt, ein Jahr vielleicht. Ihr Vater hat immer gesagt, das sei ein nervöser Tick, eine grundlose Unsicherheit, obwohl er den Grund kannte.

Romeo weiß selbst nicht, wie ihm diese Frage entwischt ist. Er hat noch nicht genug Erfahrung mit der Welt der Mädchen und fürchtet zu verstummen, wie es ihm mit Dalmazia erging, also wagt er einen Versuch, indem er sich möglichst spontan verhält. Obendrein mischt sich schon wieder das

Herz ein, rennt feige drauflos, mit trommelnden Hufen. Er spürt, wie es ihm in der Kehle den Atem abschnürt, und muss trotzdem den Gleichgültigen spielen.

»Würde es dir gefallen, in diesem Bahnhof zu leben?«

Das Mädchen blickt prüfend auf Fornello und das dunkle Tal.

»Ich glaube, ja.«

»Das ist nicht schwer. Du musst nur sagen, dass du bei der Eisenbahn arbeiten willst.«

»Und mein Papa?«

»Der auch. An Arbeit fehlt es nicht.«

»Ich weiß nicht, ob er bei der Eisenbahn arbeiten will. In Rom hatte er ein Geschäft für Stoffe. Er könnte vielleicht Uniformen schneidern.«

»Hat er das Geschäft nicht mehr?«

»Er darf es nicht mehr haben.«

»Warum nicht?«

»Wir sind Juden.«

Flavias knappe Erklärung enthält ein Wort, das er kennt. Nicht weil die Eltern mit ihm darüber gesprochen hätten, denn auch sie wussten sehr wenig über das Thema, sondern dank der täglichen, wissbegierigen Zeitungslektüre. Lange bevor im September 1938 die Rassengesetze erlassen wurden, war das Terrain mit Artikeln, Kommentaren, Erklärungen des Duce, verleumderischen Zeichnungen und Karikaturen entsprechend gedüngt worden. Da es jedoch ein recht komplexes Thema war, hatte Romeos zügellose Phantasie dessen allgemeinere Begriffe in das Maß seines eigenen Verständnisses übersetzt. Die derart umgewandelte Vorstellung vom Judentum bedeutete für ihn, zu einem Volk zu gehören, das den Muselmännern ähnelte und wie diese in Kaftane oder lächerliche lange Mäntel gehüllt herumzulaufen, ein generell missgestaltes oder unschönes Äußeres zu haben – krumme Raubvogelnasen, gierige Schweinsäuglein, schiefe Haltung –, Eigenschaften, die der kleine Tini, um die Wahrheit zu sagen, noch in keinem lebenden Exemplar bestätigt gefunden hatte. Darum überrascht dieses Wort ihn jetzt sehr, denn Flavia ist so schön, dass es ihm den Atem verschlägt. Nein, das geht alles nicht auf und muss gründlicher untersucht werden.

»Was bedeutet es, Jude zu sein?«

Jetzt sieht sich Flavia mit der Komplexität des Themas konfrontiert, und in ihrer knappen, treffenden Übersetzung wird deutlich, wie schmerzhaft es ist, sich anders zu fühlen, oder besser, Tag um Tag, Verlust um Verlust, dazu gedrängt zu werden, sich sogar dem eigenen Selbst zu entfremden, in einem Zustand erdrückender Angst vor dem immer Schlimmeren zu leben, weil das die einzige Antwort auf die Frage ist: »Was werden sie noch gegen uns tun?« Es ist ein dumpfer, ständiger Schmerz, der mit den Wahrheiten und Grenzen kindlicher Empfindungsfähigkeit gelebt wird, und es ist die Demütigung, als ungeeignet für ein normales Leben zu gelten.

»Dass ich nicht mit meinen Freundinnen zur Schule gehen kann. Und außerdem …«

»Außerdem?«

»Manche Dinge kann ich nicht machen«, und ein ihrem Wesen eigenes Schamgefühl, eine trotz ihres Alters schon ausgeprägte Zurückhaltung lässt sie den Blick von Romeo abwenden.

»Nicht mal Kaninchen haben? Oder einen Hund wie den hier? Das glaube ich nicht«, erwidert der kleine Tini mit ungewohnter Vehemenz. Er schlussfolgert: »Es scheint mir nicht so toll, Jude zu sein …«

»Aber es gibt auch schöne Sachen! Zum Beispiel die Synagoge, eine wunderschöne Kirche, wo man betet, und dann viele Feste wie Chanukka, Pessach, das Laubhüttenfest, köstliche Kuchen wie den Knafeh, die Safra, die Pizza aus ungesäuertem Teig … Und natürlich könnte ich einen Hund haben, wenn ich wollte!« Pipito, der sich vielleicht herbeigerufen fühlt, schmeichelt sich bei Flavia ein, indem er ihr ausgiebig die Hand leckt.

»Dann nimm ihn dir. Er wird dich immer liebhaben. Aber gib ihm keine Knochen, davon kriegt er Löcher im Magen.«

Und Romeo setzt noch einmal an, versteckt die Verlegenheit der eigennützigen Frage geschickt. »Darfst du nicht mal einen Freund haben?«

»Doch, das ja«, antwortet Flavia lächelnd.

»Und … und hast du einen?«, stammelt der kleine Tini noch kühner, die bejahende Antwort fürchtend.

»Nein«, und sie lacht, entblößt sehr weiße regelmäßige Zähne. Sie lacht, ohne es zu wollen, denn dieser lustige Junge lässt sie die Verhaftung, das Gefängnis, die ungewisse Zukunft und das Gefühl vergessen, dass mit dieser Reise Gefahr droht.

Gott sei Dank, denkt Romeo erleichtert, Hoffnung keimt auf.

»Nur so zum Spaß, wie müsste er denn sein, dein Freund?«

In Flavias Herz dringt ein Lichtschimmer, der ihre quälenden Sorgen, die dunklen Vorahnungen dämpft. Dieser Junge – und sie fragt sich, ob Adonai dieses ganze Durcheinander womöglich nur angerichtet hat, damit sie ihm begegnet – gefällt ihr, sie mag sein ungewöhnliches Zartgefühl, seine respektvolle Sanftmütigkeit, die ein ehrlicher Ausdruck seines Wesens zu sein scheint.

»Meinst du das Äußere oder den Charakter?«

»Beides.«

»Also zuerst einmal …«, und lächelnd breitet sie die Hände aus, spreizt die Finger, als müsste sie die Falten eines ganzen Tischtuchs glätten, »soll er gut aussehen. Und helle Augen haben …«

Bis hierher also alles in Ordnung, stellt Romeo ungerührt und unbescheiden fest.

»… und glatte blonde Haare.«

Im eisigen Hauch der Gebirgsnacht wird Romeo flau. Dann fällt ihm ein, dass die Mama sich die Haare einmal wellig gemacht und anders gefärbt hat, und er schlussfolgert, dass das Problem lösbar ist.

»Aber wichtiger ist …«, und sie atmet tief ein, um den Worten feierlichen Nachdruck zu verleihen, »… dass er intelligent und gut erzogen ist. Und er muss viel lesen. Ich mag Männer, die lesen.«

Den kleinen Tini durchfährt eine Regung hochmütiger Genugtuung, die er nicht zeigt. Abgesehen von äußerlichen Details – nichts, was sich nicht korrigieren ließe – hat Flavia seiner Meinung nach einen Charakter skizziert, in dem er sich wiederfindet.

»Wie müsste denn deine Freundin sein?« Flavia geht zum Gegenangriff über. Romeo schweigt verlegen. Einen Sekundenbruchteil überlegt er, ob er sich in einzelnen ästhetischen Merkmalen ergehen soll – er weiß selbst nicht wie –, dann entwischt ihm ein unvermutetes: »Sie muss glücklich sein.«

»Was für ein schöner Gedanke.« Flavia ist beeindruckt. »Was heißt denn für dich Glücklichsein?«

Da zögert er nicht.

»Ein Bahnhof, und darin meine Familie und ein Hund.«

»Und du, hast du eine Freundin?«, erkundigt sich Flavia ihrerseits, und ihr Blick wird aufmerksamer.

Romeo spürt den Treffer. In seinem Schweigen wird das gemächliche Schnaufen der Lokomotive lauter. Instinktiv möchte er die Wahrheit sagen, nein, er hat keine, aber er fürchtet, die jämmerliche Figur des Jungen abzugeben, den die Mädchen meiden. Außerdem, na ja, im Tal gibt es ja nicht gerade viele Möglichkeiten, mit Mädchen anzubändeln.

Er sieht sich auf einem unsicheren Terrain, das rutschig, voller Fallen ist, und fühlt sich wie einer der Spatzen, die Rinaldo mit einer blitzschnell umgedrehten Kiste fängt. Pipito sitzt neben ihm, Romeo sucht Hilfe in den Augen des Hundes. Der antwortet mit einem Blick aus absoluter, unverbrüchlicher Treue, und der Schwanz fegt über den kalten Boden.

»Ich hatte eine, aber jetzt nicht mehr.«

»Was willst du werden?«

»Italienischlehrerin. Ich möchte gerne unterrichten. Und du?«

»Journalist«, schlägt Romeo vor. »Aber natürlich nicht für die Sportseite.«

»Wie schade.«

»Warum? Magst du Sport?«

»Ich mag Dichter.«

»Ich schreibe Gedichte«, pariert Romeo rasch, denn inzwischen ist dies ein Fechtkampf geworden: Ausfälle und schnelle Sperrstöße.

»Ehrlich? Sagst du mir eins auf?«

Es ist sein ausgezeichnetes Gedächtnis, das Romeo rettet. Sein ausgezeichnetes Gedächtnis und das häufige Hören der Arrigo-Radiokonzerte in Gesellschaft des Lehrers Capirossi.

Unter dem bleichen Licht der Laternen kniet er steif vor dem Mädchen – genau in der Haltung, in der er sich die Tenöre im Radio vorgestellt hat – und rezitiert mit klarer Stimme: »Auch du, Prinzessin, in deinen kalten Räumen / blickst schlaflos nach den Sternen, / die flimmernd von Lieb' und Hoffnung träumen! / Doch mein Geheimnis wahrt mein Mund, / den Namen tu' ich keinem kund! / Nein, nur auf deinen Lippen sag' ich ihn, / sobald die Sonne aufgeht!«

Flavias hingerissenes Lächeln besiegelt die intensivsten Minuten ihrer kleinen Leben, und der Bahnhof und das ganze Tal verwandeln sich in eine Märchenwelt des vollkommenen Glücks. Vielleicht ist das ja der Grund für ihre Begegnung in diesem abgeschiedenen Bahnhof, das gegenseitige Erkennen der Seelenverwandtschaft, das Teilen von Krumen aus Zuneigung und Menschlichkeit. Sie sind zwei sehr junge Menschen kurz vor der schwersten Prüfung ihres Lebens. Der eine wird sie bestehen, der andere nicht, und es ist weder ausgemacht noch vorhersehbar, wem die Rettung und wem die Verurteilung zufällt. Trotzdem mussten sie sich dort begegnen, im gottverlassenen Bahnhof von Fornello, um einander die stillstehende Zeit der Hoffnung zu schenken.

Hinter den beschlagenen Fensterscheiben des Büros hat Farolfi die beiden Kinder lange beobachtet. Er hat das gegenseitige Umwerben verstanden und beschlossen, sie nicht zu stören. Aber jetzt ist es spät geworden, und er reißt sie heraus, er will die Gefangenen einschließen in die Nacht.

»He, Julia und Romeo!«, ruft er barsch. »Rein mit euch, sofort!«

Die Rückkehr in die Gegenwart wird nur von Pipito kommentiert, unmissverständlich. Ein Zähnefletschen, das in ein lautes Knurren übergeht.

Unten im Wartesaal sammelt Lucia die leeren Käsekörbe ein. Die Vorräte sind erschöpft, und sie fragt sich, was sie zum Abendessen kochen soll.

Die Frau packt Lucia am Handgelenk. Sie mag so alt sein wie ihre Mutter, sieht aber älter aus, vielleicht wegen des fest verknoteten Kopftuchs, das die Falten in ihrem Gesicht hervorhebt.

Sie legt Lucia einen Zettel in die Hand, dann drückt sie die Hand fest zur Faust zusammen.

»Wenn Sie können, schicken Sie das bitte.« Es ist nur ein Flüstern.

Lucia Assirelli weiß nicht, was sie sagen soll, sie schweigt. Die Bewegung ist einer anderen, jüngeren Frau nicht entgangen, jetzt steckt sie Lucia wortlos etwas in die Jackentasche und blickt ihr starr in die Augen, als wollte sie sie hypnotisieren. Das ist ein Zeichen, andere Frauen nähern sich, stecken ihr zusammengefaltete Zettel in die Taschen, begleitet von der geflüsterten Bitte, sie zu übergeben.

Lucia geht hinauf in ihre Wohnung. Sie stellt die Teller in die Waschschüssel, geht ins Schlafzimmer und schließt die Tür ab, denn man weiß nie. Sie leert ihre Taschen auf dem Bett, sammelt Zettel zusammen, auch etwas anderes, das sich als zusammengeknülltes Damentaschentuch erweist.

Es strömt einen schwachen süßen Duft aus und enthält ein silbernes Kettchen und ein ausgerissenes Stück Papier mit einer Adresse und einer Bitte: »Bitte gebt das Tarquinio Sarfatti, Lungotevere de' Cenci. Deine Anna.«

Der erste Zettel, den sie auseinanderfaltet, hat eine Adresse: Sonia Sermoneta, Via Madonnella 16, Trevignano Romano.

»Geliebte Sonia, kleine Simona, wir wissen nicht, wohin sie uns bringen. Wir stehen in einem Bahnhof im Gebirge, der Fornello heißt. Es geht uns gut. Uns beschützt unser Herrgott, und betet für uns, wie wir für euch beten. Ich werde versuchen, dir zu schreiben, wenn wir angekommen sind. David und Flavia.«

Lucia spürt ein ungewöhnlich starkes Kältegefühl. Mehrere Schauder laufen ihr über die Haut, steigen ihr am Rücken hoch. Sie weiß nicht, dass die Adressen sich an Hoffnungen klammern und mit Häusern verbunden sind, die mittlerweile verlassen oder leer geräumt wurden.

Das bedrohliche Pfeifen der in Formation fliegenden Jagdbomber erfüllt die Luft.

Sie werden nicht bombardieren.

Die Einwohner Fornellos wissen das, die anderen nicht. Die Soldaten geraten in Aufregung, löschen die Lampen, werfen besorgte Blicke zur Decke.

Eine leere Flasche rollt quer über den Bahnsteig und verschwindet mit einem klirrenden Knall unter dem Plattformwagen.

Farolfi hat befohlen, die Türen abzuschließen und die Tini mit Rinaldo nach oben geschickt. Romeo hat sich mit einer überraschenden, unbeholfenen Verbeugung von Flavia verabschiedet, wer weiß, auf welcher Zeitungsseite er sie gesehen hat, vielleicht auch in den Bildergeschichten, die ihm Capirossi schenkte, und freches Hohngelächter der Soldaten geerntet.

In der Wohnung sind auch die beiden Maschinisten der Lokomotive, die sich verlegen, die Mützen in der Hand, für die Störung entschuldigen. Das gesamte Erdgeschoss ist abgeriegelt.

»Seid unbesorgt, sie haben uns nie bombardiert«, meinte Giovannino erklären zu müssen, bevor er nach oben ging.

»Es gibt immer ein erstes Mal«, hat der Oberleutnant ungerührt erwidert.

»Ich habe nichts mehr zu essen«, sagt Lucia, fast um Entschuldigung bittend. Keiner protestiert. Die Anspannung hat sich in Müdigkeit verwandelt.

»Ich hab keinen Hunger!«, ruft Romeo sofort aus.

»Ich auch nicht«, fügt Giovannino hinzu und blickt auf Rinaldo, der mit den Achseln zuckt, als wollte er sagen: »Ich doch nicht …«

»Papa?«

Der Ton ist ungewohnt ernst.

»Wer sind die Juden?«

Giovannino Tini fühlt sich sehr unbehaglich, weil er nicht weiß, wie er eine so einfache Frage beantworten soll. Bei seinem spärlichen Wissen wäre keine einzige Antwort glaubwürdig, denkt er. Sind sie anders wegen der anderen Religion? Er erinnert sich, dass Romeo strahlte, als er die Fotografien von Mussolini zu Pferd sah, der, umringt von zweitausendsechshundert berittenen Berbern, das Schwert des Islam empfing. Mit eherner Logik hatte Romeo gefolgert: »Aber dann ist Mussolini ja ein Muselmann!«

Sind sie Fremde?

Sie sprechen Italienisch mit römischem Akzent.

Feinde? Wessen Feinde? Warum? Ist es notwendig, Feinde zu haben?

»Menschen mit dem Messer an der Kehle«, antwortet einer der Maschinisten, und alle drehen sich zu ihm um. Es ist der, der sich die Mütze abnahm und einen vollendeten Kreis aus weißem Haar entblößte. Kräftig, untersetzt, die Gesichtszüge von einem buschigen Schnauzbart betont, die sanften Augen eines Vaters und riesige Hände, mit denen er nicht weiß, wohin. Mehr Worte hat er nicht, sein Mund bleibt offen stehen, er hat den röchelnden Atem des starken Rauchers.

Die Erklärung macht großen Eindruck auf Romeo. Wirkungsvoll in ihrer Bedrohlichkeit, logisch als Erklärung. Doch der Grund ist ein Rätsel. Warum sollte jemand Flavia das Messer an die Kehle setzen?

»Seht euch das an«, sagt Lucia und legt die Zettel auf den Tisch. »Seht euch das an.«

Sie gehorchen, sind neugierig. Außer dem Briefchen an die Sermoneta sind alle an römische Familien adressiert. Sie lesen ein paar, falten sie langsam, ehrfurchtsvoll auf. Der Inhalt ist immer gleich: Botschaften der Hoffnung und schlecht verhohlene Angst.

»Gebt sie mir, Madame«, erbietet sich der Maschinist. »Vertraut mir, ich kann sie überbringen.«

Die Flüge der Bomberstaffeln folgen die ganze Nacht in regelmäßigen Abständen aufeinander. Sie scheinen nie mehr zu enden.

Die Tini liegen im Ehebett, Romeo zwischen den Eltern. Rinaldo schläft im Bett des Kindes, und die beiden Maschinisten liegen auf dem Küchenfußboden in Decken gewickelt, nahe beim Ofen. Lucia hat darauf gedrungen, dass sie im Ehebett schlafen, aber der mit dem Schnauzbart – er scheint der Lokführer zu sein – hat erklärt, sie seien daran gewöhnt, Madame. Außerdem, hat er hinzugefügt, würden sie so nicht stören, denn sie müssten abwechselnd zur Lokomotive hinuntergehen, um das Feuer zu schüren: Lokomotiven schlafen nie, Madame, und wir sind wie sie.

Auch Romeo schläft nicht. Von unten hört er Husten, vorsichtige Bewegungen, das Öffnen und Schließen der Ofentür. Rinaldo hat einen guten Vorrat Brennholz für die Nacht dagelassen, dazu mehrere Krüge mit Wasser.

Außerdem gibt es da diese Sache, dieses Problem zu lösen, und der kleine Tini grübelt so lange darüber nach, bis ihm die Lösung ebenso einfach wie praktisch schon in Reichweite erscheint.

»Mama.«

Lucia ist müde, erschöpft vom Geschehen. Sie findet nicht nur keinen Schlaf, auch das Bild dieser Menschen in Ketten – denn es war, als lägen sie in Ketten – lässt sie nicht mehr los, ihre Sensibilität als Frau und als Mensch lehnt sich dagegen auf.

»Was ist?«, flüstert sie.

Romeos Stimme klingt fest und entschlossen, es ist ihm sehr ernst.

»Wir müssen Don Germano holen.«

»Warum das denn? Er könnte nichts tun.«

»Ich möchte Jude werden.«

Der völlig unerwartete Satz weckt Giovannino aus seinem unruhigen Halbschlaf.

»Was willst du?«, platzt er überrascht heraus.

»Weißt du, Papa, ich bin nicht mehr sicher, ob ich Dalmazia heiraten werde. Ich glaube, ich werde Flavia heiraten. Aber ich muss Jude werden wie sie, damit ich in ihre Synagogenkirche gehen kann. Heiraten tut man doch in der Kirche, oder?«

Die Eltern sehen sich in größter Verblüffung an, und die Suche nach einer Antwort trägt sie aus der konkreten Situation heraus. Was entgegnet man auf eine so unmissverständlich erklärte Absicht?

»Dafür ist noch Zeit«, murmelt Lucia, die Locken des Kindes streichelnd. »Genug Zeit. Morgen früh sprechen wir mit Don Germano. Aber jetzt schläfst du.«

Doch die Minuten scheinen nicht zu vergehen. Der Wecker in der Küche gibt präzise den Sekundentakt vor, und das Ticken dringt lästig durch die Dunkelheit.

Endlich schläft Romeo ein. Sein Schlaf wird tiefer und erreicht das ferne Stadium, das Träume ermöglicht.

Er ist an einem Seeufer. Schon der Ort ist ungewöhnlich, denn Romeo hat noch nie einen See gesehen, nicht einmal auf einer Ansichtskarte. Hohe, schneebedeckte Berge fallen steil zum kristallklaren, bewegten Wasser ab, doch gegen Süden breitet die flüssige Oberfläche sich zu einer solchen Größe aus, dass der See wie ein Meer erscheint.

Die Sonne strahlt, es ist angenehm warm. Von der Straße, die den Windungen des Ufers folgt, löst sich ein Schienenstrang, und die Gleise führen den Hang hinab, bis sie im Wasser versinken. In dichte Dampfwolken gehüllt, nähert sich ein Zug. Eine Lokomotive, zwei geschlossene Güterwaggons und ein Plattformwagen, auf dem man die zusammengekauerten Menschen erkennt. Der Zug folgt dem Verlauf der Schienen und taucht langsam, Luftblasen gurgelnd, mit seiner ganzen Last unter.

»Flavia!«

»Pst … Schlaf, mein Kleiner«, und Lucia streicht wieder zärtlich über den kleinen Lockenkopf.

»Mama …«

»Es ist nichts, nur ein böser Traum.«

Flavia tut, als würde sie schlafen. Sie hat sich ganz in ihrem Vater verkrochen, ihre Arme umschlingen ihn, als könnte sie ihn sonst verlieren. Sie riecht seinen vertrauten, tröstlichen Geruch. Zu viele beunruhigende Neuheiten haben diesen langen Tag geprägt, der um vier Uhr mit dem groben Hämmern an die Zellentür begann.

In der jüdischen Schule gehörte sie zu den besten Schülerinnen, und Geographie war eines ihrer Lieblingsfächer. Sie weiß, dass die Temperatur sinkt, je weiter man nach Norden kommt. Wenn sie im Dezember ans Meer wollen, sollten sie gen Süden fahren, in die Gegenden am ionischen Meer. Diese Unstimmigkeit kommt zu anderen hinzu – die bewaffneten Wachen, die Abwesenheit von Mama und ihrer Schwester, die Güterwaggons, um Menschen zu transportieren, die Matratzen und Kissen – aber Papas Gegenwart kann sie trotzdem beruhigen. Solange er da ist, fühlt sie sich sicher, obwohl die Wirklichkeit feindselig und unerklärlich ist.

Alles ist anders geworden. Sie hatte ein hübsches Zimmer, ein weiches, warmes Bett, das ihre Mama jeden Tag in Ordnung brachte, um zuletzt eine Puppe darauf zu platzieren. Eine Puppe mit großen blauen Augen, die Miriam hieß, und oft setzte Flavia Miou daneben, ein gelbes Kätzchen aus Filz, ein Geschenk ihrer Schwester Simona.

Im Zimmer ist es nicht kalt. Der Ofen knackt, und die vielen wie Tiere zusammengepferchten Menschen erzeugen eine feuchte, schwere Wärme.

Die Tür ist verschlossen. Flavia hat die Wache gesehen, hat das metallische Geräusch gehört und wieder geglaubt, sie müsste ersticken, wie in dem Moment, als sie in den Waggon eingesperrt wurde.

Ihr fehlen so viele Dinge. Vor allem ihr Pyjama. Außerdem möchte sie sich das Gesicht mit der duftenden Seife von Bertelli waschen, die ihre Mama kauft. Und sie möchte nach

Hause zurück und wieder das Lied vom Trio Lescano hören, im Radio ihrer Familie, das die beiden Feldwebel der Miliz konfisziert hatten.

Sie möchte einfach nur ihre Mama wiederhaben und Simona auch. Dann sieht sie die komische Verbeugung von Romeo vor sich, hört seine Stimme, die sie »Prinzessin« nennt, und ihre Augen füllen sich mit Tränen, sie drückt sich eng an Papa, seufzt. Mit dem Gedanken an den lockenhaarigen Jungen fällt sie in einen unruhigen Schlaf.

Der Oberleutnant Cleto Farolfi schläft nicht.

Seit Monaten überfällt ihn die Schlaflosigkeit pünktlich jede Nacht. Er nickt ein, ein leichter, halb wacher Schlummer, um beim ersten Geräusch, beim ersten Alarmtrommeln aufzuschrecken. So quält er sich durch die Dunkelheit, flüchtet sich in die Zigaretten, in den Abgrund der Gedanken.

Von Erschöpfung überwältigt, lagern seine Männer im Betriebsbüro. Schwitzende Schatten im Tiefschlaf, an dem Giovanninos Rotwein nicht schuldlos ist.

Farolfi geht auf den Bahnsteig hinaus, um die zigste Zigarette zu rauchen. Er zählt sie schon nicht mehr. Dreißig, vierzig. Wen kümmert das?

Er geht zur Lokomotive, ihr Schnaufen ist wie der schwache, ruhige Atem eines alten Menschen, schreitet dann den Zug ab, vorbei an den weit geöffneten Türen der Güterwaggons. Die Maschinisten haben den Zug unter dem riesigen Wasserkran stehen lassen, der Wasserpferd heißt, was er nicht weiß. Er dreht den Kopf zum Himmel, wo in unaufhörlichen Wellen Flugzeuge vorüberfliegen.

Man braucht nicht viel, denkt er, um zu verstehen, was das bedeutet. Schlag auf Schlag. Es gibt keinen Endsieg mehr, keine Waffe, die imstande wäre, das Schicksal zu wenden. Es ist nur noch ein ungleicher Kampf aufs Blut, ein bewachtes Warten auf das Ende.

Er wüsste gern, was seine Frau Dide in diesem Moment macht und ob sie noch lebt. Seit zu langer Zeit hört er nichts mehr von ihr, und Bologna, wo sie wohnt, wird immer öfter bombardiert.

Der Oberleutnant Cleto Farolfi hat keine Kinder. Er hat keine gewollt. Hat sich nie für einen Vater gehalten und sich auch nicht gewünscht, einer zu sein, trotz der Belohnungen für kinderreiche Familien.

Ein schwaches Glimmen erregt seine Aufmerksamkeit. Direkt vor ihm, es kommt aus der schwarzen Leere des ersten Waggons. Er streckt die Hand aus, fühlt das wirre Stroh, tastet sich voran, spürt einen weichen kleinen Körper und ergreift ihn mit ungewohnter Sanftheit. Es ist eine gelbe Katze aus Filz, und die Augen sind zwei kleine Lichter aus rötlichem Glas, in denen sich die Glut der Zigarette spiegelt.

Auch David Sermoneta kann nicht schlafen. Er verspürt nicht das geringste Bedürfnis nach Schlaf, er denkt an den Moment zurück, von dem an die Dinge sich unmerklich veränderten.

Bemerkt hat er es nicht, wie viele andere auch. Er wollte es nicht bemerken.

Die Räume ihres Familienlebens wurden nach und nach immer enger. Er erinnert sich an den Moment, als er gezwungen war, das Geschäft aufzugeben, nicht lange davor war er auf der großen Ausstellung nationaler Textilproduktion von 1937 gewesen und hatte dort vorteilhafte Repräsentanzverträge mit denselben Menschen abgeschlossen, die später so taten, als kennten sie ihn nicht, und ihm den Rücken zudrehten.

Dann mussten sie auf ihre Haushaltshilfe verzichten, die Frau, die sie später in Trevignano Romano verstecken würde. Zwölf Jahre lang hatte sie bei ihnen gelebt, und er betrachtete sie als Familienmitglied, aber sie war arisch. Das Adjektiv entlockt ihm ein bitteres Lächeln. Er hat nie verstanden, was es bedeutet, arisch zu sein, und die Antworten von befreundeten Parteifunktionären mit ihren widersprechenden Gewissheiten haben ihn nie überzeugt.

Befreundete Parteibonzen. Leute, die kostbare Stoffe bei ihm kauften und besonders vorteilhafte Bedingungen verlangten, in der Not dann aber unerreichbar waren. Dieselben, die ihn von oben beobachteten, während er im Vorland des Tibers in der Augusthitze Zwangsarbeit leistete.

An diese Tage erinnert er sich gut. Er war sogar in einem infamen Blättchen gelandet, das *Il Tevere* hieß. Die Ängste und erlittenen Schikanen hatten ein Ekzem in den Handflächen hervorgerufen, das sich jeder Behandlung widersetzte. Sein Arzt hatte ihm für die Arbeit baumwollene Handschuhe verschrieben. Die sarkastische Bildunterschrift unter dem Foto in dem Blättchen lautete: »Juden bei der Zwangsarbeit, aber mit weißen Handschuhen.«

Es tröstet ihn wenig, dass den Familien Jona, den Diena, den Orefice Gleiches widerfahren ist. Allen, die auf der falschen Seite geboren wurden.

Ihnen war verboten, ein eigenes Radio zu haben. Verboten, ein Auto zu besitzen. Verboten der Eintritt ins Theater, ins Kino, sogar in den Zoo, den Flavia so liebte. Verboten, Todesanzeigen in den Zeitungen zu veröffentlichen.

Ein tägliches, unaufhörliches Tropfen von absurden, administrativen Schindereien, die sämtlichen Regeln, jeglichem Prinzip entzogen waren. Brutale Übergriffe, in die Legalität erhoben, eine sadistische Legalität, die er ohnmächtig und fassungslos ertrug.

Das Verbot zu leben, ja, das war das Ende, das Ziel.

Flavia, kleiner Schatz. Mit Sonia und Simona ist sie sein einziger Lebenszweck. Er streicht ihr über die Haare, und ein Stockwerk darüber gebraucht Lucia Assirelli die gleiche beschützende Geste bei Romeo.

MORGENGRAUEN

Es ist nur ein schwacher Schimmer über der Giogana, auf der Höhe der Brancobalardi-Häuser.

Die Nachricht, dass es freie Fahrt gibt, kündigt sich mit intermittierendem Brummen an. Sie weckt die Wachen und alarmiert Farolfi, der die Treppe hinaufläuft und an die Tür zur Wohnung klopft.

Giovannino ist aus Gewohnheit schon wach. Das Muccione-Tal hat seinen Schlaf-Wach-Rhythmus verändert, jetzt muss er vor Tagesanbruch aufstehen und sich um kurz nach neun Uhr schlafen legen.

Er trägt bereits seine Stationsvorsteheruniform, sogar den Zylinder. Er geht die Treppe hinunter, absichtlich langsam, wie um seine Rolle als oberster Dienstherr zu unterstreichen.

Herren laufen nicht, sie befehlen das Laufen.

In seinem Büro hängen fremde, nächtliche Gerüche. Er geht um die schlaftrunkenen Wachen herum, bedient einen Hebel und bringt das Brummen zum Schweigen, wobei er vermeidet, den Oberleutnant anzusehen, denn er weiß, was er gleich sagen wird, und fühlt sich als Feigling.

Er zögert, dann sagt er mit sorgfältiger Betonung:

»Die Schienen sind instandgesetzt. Ihr könnt weiterfahren.«

Es ist, als hätte er einem Motor den Strom angestellt. Farolfi wird wieder zu der Befehlsmaschine, die er ist. Er ordnet an, drängt. Nur wenige, wesentliche Worte, aber man versteht, und so muss es sein. Er hat Instruktionen bekommen und führt sie aus.

Die Maschinisten klettern in den Führerstand, schaufeln Kohle in den Ofen, und bald raucht der Schornstein, der Dampfkessel keucht unter dem steigenden Druck. Der Heizer ergreift die Kette am Wasserkran, dreht ihn, bis er über dem Wasserspeicher der Lok steht, dann zieht er ihn herunter. Das eiskalte Wasser ergießt sich in die Eingeweide der Lokomotive, und es sieht aus wie ein Sturzbach aus Schnee.

Jetzt sind alle in Bewegung. In den Zimmern im Erdgeschoss beginnt der ungeordnete Rückzug der Gefangenen mit ihren »Betteffekten«. Die Soldaten hocken sich schon auf den Plattformwaggon, es gibt fast keine Bewachung mehr. Giovannino sieht die nachlassende Wachsamkeit und weist Farolfi darauf hin. In dessen Antwort liegt keine Spur Ironie, sie ist die nüchterne Feststellung einer Realität: »Die Juden vertrauen dem Feind. Sie versuchen nie zu fliehen.«

Die Menschen drängen sich vor den Waggons.

Giovannino bietet Hilfe beim Einsteigen an. Romeo ist ihm gefolgt, der Stationsvorsteher sieht, dass sein Sohn das Mädchen in dem blauen Kleid begleitet. Lucia beobachtet die Szene vom Bahnhofseingang aus, und Pipito sorgt wie üblich dafür, jemanden zum Stolpern zu bringen.

Das Fauchen des unter Überdruck stehenden Dampfkessels wird immer lauter. Der Lokführer mit dem Schnauzbart steigt das Treppchen hinunter, geht zu Giovannino und ergreift seine Hand. Er drückt sie kräftig mit beiden Händen, aufrichtig und ein bisschen gerührt, und murmelt: »Dankt bitte auch Madame.«

Mehr gibt es nicht zu sagen.

Madame hat sich dem Oberleutnant genähert und überrascht ihn von hinten, als sie an seinem Ärmel zupft. Farolfi macht fast eine ganze Drehung um die eigene Achse und sieht Lucia wenige Zentimeter vor seiner Nase stehen. In den gelösten Haaren der Frau schimmern ein paar silberne Fäden, ihre Miene ist selbstgewiss, Falten heben den resoluten Ausdruck hervor.

Sie hält seinen Arm fest, der Griff ist energischer als nötig.

»Du bist der Sohn von der Zaira, stimmt's? Ich kenne deine Mama gut.« Eine Antwort erwartet sie nicht. Cleto Farolfi ist der Sohn der Zaira, und diese Identifizierung schwächt ihn, außerdem das Du und der barsche, fast zornige Ton.

»Wohin bringt ihr diese armen Menschen?«

»In ein Arbeitslager.«

»Bist du sicher?«

»Ja«, lügt Farolfi unbeholfen und eingeschüchtert. Er weiß ganz genau, wohin es geht, er hat mit seinen Männern schon mehrere Transporte nach Österreich und Deutschland begleitet.

»Diese Menschen, die Kinder, haben etwas, was sie lieben, sie haben ein Herz wie wir, und ich verstehe einfach nicht, warum ihr sie schlechter behandelt als Tiere. Ich warne dich: Pass auf, dass ihnen nichts Böses angetan wird, und wenn das geschieht, sollst du wissen, dass ich deinen Namen verfluchen werde, so lange ich lebe!«

Dem Oberleutnant bleibt keine Zeit für eine Erwiderung. Genau in diesem Moment kommt überraschend ein Flugzeug.

Es saust im Tiefflug über sie hinweg, wütend ist sein Dröhnen, glänzend der Mantel aus Silber, schnell schießt es durch die Luft mit seinen zwei Motoren und der doppelten Heckflosse. Erst ducken sich alle unwillkürlich, dann bewirkt die Erscheinung, dass das Geschehen sich schlagartig beschleunigt. Ein paar Soldaten springen wieder hinunter auf den Bahnsteig und beginnen, Flüche brüllend, die Menschen zu schubsen, sie mit dem Gewehrknauf in die Züge zu stoßen. Die Männer protestieren, die Kinder schreien, die Verwirrung wächst. Giovannino wird ruppig vom Zug weggezerrt, sie schließen die Schiebetüren, nehmen auf den Bremserhäuschen Platz und befehlen den Maschinisten loszufahren.

Giovannino unterdrückt den nutzlosen Anfall von Diensteifer, der ihn drängt, den Zug ordnungsgemäß abzufertigen. Er tut es nicht, er würde sich an etwas Schändlichem beteiligen. Doch seine wirkungslose Parteinahme endet hier. Sein Krebsherz gibt ihm richtige Gedanken ein, rät aber zu vorsichtigem Handeln, ein Schritt vor und drei zurück, und auch dieses Mal gewinnt es die Oberhand. Die blinde Angst vor den Konsequenzen einer Tat überlistet ihn. So hat er im Grunde sein ganzes Leben verbracht, ständig zwischen Vorstellung und Wirklichkeit schwankend, ohne je die Initiative zu ergreifen, um Gedanken in die Tat umzusetzen. Er wollte Gutes tun und hat letztlich zerstört, denn der Überlebenswille war stärker als jeder Antrieb, jedes Ideal, immer endete alles mit dem besten Kompromiss, wenn nicht mit Unterwerfung.

Plötzlich bewegen sich die Pleuelstangen, die Räder drehen sich quietschend und rutschend im Leerlauf, dann setzt die Reibung ein, und der Zug fährt los, große, schmutzige Dampfwolken ausstoßend. Man hört Geschrei und Klopfen aus den Waggons. Nutzloses Geschrei und Klopfen.

Pipito bellt wütend wie noch nie in seinem Leben und läuft neben den Waggons her. Als der letzte Wagen vorüberfährt, grüßt der Oberleutnant Farolfi militärisch und sagt etwas, was der Bahnhofsvorsteher nicht hören kann. Aber er kann es ihm von den Lippen ablesen, die zu lächeln scheinen: »Addio, Tini.«

Es ist Lucia, die sich fast sofort sorgt. Sie trägt einen Weidenkorb und will den Weg einschlagen, der zum Bahnwärterhaus der Witwe Fanciullacci führt. Die Frau hält Hühner und hat immer Eier, wenn nicht frisch, dann in Kalkwasser konserviert.

»Wo ist Romeo?«

Giovannino steht noch auf dem Bahnsteig. Er hat ein gelbes Kätzchen aus weichem Stoff mit rötlichen Augen aufgehoben. Überrascht schaut er sich mit großen Augen nach allen Seiten um. Sein Sohn war doch eben noch da, an seiner Seite. Dann verbindet er Lucias Frage mit dem ungewöhnlichen Verhalten des Hundes, der hinter dem Zug hergelaufen und im Tunnel verschwunden ist.

Romeo ist in dem Zug.

Er muss es Lucia nicht sagen. Sie hat verstanden. Ihre Beine geben nach, langsam sinkt sie auf die Knie. Sie weint ohne Tränen, ohne Stimme. Eine antike Theatermaske. Der absolute Schmerz nimmt ihr fast den Atem und das Leben.

Giovannino überlegt rasend schnell. Es gibt keine Zeit zu verlieren und nur eins zu tun.

Er rennt zum Abstellgleis.

Dort steht ein Fahrgestell mit Pedalen, eine Art Eisenbahnfahrrad, das die Männer vom Wartungsdienst benutzen. Er kommt an, seine Milz protestiert, er steigt auf den Karren, zehn Meter Rückwärtsgang, er steigt aus, legt den Makak um, und die Weiche führt wieder aufs Hauptgleis. Bis zum Allocchi-Tunnel beträgt die Steigung konstant achtzehn Prozent, überlegt er, aber dann geht es bergab, und der Karren hat den Vorteil, leicht zu sein, er wird schnell fahren, viel schneller als eine Tenderlokomotive.

Es sind etwa vierhundert Meter bis zum Eingang des Apennin-Tunnels. Der Stationsvorsteher wundert sich, wie viel Energie er noch aufbringt, seit gestern hat er nichts gegessen.

Er tritt in die Pedale, unerbittlich wie Gino Bartali, vielleicht sogar noch gnadenloser, der in der Jugend praktizierte Radsport sitzt ihm noch in den Waden. Am Eingang des Tunnels sieht er Pipito, zur Salzsäule erstarrt, ängstlich ins abgrundtiefe Schwarz des Tunnels starrend. Stumm lässt Pipito ihn vorüberfahren, nicht einmal der Schwanz bewegt sich.

Giovannino fährt in den hungrigen, von Schwefelgestank erfüllten Schlund hinein.

Er strampelt wütend, und endlich spürt er, wie das Getriebe weniger Widerstand leistet. Die Räder drehen sich schneller, der Karren gewinnt an Fahrt. In der Dunkelheit, die nach frischem Rauch riecht, hat die Talfahrt begonnen: drei Kilometer und siebenhundertneunundsiebzig Meter durch die mergeligen Eingeweide der Giogana, in völliger Blindheit, maximale Neigung zwölf Prozent.

Er tritt in die Pedale, der Stationsvorsteher Tini, seine Beine sind wie Pleuelstangen in diesem höllischen Sog, und er betet, dass kein Zug aus der entgegengesetzten Richtung kommt. Wegen eines rätselhaften akustischen Phänomens hört man das Nahen eines Zuges erst, wenn es zu spät ist. Und weil sich noch immer Rauch im Tunnel staut, könnte er die Scheinwerfer nicht sehen.

Er hätte nicht die geringste Chance.

Er strampelt, und so sei es.

Lucia erfährt das befremdende Gefühl einer Verlangsamung der Erdbewegung. Rinaldo Cenci ist herbeigelaufen, um ihr aufzuhelfen, und sie nimmt diese Eilfertigkeit zwar als höfliche Geste wahr, aber als langsame, unendlich langsame, wie in Watte gehüllte Bewegung.

Romeo ist nicht mehr da.

In den schlimmsten Augenblicken entstehen oft widersinnige Gedanken, eine fast unvermeidliche Entfremdung von der Wirklichkeit. »Dem Schicksal genügt ein Komma«, sagt sie sich immer wieder. Ein Komma, das ist alles, und das Ganze erscheint ihr wie ein Traum, ein nacktes Weiß, eine Abwesenheit.

Verwundert erhebt sie sich, im Gesicht den aschfahlen Schatten des Entsetzens, sie hat Mühe, zu unterscheiden, was sie sieht. Ihr Dasein ist Romeo. Ihr Leben – das Leben aller Mütter – gehört dem Kind, und eine Alternative kann es nicht geben, ihr wurde ja das Glück zuteil, ihn zu haben. Romeo auf die Welt zu bringen, war das Schönste in ihrem Leben, sie hatte ihn aus Liebe gezeugt und für ihn gesorgt, und für das zu sorgen, was man liebt, verlangt Opfer, aber es ist das, was bleibt.

Romeo ist nicht mehr da.

»Lucia, ich bitte Euch«, und die Stimme des armen Cenci, eines Rinaldo mit leeren Augen und zwischen den Schultern versunkenem Nacken, ist leise, fassungslos.

»Romeo wird zurückkommen, habt keine Angst.«

Dem Schicksal genügt ein Komma. Im Lehrerseminar lehrte man sie die Zweideutigkeit des delphischen Orakels: »Ibis redibis non morieris in bello.« Der Satz erhält eine vollkommen andere Bedeutung, je nachdem, wo man das Komma setzt. Steht es vor dem »non«, ist es die Rettung – du wirst zurückkehren, du wirst nicht im Krieg sterben –, steht das Komma dahinter, bedeutet es das Gegenteil: Du wirst nicht zurückkehren, du wirst im Krieg sterben. Jetzt hat dieses Komma das Gewicht des Augenblicks zwischen Leben und Tod, zwischen dem Bleiben und dem Verschwinden, dem Sein und dem Nichtsein.

Sie denkt nicht darüber nach – das kann sie nicht –, wie die Deportierten diesen Augenblick erleben. In ihrer Angst ist nur Platz für ihren Sohn, und in ihrer Angst findet sie unversehens die Kraft, sich aus dem besorgten, stützenden Griff des zweiten Stationsvorstehers zu entwinden und einen Sprung nach vorn zu machen, auf das dunkle Gesicht des Tunnels zu.

Sie läuft so schnell es ihr die genagelten Schuhe, der Rock, die Schottersteine und die Angst erlauben, und bald ist sie am Eingang. Der Pfad neben dem Schienenstrang weitet sich in regelmäßigen Abständen zu staubigen Nischen, die mehreren Personen Platz bieten. In der Luft liegen noch Reste des Schwefeldampfs. Lucia fühlt sich dem Ersticken nah, während sie im Halbdunkel des Eingangs vorwärtsstolpert, auf das Versprechen des Ausgangs zu.

Dann strauchelt sie und stürzt, fängt sich instinktiv mit den Händen auf dem gefrorenen Boden ab. Und hier, zu Füßen des Monte Castelponte, ergreift sie ein neuer Schmerz, der erst noch entstehen muss, ein auf geheimnisvolle, ihr noch unbekannte Weise mit diesem Ort verbundener Schmerz.

Romeo kann nicht sprechen.

Sie haben ihn hochgehoben und bäuchlings auf das kalte Stroh geworfen, das ihm den Atem nahm. Die hastig über ihn hinweg einsteigenden Gefangenen haben ihn fast getreten.

Vielleicht war es nicht so. Als Flavia einstieg, ist er bei ihr gewesen, hat fest ihre Hand gedrückt, denn er spürte, dass sein Platz neben ihr war. Niemand hat ihn hochgehoben, niemand hat ihn in diesen aufgeregten Minuten aufs Stroh geworfen. Romeo hat sich bewusst entschieden mitzufahren.

Man wird nie wissen, wie es sich wirklich abgespielt hat, es gibt nicht die geringste Gewissheit. In der kurzen Lebenszeit, die ihm noch bleibt, wird Romeo nicht darüber sprechen, man kann sich allenfalls vorstellen, dass er der Bedeutung seines Namens treu bleiben wollte, der Kraft der Gefühle, der Aufrichtigkeit seines Verliebtseins. Vielleicht war es aber auch nur die notwendige Folge des Bades in Kastanienblättern.

Dann wurde die Schiebetür des Waggons endgültig geschlossen, und die Kolbenstöße übertönten die Alarmrufe.

»Der Junge! Der Junge!«, schrie David Sermoneta sofort und schlug mit den Händen an die Wand des Güterwaggons.

Es nützte nichts. Rufe und Schläge gingen im Lärm der Abfahrt unter. Auch im Gebell von Pipito, der alles gesehen und verstanden hatte. Und Giovannino stand dort, den nutzlosen Anfall von Diensteifer unterdrückend, der ihn drängte, den Zug ordnungsgemäß abzufertigen.

Auch Flavia bringt kein Wort heraus. Sie hält Romeo an der Hand. Durch die beiden Fensterchen oben an der Wand dringt bitterer Nebel ein, der den Waggon erfüllt und das Atmen erschwert. Viele husten. Die Lokomotive vor ihnen klingt wie eine große Trommel aus metallischen Knallen und Stößen, die vom Tunnel verstärkt werden. Weil es in dem dunklen Waggon wenig Platz gibt, stehen die Menschen aufrecht, steif und starr, so reglos wie möglich, um beim ständigen Ruckeln und Schwanken nicht das Gleichgewicht zu verlieren, und oft werden die Gesichter der beiden Kinder gegen die Kleider der Umstehenden gedrückt. Durch den Waggon ziehen warme Dunstwellen aus Naphthalin und

Teeröl, mit dem der Boden gestrichen ist, aus dem süßlichen Geruch des Strohs und aus Angstschweiß. Eine Geruchsmischung, die zusammen mit dem bitteren Rauch betäubt, die Kehle austrocknet und die Dunkelheit zu einer grauenerregenden Blindheit macht.

Flavias Hand ruft bei Romeo Reaktionen hervor, die sich stark von dem Moment unterscheiden, als Dalmazia am Tag der Erstkommunion seine Hand ergriff und eine unnatürliche, feige Hitze ihn erröten ließ. Jetzt gibt es keine Schüchternheit und keine Scham. Seit der Ankunft des Zuges ist der kleine Tini erwachsener geworden. Vielleicht ist es das Wissen um die Angst – denn alle in diesem Zug haben Angst –, er selbst aber hat sich noch nie so verwirrt und gleichzeitig so sicher gefühlt, und er kann nur sehr schnell denken.

Das Leben im Tal des Muccione hat ihm eine ferne, unwirkliche Vorstellung von der Außenwelt vermittelt, die paradoxerweise gerade darum harmlos war, etwa so wie die bedrohlichen Flugzeuge, die aber hoch über sie hinwegflogen, ohne Schaden anzurichten. Ein Splitter dieser Welt hat ihn trotzdem erreicht, hat die Entfernung aufgehoben und alle Abwehr in ein helles Licht getaucht. Ein schmutziger, mit dem widerwärtigen Blutgeruch der Gewalt getränkter Splitter. Niemals in seinem kurzen Leben hat Romeo so einen Geruch im Tal wahrgenommen, nicht an den durchfahrenden Zügen, an den vertrauten Menschen. Denn von Bosheit gab es dort keine Spur, bei den armen Menschen nicht und erst recht nicht bei den Tieren wie seinem Pipito.

Der Splitter zieht eine Linie, eine klare Grenze, er verleiht Flavias Hand Sinn, denn sie hält diese Welt fest, seine Welt oder zumindest die einzige, an die er sich klammert. Und es ist seine Pflicht, sie zu schützen.

Romeo hat sich entschieden. Er hatte schon entschieden, bevor er im Zug war.

Er verschränkt seine Finger mit denen des Mädchens. Fühlt sich fast als Mann, der Situation gewachsen, ein echter Tini. Er möchte Flavia beschützen, denn er weiß, sein Papa und seine Mama werden in dem Punkt Rechenschaft von ihm verlangen, und er darf sie nicht enttäuschen. Außerdem hat er Flavia lieb, das war ihm vom ersten Moment an, beim ersten Blick klar. Mit der ganzen Kraft, zu der er fähig ist, hat er sie lieb.

Was soll er tun? An Phantasie, die sich von frühen Lektüren und von tagelanger Betrachtung des Tals nährte, mangelt es ihm wirklich nicht, und so improvisiert er mit einer selbstgewissen, glaubhaften Sicherheit.

»Jetzt bringe ich dir bei, wie man zurückkehrt. Das ist ganz leicht, weißt du?«

»Beim nächsten Halt lassen wir dich aussteigen«, tröstet ihn David, nicht im Geringsten überzeugt von dem, was er sagt. Es ist eine dramatische Fahrt ins Nichts, und ihm fällt ein Satz ein, den er in der Zeitung *Il Popolo d'Italia* gelesen hat: »… die faschistische Regierung hat niemals beabsichtigt und wird niemals beabsichtigen, politische, wirtschaftliche und moralische Maßnahmen zu ergreifen, die gegen die Juden gerichtet sind …«

Das hatte ihn erleichtert. Die ganze Gemeinde erleichtert. Der Duce log nie.

Doch Worte bedeuteten weniger als nichts bei einem Regime, das aus Worten Krieg gemacht hatte.

»Fährst du mit uns ans Meer?«, fragt Flavia. »Papa, er darf mit uns ans Meer fahren, ja?«

Das Wissen um die Lüge verbindet sich mit dem schwefligen Rauch, um ihm die Kehle zu verschließen, David kann nicht antworten.

Giovannino verflucht sein Krebsherz, seine jämmerliche, nichtige Stellungnahme. Er wusste doch – oder? – wohin der Transport gehen sollte. Da war es wieder, dieses nebelhafte, beschwichtigte, willentlich ignorierte Wissen. In einem solchen Fall verbreiteten sich die Gerüchte so schnell wie Züge, denn die Maschinisten der nach Deutschland fahrenden Züge waren Italiener, und sie erzählten von Lagern, von ständig rauchenden Schornsteinen, von lebenden Toten, die die Deutschen als »Muselmänner« verhöhnten, vom ekelerregenden Geruch verbrannten Fleisches. Auch die Wachen – Schutzpolizei, Truppen der Carabinieri – waren Italiener. Man sprach darüber, man wusste etwas, man beschloss, nichts zu wissen, weil es unmöglich schien.

Und dann, vor wenigen Tagen erst, waren diese fünf jungen Männer aus Florenz bei der Getreidedarre unterhalb von Pian Bertozzi aufgetaucht, heimlich wie Diebe, aber sie waren keine Diebe – zu gebildet, sagten die Malevolti –, und keiner wollte über sie reden, sie saßen dort versteckt, existierten nicht, überlebten mit rohen Maronen und Ricotta, die ihnen Ambrosiana brachte, die älteste Tochter der Malevolti. Auch in diesem Fall redete man und redete nicht, beschloss, nichts zu wissen, und verbarg sich hinter einer gepanzerten, egoistischen Gleichgültigkeit. Es war doch ihre eigene Angelegenheit, oder? Die Juden gehörten schließlich einer feindlichen Nation an, das wurde doch immer behauptet!

Jetzt war es seine Angelegenheit geworden. Jetzt würde Giovannino Widerstand leisten, eine Entscheidung treffen müssen. Eine einzige Entscheidung, weil es keine andere gab:

den Zug aufhalten, seine Weiterfahrt mit allen Mitteln verhindern, denn es gibt kein *sie*, kein *ihr*, kein *mein*, nur ein *unser*.

Wie dumm er war. Blind und dumm. Er dachte, er hätte sie gerettet, als er beschloss, in diesem Tal zu leben. Das war sein erster Gedanke am Morgen des zehnten Juni 1940 gewesen, dem Tag der Kriegserklärung: »Die vom Schicksal bestimmte Stunde schlägt am Himmel des Vaterlands.«

An den Krieg als Spaziergang hatte er keinen Moment lang geglaubt.

Er hatte gedacht, dass dieses Tal ihnen allen Immunität garantieren, sie unsichtbar machen, an einem unverdächtigen Ort verstecken würde – ein perfekter Unterschlupf, wo man unversehrt ausharren konnte, bis die Kämpfe vorbei waren.

Er hatte gedacht, dass alles nur den anderen widerfahren würde. Man denkt immer, dass es den anderen passiert, stattdessen passiert es jetzt ihm, seiner Familie, Romeo.

Er erinnert sich an den Tag, an dem er ins Einwohnermeldeamt von Vicchio gefahren ist, um die Geburt seines Sohnes eintragen zu lassen, und auf den Namen der Familientradition – Anselmo – verzichtet hatte, weil Lucia ihm von den Romei, den Rompilgern, erzählt hatte, vom Wandern und Reisen, um die Welt kennenzulernen. Jetzt verdammten ihn dieser Name, das aufgeflogene Versteck und die verschwundene Unsichtbarkeit. Der böse Streich des Schicksals.

Romeo, den er vor sich sieht mit seinem von Lucia geerbten blaugrünen Blick und dem Haarschopf eines Teufelchens.

Basta. Das Krebsherz, das ihm richtige Gedanken, aber vorsichtige Taten eingab, gewinnt dieses Mal nicht die Oberhand. Es bleibt der Muskel, der ihn wild entschlossen durch diese schwefligen Eingeweide treibt. Das Leben seines Sohnes siegt über allen, über jeglichen Zweifel.

Er darf nicht aufgeben, und müsste er sterben.
Er kann nicht aufgeben.

Giovannino hat nur eine Möglichkeit, um zu erkennen, an welcher Stelle des Tunnels er angekommen ist: die Luftschächte.

Es gibt nur zwei. Der Erste befindet sich etwa drei Kilometer hinter dem Eingang, der Zweite folgt nach fünfhundert Metern. Er muss den Blick nach oben richten, zur unsichtbaren, niedrigen Tunneldecke, die so niedrig ist, dass die Ingenieure der Eisenbahn, die gekommen waren, um die Möglichkeit einer Elektrifizierung der Strecke zu erkunden, kopfschüttelnd weggingen.

Der enge Raum ist ein Problem, der Rauch staut sich hier auf Mannshöhe. Im großen Tunnel der Schnellstrecke wurden riesige Absaugvorrichtungen eingebaut. Für die Faentina war kein Geld da, also hat man sich mit zwei nutzlosen Schächten begnügt, dort, wo die Lokomotiven Kraft aufwenden müssen und mehr Dampf ausstoßen.

Noch immer tritt er wild in die Pedale. Schwitzt stark. Das Herz pumpt wie verrückt, hinter seinen Schläfen klopft es, sein nasses Gesicht glüht.

Er vermag nicht zu sagen, ob sein Blick sich trübt, ihn umgibt undurchdringliche Finsternis. Seine Waden sind hart wie Holz, mit offenem Mund atmet er die stinkende Luft und umklammert den Hebel der primitiven Bremse, als könnte der im Fall eines Zusammenstoßes etwas ausrichten.

Hinzu kommt Müdigkeit, vielleicht auch Schwäche. Aus den Erzählungen der Kollegen weiß er, dass dies die ersten Symptome einer Kohlenmonoxidvergiftung sind. Und der beißende Rauch im Tunnel ist mit Kohlenmonoxid getränkt. Die

Kohle kommt jetzt aus Jugoslawien, sie ist von sehr schlechter Qualität, voller Schwefel und hat einen niedrigen Brennwert. Man verbraucht große Mengen für wenig Leistung.

Der giftige Nebel, den er tief einatmet, steht in der unbewegten Luft. Sein dringendes Bedürfnis, zu atmen, macht ihm mehr Sorgen als dieses verzweifelte Wettrennen, er fürchtet sich vor dem stechenden Schmerz hinter den Ohren, der seinen Verdacht bestätigen würde. Oft hat er gesehen, wie die Maschinisten versuchen, sich vor der tödlichen Mischung zu schützen: Sie wickeln sich tropfnasse Taschentücher oder Baumwollfetzen ums Gesicht. Aber er hat nichts bei sich und kann das Problem nur in seine Gebete aufnehmen.

Lucia hat sich wieder erhoben, ihr Gesicht ist grau wie der Sandstein des Gebirges, humpelnd geht sie auf dem Weg neben den Schienen weiter.

Die Witwe Fanciullacci ist aus steinhartem Stoff und einem empfindsamen Geist gemacht. Die unvermeidlichen Prüfungen des Lebens hat sie ertragen wie alle und aus Not jene fast unfehlbare Intuition der Menschen entwickelt, die mit sich alleine leben.

Sie hat den Zug vorüberfahren sehen, die auf den Bremserhäuschen hockenden Soldaten, die Niederlage, die ihnen ins Gesicht gemeißelt ist und sie gefährlicher macht. Dass dies ein Zug von ganz anderer Art ist, hat sie sofort begriffen. Hinter dem letzten Waggon Pipito, der verzweifelt bellt und dann vor dem Eingang des Tunnels stehen bleibt. Pipito, der immer an Romeo klebte und sich niemals allein bis hierher gewagt hat. Dann Giovanninos gehetzte Fahrt auf dem Fahrradkarren und jetzt Lucia, die vom Schmerz gezeichnet auf sie zukommt. Lucias Gesichtsausdruck – eine Frage, auf die

die Witwe keine Antwort weiß – zeigt ihr den möglichen Zusammenhang. Sie öffnet hastig die Tür, springt die Treppe hinunter und läuft ihr entgegen.

»Was ist los?«

»Romeo …«, mehr kann Lucia nicht sagen, die Stimme zerbricht ihr in der Kehle, im Atem, den die Kälte sofort erstarren lässt.

»Was ist mit Romeo?«

»Im Zug … Die Faschisten haben ihn mitgenommen …«

»Nein!«

Umarmungen, Anteilnahme, hilfloser Trost. An harte Arbeit gewöhnte Hände mit aufgerissener Haut berühren sich. Es ist eine Gemeinsamkeit im Schmerz und eine geteilte Ohnmacht, denn sie können den Lauf der Dinge nicht ändern, sie vermögen nichts gegen das feindselige Wüten des Schicksals, das oft zu unanfechtbaren Urteilssprüchen wird.

Erleichtert sieht Giovannino den ersten Lüftungsschacht. Eine rasch vorüberfliegende Scheibe Licht in der Tunneldecke. Das bedeutet, dass er drei Kilometer hinter sich gebracht hat und das Ende dieser schwarzen Eingeweide naht.

Er tritt mechanisch, wird vom Karren getragen, der jetzt volle Fahrt aufnimmt. Weit hinten meint er einen schwachen Lichtschimmer zu erkennen.

Auch der zweite Luftschacht fliegt vorbei. Das Licht am Ausgang wird stärker, breitet sich langsam aus, und schlagartig kehrt der Tag zurück, klar und hell. Der Allocchi-Tunnel liegt hinter ihm. Tini hat es geschafft.

Die kalte Luft ist eine eisige Ohrfeige, und er atmet viermal tief ein, um sich vom Gift in seiner Lunge zu befreien. Ihm dreht sich der Kopf vom Sauerstoff.

Vielleicht hat sich das Glück entschlossen, ihn zu unterstützen, denn in der Ferne ahnt er den roten Umriss des Zugs. Er appelliert an sein Krebsherz, ihn nicht gerade jetzt im Stich zu lassen, und findet irgendwo in sich die Kraft, das Schienenfahrrad zu schnellerer Fahrt zu zwingen.

Er strampelt im beschleunigten Rhythmus alter Stummfilme.

Jetzt scheint das wetterwendische Schicksal sich endgültig auf seine Seite geschlagen zu haben, denn der Zug muss bremsen. Gleich hinter dem Bahnhof von Crespino ist die Eisenbahnüberführung beschädigt, sie muss im Schritttempo befahren werden.

Giovannino nähert sich dem Zug, überrascht, dass er sich laut schreien hört. Woher er die Kraft dazu nimmt, weiß er selbst nicht.

Die Schreie des Bahnhofsvorstehers erreichen die Soldaten auf dem Plattformwagen am Ende des Zugs. Augenblicklich folgt die Reaktion. Ein Knall, ein Blitz, eine Explosion. Auf dem Fahrgestell des Schienenkarrens ein Funkengeprassel.

Wieder ein Knall, ein zweiter Blitz, und etwas pfeift sehr nah an seiner von Ruß und Schweiß bedeckten Wange vorbei. Der dritte Blitz reißt das Schulterstück von seiner Uniform und zerfetzt das Schulterpolster, das als weiße Blume aufblüht.

In dem rußgeschwärzten Menschen, der sich schreiend und gestikulierend auf diesem lächerlichen Karren nähert, erkennt Cleto Farolfi den Stationsvorsteher von Fornello und befiehlt, das Feuer einzustellen und den Zug anzuhalten.

Im Inneren der Güterwaggons hören alle die Gewehrschüsse, die Explosionen, das Kreischen der Bremsen. Dort draußen geht etwas vor sich, man weiß nicht was, und die Angst wird noch größer. Romeo ist wahrscheinlich der Einzige, der versteht, denn er erkennt in den Schreien die Stimme seines Vaters, und die Aufregung wird zum unbezwinglichen Drang, Pipi zu machen. Er spürt seine feuchtwarme Hose und schämt sich zutiefst seiner körperlichen Schwäche.

Durch die Dunkelheit und den bitteren Rauch sieht er Flavias Papa gegen die Wagentür schlagen. Er hämmert und schreit in wütender, unbegründeter Hoffnung.

Endlich erreicht Giovannino das Ende des Zugs. Er bremst energisch, aber die Bremsklötze – untaugliche Holzscheite – können den Zusammenstoß nur knapp verhindern.

Weniger als eine Handbreit von den Puffern entfernt kommt er zum Stehen.

Die starke Erregung, die ihn bis jetzt gestützt hat, lässt nach, und er wird fast ohnmächtig. Aus dem rußigen, nach Luft hungernden Gesicht kommen gestammelte Wortfetzen, Farolfi bedeutet ihm, sich zu beruhigen.

»Was willst du sagen? Was ist so schlimm?«

»Mein Sohn …«, kann er endlich herausbringen. »Mein Sohn …«

»Dein Sohn, ich habe verstanden, na und?«

»Im Waggon … im Waggon«, er zeigt mit dem Finger auf die verschlossenen Güterwagen. Der Oberleutnant fasst sich an die Stirn, schnaubt wütend, flucht.

»Du willst mich tatsächlich in Schwierigkeiten bringen … Absteigen!«

Er klettert vom Zug, mit ihm die Soldaten. Giovannino hält sich kaum auf den erschöpften Beinen, doch er geht mit ihnen über den engen Steg des Viadukts, achtet nicht auf die herausgerissene Brüstung, die vielen Löcher im Schotterbett.

»Romeo!«, brüllt Farolfi. »Romeo!«

Aus dem vorderen Waggon hört man Schläge, Schreie. Stolpernd erreichen sie den Waggon, die Verriegelung wird geöffnet, die Tür vor einer Mauer versteinerter Menschen zur Seite geschoben. Auch David Sermoneta ist da, hält Flavia und Romeo an sich gedrückt, und er sagt atemlos, den Jungen nach vorn schiebend: »Das Kind gehört nicht zu uns.«

Trotz seiner Erschöpfung und Verstörung erfasst Giovannino diesen Satz und versteht dessen rettende Einfachheit. Doch im Moment kann er nur den Namen seines Sohnes aussprechen, die Arme ausbreiten, um Romeo in Empfang zu nehmen und die Tränen zurückhalten, die ihn bedrängen.

Romeo wird von David hochgehoben und dem Stationsvorsteher überreicht. Das geht nicht leicht vonstatten, denn der Junge und Flavia halten einander bis zuletzt fest an der Hand. Dann umschlingen ihn die Arme seines Vaters, er spürt dessen Finger in seinen Locken, sein Gesicht wird gegen den kalten, feuchten, nach Schwefel stinkenden Stoff der Uniform gedrückt. Die Uniform eines Staates, den es nicht mehr gibt, aber sie bekleidet Menschen, die noch leben.

Und er spürt den atemlosen Galopp des Herzens, das große Herz seines Papas. Seine liebevolle Welt ist wieder da, beruhigend und nötiger denn je. Romeo möchte sprechen, erklären, von der Angst dieser Menschen erzählen, sich für sein Verhalten in Bezug auf Flavia rechtfertigen, das den väterlichen Erwartungen entspricht, wie er meint, aber die widerstreitenden Gefühle verknäulen sich, stecken ihm in der Kehle fest, er bringt kein Wort heraus.

Giovannino verdrängt das sichere Gefühl, einem Herzinfarkt nahe zu sein, zugunsten der Freude über die unverhoffte Gewissheit, seinen Sohn wirklich wieder in den Armen zu halten, doch da mischt sich etwas Neues, Aufgeregtes ein.

Pipito.

Er hat die Angst vor dem Höllenrachen überwunden. Mit der Entschlossenheit und Energie der Hunde und einzig auf seinen Geruchssinn vertrauend, ist er durch den ganzen Tunnel gelaufen. Nun beginnt er einen schamlosen Tanz zu Ehren der beiden Tini, stützt die fleischigen Pfoten auf Romeos Körper, leckt ihn ab, keuchend und wild mit dem Schwanz wedelnd. Es ist ein Tanz der Freude und Vergebung für Romeos Verschwinden, das für ihn auch bedeutete, verlassen zu werden. Er kann Giovannino ein verkrampftes, aber befreiendes Lächeln entlocken, und Giovannino wundert sich nicht, Pipito zu sehen, denn er ist die Verrücktheiten seines Hundes gewohnt, und jede einzelne hatte ihren Grund.

Der Bahnhofsvorsteher betrachtet den Sohn, den begeisterten Hund, hebt den Kopf, sieht die reglose Mauer aus Menschen, die sich im Waggon zusammendrängen müssen, und fühlt sich arm. Es ist eine arglose Armut, die zu ihm gehört, auf die er stolz ist. Die Armen dürften keine Feinde haben, denkt er, während sein Sohn sich aus der Umklammerung befreit, um auf einen der Gefangenen zu zeigen. Es ist das Mädchen im blauen Kleid, sie ist sehr blass.

»Papa, darf Flavia mitkommen? Ich bitte dich, bitte, nimm Flavia mit, bittebitte …«

Giovannino zögert, blickt den Oberleutnant an. Seine Augen sind feucht, ein verfluchter Tränenkloß sitzt ihm in der Kehle, doch er bringt bittend heraus: »Farolfi …«

Der Oberleutnant macht rasch Schluss mit der Szene. Er hat es eilig, dies ist kein Ort, um länger stehen zu bleiben. Gefühle sind gefährlich. Ein Gefangener weniger kann sein Todesurteil bedeuten, die deutschen Schutzstaffeln sind Buchhalter, die keinen Fehler dulden.

»Geht!«

Die Schiebetür schließt sich wieder, und hinter ihr verschwindet jedes Bild von Flavia, von David und den Menschen, die die Deportation mit ihnen teilen.

»Flavia! Flavia!« Romeo beginnt leise zu weinen.

Die Wachen steigen wieder auf den Plattformwagen, nehmen ihre Plätze ein. Schwerfällig, widerstrebend fährt der Zug an.

Cleto Farolfi blickt hinunter zum Stationsvorsteher, zu Romeo, die umarmt auf dem Schotterbett stehen, einen Schritt vom Abgrund entfernt, die aufgehende Sonne im Rücken.

Er spürt die erste laue Wärme dieser Sonne. Ein Schauder erfasst ihn, dringt durch diese Materie aus Krieg, die nicht mehr warm wird. Er denkt an das Leben und möchte nicht daran denken, weil er von allem, was ihm wichtig war, keine Nachricht mehr hat, weil er nicht weiß, ob und wann diese Kälte, die er spürt, je enden wird, weil seine Pflicht einen Henker aus ihm gemacht hat und er sich nicht auflehnen kann.

Das Leben, das an diesem Dezembermorgen 1943 in eine Richtung läuft und am Abend schon wieder in eine andere, wird in seiner Ungewissheit diese auf der falschen Seite geborenen Menschen an Orte bringen, wo sie nicht einen Monat überleben werden.

Er lässt sich nieder, setzt die Sonnenbrille auf und schließt die Augen.

Giovannino und Romeo steigen auf das Schienenfahrrad. Pipito läuft mit seiner winzigen Gestalt, seinen samtigen Augen und seiner dem Instinkt überlassenen Nachdenklichkeit stolz neben ihnen her.

Während der Vater tiefe, schamvolle Freude empfindet,

weil der Sohn wiedergefunden und die Gefahr überstanden ist, durchlebt der Sohn andere, herzzerreißende Gefühle, und über allen liegt der Schatten Flavias. Er hat sie im Stich gelassen. Er weiß nicht, wohin sie gebracht wird, wo er sie wiederfinden kann, aber er schwört sich, sie zu suchen, wo auch immer sie sein mag. Und er versteht nicht, was das alles bedeutet, warum man so große Freude erfahren darf, um sie gleich darauf zu verlieren.

Er weiß es nicht, aber im Grunde hat nichts eine Bedeutung, außer der, die wir ihm verleihen, weil ohnehin alles vergeht. Romeo ist wirklich erwachsener geworden, das Erlebte war eine Art Initiationsprüfung. Er ist ins Land der Verluste und schmerzlichen Erinnerungen eingetreten, und es gibt nichts Erwachseneres, als deren Unwiderruflichkeit und Sinn zu verstehen. Doch Sinn ist in diesem Dezember 1943 wirklich schwer zu finden.

Sie fahren, mühelos die Pedale tretend, zum Muccione-Tal, zum Bahnwärterhaus Fünfzigvierhundertfünfzehn, wo Lucia in der sanften Umarmung der Witwe Fanciullacci trauert. Sie kehren als Überlebende zurück, und Pipito kündigt sie am Ausgang des Tunnels mit einem stolzen, zufriedenen Gebell an, als wollte er sagen: »Schau, ich hab sie dir zurückgebracht, und wir sind noch immer zusammen!« Lucias Todesangst wird zum Weinen aus Überraschung und unsäglicher Freude, und sie kann nichts anderes tun, als die beiden zu umarmen, zu drücken, mit versagender Stimme und im Herzen einen Wirbel aus Gefühlen.

Ja, sie sind wieder zusammen und wissen nichts von der Kürze ihrer Zeit.

DALMAZIA MALEVOLTI

»Der Sinn von allem ist, dass man endet«, denkt Dalmazia Malevolti an diesem sonnigen Nachmittag im Oktober 2016. Und auch sie bereitet sich, nun da sie zurückgekehrt ist, auf ihr Ende vor, denn das Geheimnis erfolgreicher Reisen besteht darin, sie gut vorzubereiten.

Man kehrt aus den unterschiedlichsten Gründen zurück, die oft ganz unwichtig erscheinen. Aber gerade die scheinbar unwichtigen Gründe sind oft die wichtigsten.

Warum sie weggegangen war, wusste sie seit dem Tag, als eine Fotografie gemacht wurde, die sie unter Glas im Wohnzimmer hängen hat: eine Familie, vor einem Bauernhaus mit schmalen Fenstern versammelt. Im kiesbedeckten Hof sitzen das Familienoberhaupt und seine Frau auf Stühlen, die nicht zueinander passen, die beiden Töchter stehen. Ein Herbsttag, das vergilbte Laub verschwimmt in unterschiedlichen Grautönen. Es ist die Zeit des Wartens auf den Winter, die Kälte, vielleicht auch den Hunger. Eine kleine Familie, und sie werden Mühe haben, Vorräte an Brennholz und Lebensmitteln anzulegen. Eines der beiden Mädchen, das mit den langen Zöpfen, hat ernste Augen und einen ernsten Gesichtsausdruck, die Hände über dem Schoß gefaltet, als wollten sie ihn schützen. An ihrer ganzen Gestalt erkennt man eine erwachsene Gewissheit: Sie wird sich aus der Fessel befreien, die die Familie seit Generationen an das Haus bindet.

Dieses Haus aus Sandstein hieß Pian Bertozzi. Die Familie vor dem Haus war Dalmazias Familie, und das Mädchen mit den langen Zöpfen war Dalmazia Malevolti mit vierzehn Jahren. Dalmazia Malevolti, die fliehen wollte und es sieben Jahre später tat, an einem Tag im Mai 1955.

Das ganze Tal entvölkerte sich. Es war sehr viel leichter, im Flachland zu leben und dort Arbeit zu finden. Die Wohnungen hatten Öfen und Heizung, fließend Wasser und Elektrizität. Es gab bequeme, gepflasterte Straßen, Busse, Geschäfte, wo nichts fehlte, einen Ballsaal und sogar ein Kino. In den Bars tauchten die ersten Fernseher auf, am Abend versammelte man sich vor den Apparaten und sah Quizsendungen wie *Il Musichiere* oder *Lascia o raddoppia*.

Dalmazia, die alle Dazia nannten, wohnte in Vicchio bei Onkel und Tante mütterlicherseits. Sie arbeitete in einer Fabrik für Zisternen aus Eternit, und noch konnte sich keiner vorstellen, wie gefährlich die graue Mischung war. In der Fabrik hatte sie Tolomeo kennengelernt, einen jungen Mann aus Ronta mit ehrlichen Gefühlen und Gedanken. Dazia gefiel ihm wegen ihrer zurückhaltenden, schlichten Art, und sie heftig zu umwerben, war ganz natürlich. 1957 heirateten sie; Wechselkredite, kaum Sachen zum Anziehen und ein Zwillingspaar unterwegs.

Mit der Hartnäckigkeit der Armen schafften sie es, eine Wohnung auf Abzahlung in Borgo San Lorenzo zu bekommen. Die gleiche Hartnäckigkeit ermutigte Dazia, die Abendschule zu besuchen und ihren Mittelschulabschluss zu machen, und Gott weiß, was sie das kostete, so eingezwängt zwischen Arbeit und Familie.

Es war nur eine vorübergehende Genugtuung, wie es sich für die Freuden der Armen gehört. Tolomeo erkrankte an einem unheilbaren Übel, dessen Namen keiner je gehört hatte: ein Pleuramesotheliom. Erst viele Jahre später erfuhr man, dass die Asbestfasern in den Zementmischungen für den Tumor verantwortlich waren, doch Dazia erhielt keinerlei Entschädigung für den qualvollen, viel zu frühen Tod ihres Mannes.

Die alten Malevolti verkauften den Kastanienhain und erwarben in Gattaia ein kleines Grundstück mit buckliger Erde und einem Häuschen am Hang, zwei Stockwerke aus vergipstem Stein, einsam außerhalb des Ortes gelegen, mit Blick auf das Muccione-Tal. Das Schicksal folgte dem ewig sich drehenden Rad, das die Generationen einander abwechseln und verschwinden sah, und am Ende des vergangenen Jahrhunderts hatte Dalmazia Malevolti, inzwischen Großmutter zweier Enkelinnen, sich in den Kopf gesetzt, in ihr Gebirge zurückzugehen. Das Flachland war ihr zu eng geworden, die Menschen hatten sich verändert, die gegenseitige Hilfsbereitschaft war verschwunden. Man verlor sich im Besitz von Dingen, in ihrer Verschwendung, im Anhäufen von nutzlosen Gütern, die innere Leere der Menschen trat immer deutlicher und trennender zutage. Dazia war in einer Welt elementarer, notwendiger Genügsamkeit aufgewachsen, wo die Charaktere, also auch das Leben der Menschen, sich den dürftigen Bedingungen anpassten. Denn das bedeutete Überleben, und letztlich lebte man, um zu überleben, das genügte. Diese Genügsamkeit prägte die Verhaltensweisen, die Traditionen. Sie überwand die Rivalitäten, glich den Wettstreit aus und schuf ein geteiltes Empfinden von Solidarität.

Sie schuf eine Gemeinschaft.

Man nannte sie »die Leute vom Muccione«, und das bedeutete etwas, was so robust war wie die Wurzeln der Esche.

Die Töchter hatten nicht einmal versucht, Dazia von ihrem Plan abzubringen. Ihre Mama stammte aus einer Familie, die Kastanienbäume pflanzte, deren Früchte sie verarbeitete, und konnte es an Härte mit dem Holz der Kastanie aufnehmen. Dazia und Millo, ein Hündchen mit schiefem Gang, wurden die neuen Bewohner des Hauses aus vergipstem Stein. Dazia hatte es nach ihren Vorstellungen verändert und sich den Wunsch nach einem Kamin im Winter, einer schattigen Pergola im Sommer und einem Garten für Gemüse und Heilkräuter erfüllt. Kurz, ihren Wunsch, den letzten Lebensabschnitt in eine heitere Zeit zu verwandeln, frei von traurigen Erinnerungen, Ängsten oder irgendeiner Form von Resignation.

Wenn sie Sehnsucht nach dem Glück spürte – in den Momenten, da sie es erlebt hatte, hatte sie nicht gewusst, dass es sich um Glück handelte –, nahm Dazia die Schotterstraße und marschierte zusammen mit Millo festen Schrittes die Maultierpfade und Gebirgswege hinauf. Sie kam zu den Überresten ihres Elternhauses, ging weiter zu den Häusern der Brancobalardi, bis zum Kamm der Giogana, um dann auf der anderen Bergseite nach Gattaia zurückzukehren und so in Fornello vorbeizukommen. Doch dort sah sie nicht die Ruinen, sondern das Leben, mit denen sie noch durchdrungen waren, sah die Gespenster, die ihr aus den zerbröckelnden Mauern entgegenkamen, ihre von der Arbeit verhärteten Hände. Sie sah den Gebirgsjägerschritt ihrer Mutter und ihren Vater als jungen Mann, obwohl es ihr in letzter Zeit schwerfiel, ihn so vor sich zu sehen. An die Stelle dieser Erinnerung trat immer öfter das Bild des vielleicht mehr von den Therapien als von der Krankheit selbst verwüsteten Vaters. Das schmerzte sie, denn sie wollte ihn, alle, als immerwährend jung in Erinnerung behalten, in dieser unveränderlichen Hülle, unter der auch sie sich verkroch wie eine Schildkröte unter ihrem Panzer.

Dennoch – und daran erkannte Dazia die Zerbrechlichkeit ihrer Trutzburg aus Erinnerungen – hatte das Leben seinen Gang genommen und alle Sicherheiten zerstreut.

»Der Sinn von allem ist, dass man *hier* endet«, sagte sie sich oft im Geiste, wenn sie auf der Marmorkante neben der Eingangstreppe saß. Es liegt kein Interesse in diesen Worten und ihrer Schlussfolgerung. Dazia hat aufgehört, neugierig zu sein, als sie endlich begriff, wie zwecklos es ist. Man muss nichts von den Dingen oder Menschen wissen, denn die Dinge und Menschen sorgen schon selbst dafür, uns wissen zu lassen. Stattdessen muss man zuhören. Genauso wie sie auf ihren Körper hörte, den sie seit langer Zeit schon nicht mehr als unverletzlich empfand.

Beim Lauschen auf diesen Körper schlief sie ein, nur Gast bei sich selbst, auf der Suche nach dem nächsten Anzeichen des Alters. Und sie entdeckte es. Sie schlief ein ohne die Gewissheit des Erwachens, des Morgens. Die Last der Erinnerungen wurde schwerer, aber auch unwiderstehlich wie das Leben, herrlich wie die Armut ihrer Jugendzeit, die sie gegen nichts eingetauscht hätte.

Sie schlief ein, ohne Angst vor dem Sterben. Am Ende, an unserem eigenen Ende, wissen wir, was wir waren, alles andere ist zu nichts nütze.

»Der Sinn von allem ist, dass man hier *zusammen* endet«, und im milden Licht des Nachmittags denkt sie darüber nach, dass dieses von Trockenmauern, Mauern aus dem Stein des Muccione, umgebene Rechteck aus Wiese für sie eine Familie bedeutet. Nein, die Familie.

Sie geht oft auf den Friedhof von Gattaia. Der Weg vom Haus am Hang ist nicht weit, wenige Hundert Meter am Gebirgsbach entlang, begleitet vom unermüdlichen Rauschen des Wassers. Ein angenehmer Spaziergang.

Sie geht durch das Tor aus rostigem Eisen, setzt sich in ihre gewohnte Ecke und lehnt den Rücken an die Mauer, auch in der prallen Sonne, wenn sie scheint. Ob Sonne oder nicht, sie setzt die dunkle Brille auf und zündet sich mit ruhigen Bewegungen eine Zigarette an. Ihr Leben hat sich in der Zugehörigkeit zu einer Gemeinschaft erfüllt, und deren kollektives Schicksal hatte vielleicht von vorneherein entschieden, sie zu einer Zeugin zu machen. Das war ihre Aufgabe, so empfindet sie es.

Sie spricht mit leiser, etwas heiserer Stimme, zwischen den unhörbaren Worten verzieht sie die Lippen. Das kann sie tun, ohne dass man sie für verrückt hält – hierher kommt nie jemand.

Zu Füßen seines Frauchens kauernd, merkt Millo auf, folgt mit den Augen etwas Unsichtbarem, brummt und legt das Köpfchen dann wieder tief seufzend aufs Gras. Der Kleine bellt fast nie, seine Mitteilungen bestehen aus einem variantenreichen Spektrum gejaulter Töne, denn im Zusammenleben mit Dazia hat er viele Verhaltensweisen von ihr übernommen, obwohl Dazia zu der Annahme neigt, sie hätte diese von ihrem Hündchen übernommen. Und auch Millo repräsentiert einen Teil des Muccione-Tals, ist er doch der letzte Abkömmling jenes gefleckten Mischlings, den der neue Bahnhofsvorsteher 1935 aus der Romagna mitbrachte, zusammen mit seiner Frau, zwei Fahrrädern und einem Postzug voller Hausrat.

Die Marmorecke ist die Kante des Grabes der Malevolti direkt an der Umfriedungsmauer. Nicht, weil es die jüngste Grabstätte ist, nein, man begrub einfach dort, wo Platz war, ohne eine festgelegte Ordnung. Später entstanden natürlich auch die neuen Kolumbarien auf der linken Seite, zum Berg hin. Dazia mochte diese Gemeinschaftsgräber nicht, ihr war die Tradition lieber, aber sie sah die Notwendigkeit ein, da man heute eben nicht mehr exhumierte.

Eine Besonderheit verbindet fast alle Erdgräber, die meistens nur ein Kreuz aus Holz oder Metall tragen, marmorne Grabsteine sind selten, und das Rasenstück genügt, um die Gräber zu begrenzen: Überall blühen violette Krokusse. Von 1936 an haben sie sich, ausgehend von Firmato Chelis Grab, mit ihrer hellen Farbe verbreitet und blühen unerschütterlich fröhlich zweimal im Jahr. Außerdem, das ist merkwürdig, gibt es das Rotkehlchen. Ob Schnee liegt oder nicht, es kommt in den letzten Dezembertagen und setzt sich – Dazia hat es mehr als einmal gesehen – auf das Kreuz des Jungen. Mit nervösen Kopfbewegungen mustert es den Friedhof, stößt kurze, moduliert getrillerte Sätze aus, dann setzt es zu kurzen schwirrenden Flügen an und besucht andere Gräber, zuerst immer die der Eltern Cheli.

Dazia hat sich nie darüber gewundert. Schon als kleines Mädchen hatte sie die unglaubliche Sinneswahrnehmung der Tiere bemerkt. Sie ahnen Ereignisse voraus, behalten auf völlig unbekannten Wegen die Orientierung, spüren das Nahen von Erdbeben, und das sind nur gewöhnlichsten ihrer Fähigkeiten. Sie erinnert sich, ihr Vater hielt ein Mastschwein, und während der Bombenangriffe hatten sie entdeckt, dass das Schwein besser war als jeder Fliegeralarm: Lange vorher fühlte es die Flugzeuge der Alliierten kommen, dann legte es sich auf den Boden, stocksteif, und spielte den Toten, um sich, wenn die Bomber vorübergeflogen waren, sofort wieder zu erholen.

Nein, man durfte sich über nichts wundern. Die Welt ruht auf sichtbaren und unsichtbaren Dingen – vor allem auf Letzteren, wie der selige Don Clerido Gattavecchia behauptete –, und der Weg ins Tageslicht führt unweigerlich durch das Geheimnis der Nacht.

Die Blumen sind immer frisch. Auf den Feldern gepflückte Blumen, darum der Jahreszeit entsprechend. Im Oktober herrschen die hellgelben Margeriten der Topinamburpflanze vor, und eine für jede Seele genügt. Neid und Eifersucht wird es nicht geben, das weiß Dazia. Ein Gedanke, eine Erinnerung, der mit den Blumen ausgedrückte Respekt, die Gemeinsamkeiten des Schicksals genügen. Zu manchen Toten gibt es eine heimliche Beziehung, die heimlich bleiben muss und besonders aufmerksames Gedenken rechtfertigt.

Da sind sie, die Leute aus dem Muccione-Tal. Da ist die Witwe Fanciullacci, die gebeten hatte, neben dem Lehrer Capirossi beerdigt zu werden, da sind die Tantulli, die Necci, die Angeli, die Checchi, die Cecchini. Die Galeotti fehlen, sie brauchten keinen Platz in der Erde, sie waren nach Eritrea zu ihrem Sohn Scipione gegangen, um dort das Glück zu suchen, und als das koloniale Abenteuer beendet war, hatten sie ein Schiff nach Italien bestiegen und nicht mal ein Waschbrett mitgenommen. Zu ihrem Unglück war es nicht mehr das Mare Nostrum, es wimmelte von englischen Unterseebooten, die Jagd auf Schiffe machten.

Genau in der Mitte des Friedhofs, fast sieht es so aus, als wollte er seine Pfarrkinder umarmen, sticht das weiße Kreuz von Don Clerido hervor, eines der wenigen mit Fotografie. Im Schatten des Pfarrers, unter einem schiefen, ausgebleichten, abgeblätterten Holzkreuz liegt der zweite Stationsvorsteher Cenci, der die Priester alle gefressen hatte, aber selbst von einem bösen Leiden zu jung gefressen wurde, wie die Leute mit gesenktem Blick erzählten, der ihre Angst verriet.

In die Geschichte der heimlichen Beziehungen hat Dazia jemanden aufgenommen, der für sie gleich nach ihrem Ehemann und ihren Eltern kommt. Das hat einen ganz einfachen Grund: Von klein auf war sie in Romeo Tini, den Sohn des Bahnhofsvorstehers, verliebt.

Dazia war ein Jahr älter als Romeo, ihre Häuser lagen nur einen Steinwurf voneinander entfernt, und sie begegneten sich mit der alterstypischen schüchternen Neugier aufs andere Geschlecht.

Lucia, die Frau des Stationsvorstehers, hatte angeboten, das Erstkommunionkleid für das Mädchen zu schneidern. Da das Kleid ihr genau passte, war Dazia ein paar Tage danach wiedergekommen, um sich ein Kleid aus Popelin machen zu lassen. Als sie sich an jenem Nachmittag zum Anprobieren auszog, fühlte sie sich beobachtet. Nicht von Mama oder Lucia, den einzigen Menschen im Zimmer. Den hübschen, lockenköpfigen Jungen hatten die Frauen auf den Flur geschickt und den Schlüssel in der Tür zweimal umgedreht. Doch Dazia nahm den Blick durchs Schlüsselloch wahr und fühlte sich nicht nur heimlich beobachtet, sondern nackt, als trüge sie nicht einmal mehr die strengen, langen Unterhosen. Sie war gekränkt, beschämt und starrte beleidigt direkt auf das Schlüsselloch. Dann hörte sie schnelle Schritte die Treppe hinunterstürzen.

Doch in der Nacht war ihr Groll verschwunden und hatte das Wohlgefallen aufblühen lassen, das interessierte Zuwendung hervorruft und bald zum Verlangen wurde. Es war ein unschuldiges, schamhaftes, uneingestandenes Verlangen, wie es sich damals gehörte, und ein solches war es geblieben.

Da ist er, Romeo. Neben seinem Papa Giovannino, denn am vierzehnten Januar 1944 traf das Schicksal sie gemeinsam.

Im Muccione wurden die Jahreszeiten von dem geprägt, was der Himmel schickte, und aus dem Himmel, wo Gott und die Wolken waren, kamen gewöhnlich Unheil und Tragödien, wie der unerklärliche Tod von Don Clerido oder die endlosen Schneefälle von 1936 und 1944.

Im Tal war sie damals von Mund zu Mund gegangen, die Geschichte von diesem Tag, an dem Giovannino mit Romeo zum Häuschen der Witwe Fanciullacci ging, das vom Schnee eingeschlossen war, und zusammen mit seinem Sohn starb. Trotz des unheimlichen, dumpfen Knirschens, das den plötzlichen Absturz der Schneemassen begleitete, ahnte niemand etwas von dem Unglück, außer Pipito. Der Hund, der mit Lucia und Cenci im Bahnhof geblieben war, begann zu winseln, zu jaulen, zu bellen und an den Türen zu kratzen, bis sie ihn freiließen. Sofort lief er unter Mühen, im Schnee versinkend, bis zum Tunnel, und kaum war er vor dem ungeheuren Berg der Lawine angekommen, begann er mit der Kraft der Verzweiflung zu graben. Aber es war zu spät.

Neben dem Sohn und dem Mann ruht Lucia. Dazia erinnert sich noch daran, wie sie in der ersten Zeit an der Stelle, wo Giovannino und Romeo zu Tode gekommen waren, die Nächte im Gebet verbrachte, und wie die Witwe Fanciullacci, die versuchte, sie davon abzubringen, nicht erhört wurde – denn Lucia hörte nichts mehr – und ihr schließlich eine dicke Bettjacke über die Schultern legte, damit sie nicht fror. Und sie erinnert sich daran, wie Lucia die Maultierpfade hinauf- und hinunterlief, auf der Suche nach Milch für ihr Kind, Selbstgespräche führend und mit einem Blick, der immer abwesender wurde. Nachdem Cenci ihren zweiten Versuch, sich vor die durchfahrenden Züge zu werfen, verhindert hatte, schickte er den Großeltern Assirelli ein Telegramm.

Dazia kneift die Lippen zusammen, zögert. Sie hat Lucias Entscheidung immer respektiert, auch den unendlichen Schmerz, der sie umbrachte. An einem Tag im Frühling 1956 war sie aus Faenza nach Fornello zurückgekehrt, und von dort hatte man sie mit großer Mühe zum Friedhof getragen, wo sie endlich wieder mit ihren Lieben vereint war.

Dann gibt es das kleine Geheimnis, das nur sie, Dalmazia Malevolti, kennt. Als Lucia von den Eltern nach Faenza geholt wurde, hatte Cenci ihr Pipito anvertraut, und als der Hund sehr alt starb, dachte sie an die Tapferkeit und Treue dieses kleinen Herzens und beschloss, ihn mit seiner Familie zu vereinen. Niemand wusste davon.

Es war leicht, denn die Erde ist eine Komplizin der Erinnerung.

Pipito liegt dort, zwischen Romeo und Giovannino. Bei den Leuten vom Muccione.

Der dünne Rauch aus einem Schornstein bringt Dazia zu den beruhigenden Rhythmen des Tages, zur liturgischen Verlässlichkeit der Stunden zurück. Sie würde heimkehren und ihren eigenen kleinen Kamin füllen, Reisig anzünden und geduldig warten, bis die Flammen sich durchsetzten. Dann würde sie sich um Millos und ihr Abendessen kümmern und sich schließlich der Lektüre hingeben. Sie liebt es, in der warmen Umarmung des Feuers zu lesen, um sich schließlich in Phantasien zu verlieren und einzunicken, während ihr das Buch auf den mageren Schoß gleitet. Niemand würde sie mit einem Kuss wecken und ihr sagen, sie solle das Nachthemd anziehen und sich ins Bett legen.

Daran ist sie gewöhnt.

»Komm, schlafen.«

Das blonde Hündchen wedelt mit dem Stummelschwanz und erhebt sich für den Rückweg. Dazia deutet ein Kreuzzeichen an. Sie ist nicht fromm, seit dem Tod ihres Mannes hat sie keinen Glauben mehr, ihr ist auch nicht daran gelegen, doch diese karge Bekundung ist eine Gewohnheit, wie militärische Ehren.

Schon am Törchen des Friedhofs begegnen sie der Fremden. Sicher eine Städterin, nach der Qualität der gepflegten Kleidung zu urteilen. Millo widmet ihr ein phlegmatisches Beschnüffeln, und Dazia wartet auf ihn. Sie betrachtet das Gesicht der Frau, ein ovales Gleichmaß aus Rundungen, Haut und Licht, das ihr nicht unbekannt erscheint. Einen Augenblick länger als nötig mustern sie sich gegenseitig, da ist etwas anderes, das verschwommen bleibt, dann gehen sie in entgegengesetzten Richtungen davon.

ESTER MAIDA

An diesem hellen Oktobernachmittag 2016 kommt Ester Maida, wenige Minuten bevor Dazia und Millo den Friedhof verlassen, in Gattaia an.

Sie parkt das Auto auf dem Platz vor dem Friedhof. Niemals wäre sie an diesen völlig unbekannten Ort gekommen, hätte ihre Mutter ihr nicht eine Geschichte erzählt, die alt und gleichzeitig neu war.

Trotz des Vertrauensverhältnisses zwischen ihr und der Mutter – sie war stolz auf dieses Privileg – hatte sie bemerkt, dass einige Seiten von Mamas Leben ihr ganz persönliches Eigentum geblieben waren, und hatte das mit Verschlossenheit verwechselt. Erst vor kurzem, als das Ende sich abzeichnete, hatte sie verstanden, dass es Scham war. Eine Scham, die zum Charakterzug geworden war, die Scham, überlebt zu haben. Für ihre Mutter war das eigene Leben Grund zur Scham gewesen, doch sie hatte es mit einer unmerklichen Heiterkeit grundiert.

An einem der letzten Abende, während der Waschungen, die Ester unter keinen Umständen der Pflegekraft überlassen wollte, hatte ihre Mutter sich durchgerungen, über diese Scham zu sprechen.

In der Familie wusste man von ihrer wunderbaren Rettung im Bahnhof von Verona, der unter ständigem Beschuss der

Jagdbomber lag, und wenn man davon erzählen hörte, konnte man es nicht glauben, weil die Geschichte geradewegs aus einem Märchenfilm zu stammen schien: Die Güterwaggons waren geöffnet worden, um die Menschen aussteigen zu lassen, und ein Eisenbahner hatte Mama unter seinem Mantel versteckt. Der Großvater hatte kein Glück gehabt, er war wieder in Gefangenschaft geraten, und in den Dokumenten von Auschwitz hatte man nur vage Spuren seines Aufenthalts gefunden. Doch von der Nacht in Fornello war nie erzählt worden, denn hinter dieser Geschichte verbarg sich ein widersinniges Gefühl, dessen die Mutter glaubte sich schämen zu müssen: Momente des Glücks auf einer Todesfahrt.

Am Eingang des Friedhofs trifft Ester auf eine alte Frau mit hagerem Körper, gekleidet ist sie mit der bescheidenen Achtlosigkeit der Menschen, für die Kleidung nur Schutz vor der Kälte ist. In ihrer Begleitung ein krummes honigfarbenes Hündchen, das Ester mit freundlicher Neugierde beschnüffelt, aber sie hat kein Verhältnis zu Tieren, Tiere interessieren sie nicht, also geht sie nach einem kurzen Blickwechsel und einem höflichen Lächeln weiter. Doch für einen Sekundenbruchteil nimmt sie etwas anderes wahr, was verschwommen bleiben wird.

Sie weiß, wen sie suchen muss und wo. Ihre Mutter hat ihr anvertraut, dass sie Romeos Grab bis 1956 regelmäßig besucht hat. Die Angaben sind präzise, und auch wenn sie es nicht wären, der Friedhof ist sehr klein und die Suche kurz.

Die Fotografie unter Porzellan ist verblichen, Regen und Sonne haben ihr zugesetzt, doch die Schönheit des Kindes lässt sich mühelos ahnen. Ester beugt sich über das Kreuz, um das Bild genauer zu betrachten, und wird von einem Gefühl der Vertrautheit überrascht, so zwingend, als kennte sie den Jungen seit langer Zeit. Plötzlich und erst jetzt hört sie im Geist noch einmal die letzten Worte des Briefes, den sie zwischen Arztrezepten und Krankenberichten gefunden hat, er war an sie gerichtet: »Nach meinem Tod zu öffnen.«

Meine geliebte Ester,

wenn du diese Zeilen liest, werde ich nicht mehr sein. Es ist ein alter Brauch, am Ende der Reise zu verschwinden, und du wirst dich bald an meine Abwesenheit gewöhnen. Ich hoffe, ich war eine gute Mutter. Wenn ich Fehler gemacht habe, was wahrscheinlich ist, habe ich nicht mit Absicht gehandelt, und ich bitte dich dafür um Verzeihung.
Ich war immer sehr stolz auf unser vertrautes Verhältnis, das mich an das Einverständnis zwischen mir und meiner Mutter Sonia erinnert hat. Es bedeutet, dass wir einander geschätzt haben, und das war nicht selbstverständlich. Einige Dinge aber habe ich dir nie gesagt, und auch hier wirst du entschuldigen, dass ich erst jetzt darüber spreche. Du kennst meinen Charakter und wirst verstehen.
Du weißt, dass ich mir vorstellen konnte, worauf unsere Deportation hinauslaufen würde. Papas tröstliche Lügen klangen falsch in meinen Ohren, trotzdem habe ich mit dem Ernst und Verantwortungsgefühl kleiner Mädchen so getan, als glaubte ich ihm, um ihn nicht mit zusätzlichen Sorgen zu belasten, außerdem fühlte ich mich beschützt, solange er bei mir war.
Dann öffnete sich die Tür des Waggons, und da ist dieser schöne Junge – ich sehe ihn vor mir, als wäre es gestern gewesen –, und ich dachte: »Meine Güte, was für ein Durcheinander hat Adonai angerichtet, bloß damit ich ihm begegnen kann!«
Die Zuneigung war gegenseitig. An jenem Abend schenkte er mir seine ganze Aufmerksamkeit, sogar eine komische Verbeugung als Gutenachtgruß. Er zeigte mir seine Schätze. Einfache Dinge, heute

ist mir das klar. Aber er hatte nur diese: weiße Kaninchen, einen geschecktenHund, der ihm überallhin folgte, und diesen großen Wasserkran, den er das Wasserpferd nannte. Dennoch konnte er mit diesen bescheidenen Dingen, wenn auch nur für ein paar Stunden, meine Angst auf dieser Reise zum Verschwinden bringen.

Am nächsten Morgen wurde er im Chaos der Abreise mit uns in den Waggon geladen.

Sofort nahm er meine Hand. Er drückte sie fest, verschränkte seine Finger mit meinen, und ich erwiderte den Druck. Sein Gesicht kam näher, und er sprach mit mir. Er sagte, ich solle keine Angst haben, und erklärte, dass er den Zug anhalten und zwingen werde, zum Bahnhof zurückzukehren. Denn er sei der Herr der Zeit und könne ihr alles befehlen.

Der Zug hielt, aber nur für ihn.

Er stieg aus. Er wollte nicht loslassen. Wir wollten uns nicht loslassen. Man trennte unsere Hände gewaltsam. Die Tür schloss sich wieder, und es wurde wieder dunkel. Ich rief seinen Namen. In diesem Augenblick habe ich mir geschworen, dass ich ihn wiederfinden würde, was auch immer mit mir geschah.

Wie du weißt, hatte ich das Glück, gerettet zu werden. Doch der Krieg war noch nicht zu Ende. Noch mussten Jahre vergehen, mehr Blut fließen. Von einem materiell und geistig zerstörten Land blieben nur Ruinen. Wieder von vorne anzufangen, an die Möglichkeit eines neuen Lebens zu glauben, war schwer, und für uns, die wir zweimal überlebt hatten, noch schwerer.

Dieser Junge hieß Romeo Tini. Meine Erinnerung an ihn war lebhaft und quälend. Er hatte mich respektiert, mich als Mensch, nicht als Angehörige einer Rasse betrachtet.

Ich hatte kein anderes Mittel, als ihm zu schreiben. Dir wird das seltsam vorkommen, du lebst mit Computer und Handy, aber du kannst dir nicht vorstellen, wie mühsam und kompliziert es damals war, mit-

einander zu kommunizieren. Die Briefe, die ich ihm an die Adresse des Bahnhofs schickte, kamen alle mit dem Stempel »Adressat unbekannt« zurück, und ich verstand nicht, warum. An das Schlimmste habe ich nie gedacht, oft spürte ich ihn neben mir, und ich hörte seine freundliche Stimme, denn er erschien mir sogar im Traum.
Der Tod meines Vaters, der Verlust unseres Geschäfts und der Wohnung zwangen mich, sofort Arbeit zu suchen. Allein hätte deine Großmutter es nicht geschafft, ich, die ältere ihrer beiden Töchter, musste für die Familie sorgen, und die Zeit verging schnell.
Die Erinnerung nicht.
1956 wurde die Bahnstrecke wieder instand gesetzt, und ich konnte nach Fornello zurückkehren. Von der Familie Tini war keiner mehr da. Ich erfuhr von der Lawine, die Romeo und seinen Vater wenige Tage nach unserer Begegnung verschüttet hatte, vom Verlöschen seiner Mutter, vom Tod aus Altersschwäche des treuen Hündchens.
Es hatte einen Irrtum gegeben, einen nicht wiedergutzumachenden Irrtum. Ich war die zum Tod Verurteilte, ich war auf der falschen Seite geboren, ich war diejenige, die sterben sollte, nicht Romeo.
Ich habe seinen Tod in einen Sieg verwandelt. Den Sieg des Lebens. Mein ganzes Leben lang habe ich den festen Druck dieser Hand in meiner gespürt. Mein ganzes Leben lang ist der kleine Herr der Zeit mir nahe gewesen, um mir die kleinen Glücksmomente zu zeigen, die sich in den Tagen verbergen und die kein Tod mir wird nehmen können.
Wohin auch immer ich gehe, ich werde geliebte Menschen wiederfinden. Wie, das kann nur Adonai sagen. Aber ich bin sicher, dass Romeo dort sein wird, mich mit derselben Entschlossenheit wieder an die Hand nehmen und den Zug wieder zum Halten bringen wird.
Und dann werden wir gemeinsam aussteigen.

Deine Mama Flavia

Als sie aus dem Schnee wieder hervorkamen, wusste sie, dass der Tag zur Nacht und zu einer alten Wunde geworden war. Lucia blieb so lange am Rand der Ewigkeit, wie die Ewigkeit selbst währte, und als sie deren Schwelle überschritt, wurde der Tag wieder Tag.
Im letzten Himmel, neben Romeo und Giovannino, erwarteten sie vier Flecken und ein schwarzer Kopf auf cremefarbenem Grund.
So war Pipito eben. Er liebte die Verlierer.

ANMERKUNG DES AUTORS

Der Anfang von allem, der *coup de cœur*, war die zufällige Lektüre eines Artikels von Maurizio Panconesi auf der Homepage Clamfer*. Auf wenigen Seiten erzählte er von den Kindheitserinnerungen des ehemaligen Maschinisten Marcello Peranizzi, der am zweiten November 1949 im Bahnhofsgebäude von Fornello geboren wurde. Wenige Seiten, aber sie enthielten die ganze verlorene Welt des Apennins.

Durch diese verlorene Welt war ich mehr als einmal gefahren, wenn ich auf der Linie Faenza-Florenz in die Toskana reiste, doch ich hatte sie nicht wahrgenommen. Neugierig geworden, begann ich sie »virtuell« zu besuchen – eine der besten Möglichkeiten, die das Internet bietet – und Bilder und Informationen zu sammeln.

In dieser verlorenen Welt habe ich mich verloren, als ich in ihr zu leben begann. Anhand der Phantasie, der besten Fahrkarte des Reisenden. Bald wurde aus der Phantasie eine Idee, ein Entwurf, Figuren, eine Geschichte.

Diese Geschichte.

Ich legte das Projekt Barbara Notaro Dietrich vor. Es war der Beginn einer ununterbrochenen E-Mail-Korrespondenz über zwei Kinder und die Rassengesetze von 1938. Darum

* www.clamfer.it/06_Ferrovie_Contorni/Fornello/Fornello.htm

betrachte ich dieses Buch als eine Hommage an Barbara, denn ich darf getrost behaupten, dass ihr Name auf dem Buchdeckel stehen sollte, und zwar vor meinem.

Von 1935 bis 1943 durchquert die große Geschichte das vergessene Tal des Muccione in den Formen, die ein abgeschiedener, schwer erreichbarer Ort erlaubt, und hinterlässt es im Wesentlichen unversehrt. Das historische und chronologische Gerüst, das als Hintergrund für die Geschichte der Familie Tini dient, ist ebenso wie die damals gebräuchlichen Waren, Arzneien, meteorologischen Anmerkungen, die Radiosendungen, alles, was das Alltagsleben jener Zeit prägte, den Lokalnachrichten der Zeitung *Resto del Carlino* entnommen, deren historische Exemplare sich in der Biblioteca Classense von Ravenna befinden. Man stelle sich nicht vor, dass für die Recherche große vergilbte Zeitungsseiten umgeblättert werden mussten – heute ist alles digitalisiert, was die Suche, jedenfalls für mich, leicht und faszinierend machte.

Nachdem ich das Tal des Muccione auf Fotografien, Landkarten und Generalstabskarten des Istituto Geografico Militare studiert hatte, musste ich es selbst sehen, um darüber schreiben zu können. Das war nicht einfach, zu jener Zeit waren die Wege nicht beschildert und kaum begangen, man verirrte sich fast immer, und die einzige Orientierung boten die durchfahrenden Züge. Ich erinnere mich noch, wie aufgeregt ich war, als ich am Bahnhof von Fornello ankam. Dort, in der alles beherrschenden Stille, beim vorsichtigen Besuch der verlassenen Zimmer, habe ich das vorgestellte Leben von Romeo in mich aufgenommen, und meine eigenen Kindheitserinnerungen vermischten sich nach und nach mit seiner Geschichte.

Später, die Arbeit am Manuskript war abgeschlossen, traf ich endlich Marcello und Chicca Peranizzi. Meine Dankesschuld ihnen gegenüber ist unermesslich, sie entstand an einem Nachmittag voller Geschichten über die Welt der Eisenbahner, Erinnerungen an eine vergangene Zeit und Momenten verständlicher Rührung. Anders konnte es nicht sein: Wer sich die Fotos aus den vierziger Jahren ansieht, den kann Fornello nicht gleichgültig lassen.

Einen fiktiven Text über tatsächliche Ereignisse zu schreiben, birgt die Gefahr, dass man trotz bester Absichten einige Fakten verzerrt. Ich hoffe, ich habe diesen Fehler in *Der Junge, der an das Glück glaubte* vermeiden können. Obwohl der Roman keine historische Abhandlung sein will und die Figuren erfunden sind, ist die Schilderung der Ereignisse authentisch. Die Bezüge zur antisemitischen Gesetzgebung, den sogenannten »Maßnahmen zum Schutz der Rasse«, wie die Zwangsarbeit, die ministeriellen Verfügungen, die den Transport der Deportierten regelten, und die Anwesenheit italienischer Militärs als Geleit dieser Züge entsprechen der Realität und sind in den folgenden Werken genau dokumentiert:

- Giuseppe Mayda, *Ebrei sotto Salò*, Feltrinelli, 1978
- Liliana Picciotto Fargion, *Il libro della memoria*, Mursia, 2002
- Michele Sarfatti, *Le leggi antiebraiche spiegate agli italiani di oggi*, Einaudi, 2005
- Francesco Cassata, *La difesa della razza*, Einaudi, 2008
- Gregorio Caravita, *Ebrei in Romagna*, Longo Editore, 2013

Was die Anwesenheit jüdischer Flüchtlinge im Tal betrifft, verweise ich auf den von Paolo Marini geführten Blog Umanesimi*.

* http://umanesimi.blogspot.it/2017/04/gli-ebrei-ribelli.html

Außerdem möchte ich danken:

- Franco Lucia von der Regionaldirektion Trenitalia Piemont;
- Marta Bustacchini, Giuseppe Pozzi, Antonio Capucci, Federica Moretti und Giovanna Tomassetti;
- Fiametta Biancatelli, Ombretta Borgia und Paolo Valentini von der Literaturagentur Walkabout;
- Francesa Lang, Elisabetta Paniccia und allen Mitarbeitern des Verlag Piemme.

Ein ganz besonderer Dank geht an Giuseppe Pacchiano, weil das eine lange Geschichte und sein Verdienst ist.

Zuletzt danke ich Anna, die mit unendlich viel Geduld die handschriftlichen Fassungen gelesen, wiedergelesen und mit Unterstreichungen, roten Markierungen, Fragezeichen und Anmerkungen versehen hat. Ich betone »Mit unendlich viel Geduld mir gegenüber«: Mit dem Älterwerden verschlechtert sich mein Charakter deutlich. Aber fast immer hatte sie recht.

GLOSSAR

Ala Littoria: staatliche Fluggesellschaft des faschistischen Italiens.

Casa del Fascio: Sitz der faschistischen Partei in Como.

EIAR / Ente Italiano per le Audizioni Radiofoniche: eine Aktiengesellschaft, die ab 1924 das Exklusivrecht für Radiosendungen in ganz Italien innehatte.

Forstmiliz: Die italienische »milizia forestale« gab es unter diesem Namen nur während des Faschismus.

Giogana: ein Bergkamm des Apennins, der die Region Emiglia-Romagna von der Toskana trennt.

Kinder der Wölfin: Unterabteilung der faschistischen Jugendorganisation Balilla, der Name bezieht sich auf die Legende von der Wölfin, die Romulus und Remus, die Gründer Roms, aufzog. Mit dem Eintrag ins Geburtenregister wurden Neugeborene automatisch Mitglied.

Moschettieri: Musketiere. Die »moschettieri del Duce« hingegen waren eine Spezialeinheit der Freiwilligenmiliz für die Nationale Sicherheit im Faschismus.

Treuebeweis / Tag des Traurings: Im italienischen »atto di fede«, dem »Akt des Glaubens«, steckt ein Wortspiel, denn »fede« bedeutet neben Glauben und Treue auch »Ehering«. Darum trägt der vom Faschismus eingeführte »Tag des Traurings« auch die Bedeutung »Tag der Treue«.

Treni Popolari: ein Angebot der Staatlichen Eisenbahn während des Faschismus. Von 1931 bis 1939 konnte man zu vergünstigten Fahrpreisen beliebte Ausflugsziele besuchen.